欧洲新闻与传播研究文丛

观察欧洲：
凤凰卫视记者眼中的欧罗巴

European Observation:
Europe in the Eyes of a Phoenix TV Reporter

严明 著

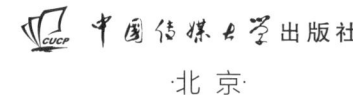中国传媒大学出版社
北京

序 言

凤凰卫视推崇专业主义激情，将此作为凤凰文化的重要组成部分。二十年过去，当互联网把我们带入"人人都有麦克风"的新媒体时代，作为一名新闻人，我认为我们更需要高擎"新闻专业主义"的大旗。严明在凤凰卫视展现了其新闻报道和评论两种能力，是一位有着自己的专业追求和新闻理念的优秀新闻人。

严明加入凤凰卫视已有14年的时间，他旅欧多年，此前曾供职法国国家视听媒体机构。来到凤凰卫视后，严明当过一线记者、欧洲新闻总监，又做过新闻观察和时事评论。凤凰卫视里像严明这样在台内多个领域兼行和跨界的也并不少见，而严明给我印象比较深的，一是"战地报道"，二是"时事评论"。

严明是一个有着新闻激情的记者。记得2003年伊拉克战争爆发之后，凤凰卫视即派出初到凤凰的严明前往土耳其边境，随时进入伊拉克境内，他到位迅速，并及时发出相关报道。其后，在2006年的黎以战争、2008年的巴以冲突及亚丁湾剿匪护航，还有2011年的利比亚战争中，严明都是抢先到位，冲在了最前面进行战地现场报道，也像他说的那样："总算过了几把'战地记者'的瘾。"凤凰卫视要的就是这种对新闻"有瘾"的记者！

专业主义的新闻能力打造非一日之功。严明转向时事观察和新闻评论后，也是做得有声有色，有模有样。我认为这也和他多年的前线记者经历的积累与沉淀有着相当大的关联。一个好的前方记者，既需要具有即时报道现场细节与状况的敏感快捷技能，也同时应该具有对新闻背景缘由和发展趋势的分析判断能力。同理，一位优秀的时事观察评论员，除了必须拥有严谨的逻辑思维与缜密的梳理能力之外，也应该同时具有类似前方记者那样对新闻事件本身快速分析判断然后清晰梳理的技能。

　　有人把新闻评论称为新闻传播皇冠上的明珠,要把新闻评论做好,既要有专业主义新闻能力,还需要有深厚的文化素养。能利用工作之余笔耕不辍,将自己的新闻作品付梓,应对他表示祝贺。这些作品都是严明的心血,也表达了一个新闻人的情怀!

　　凤凰卫视以凝聚全球华人为担当,还有在世界新闻领域抢占华人媒体发声权的使命。目前,凤凰卫视在全球有56个记者站,我们希望每一名记者不仅能永怀激情做出新闻报道,更能拿出专业新闻作品。

　　承蒙严明嘱托,是为序。

〔刘长乐先生现为中国全国政协常委、凤凰卫视董事局主席兼行政总裁〕

自 序

对于国际事务的新闻分析和时事评论,大致有这么两种做法。

一种是"把简单的问题复杂化",或者是"把复杂的问题更加复杂化",也就是人们常说的"添油加醋""故弄玄虚",希望由此衬托出专家学者的知识渊博、学问高深,以及显示出与普通观众、读者的不同层次和悬殊水平。结果大都会使观众和读者感到"一头雾水""不知所云"。

而另一种则是"把复杂的问题简单化",就是所谓的"言简意赅""深入浅出",意在让观众、读者"随风入耳""一目了然"。

笔者赞同和追捧第二种类型。

其实,如何在一分多钟的视频、音频片段和几百字的短文中,将一件错综复杂的国际事件"深入浅出"地托出,把瞬息万变的世界风云"平铺直叙"出来,确实要比"故弄玄虚"的功力更高、难度更大。

因为把一件国际事件的复杂背景、前因后果、预测展望,以层次分明、重点突出、解析清晰、总结到位,甚至还掺杂些许调侃幽默的平实语言和简明文字呈现给观众和读者,既让专家学者认为"深刻精辟",又让普通受众觉得"通俗易懂",这才应该是新闻分析及时事评论的最终追求和最佳效果。

当然,为了达到这样的效果,作为一名时事观察员和新闻评论家,既要具备丰富的国际知识、敏锐机智的分析能力、"触类旁通""举一反三"的思维方式,以及严谨周密的逻辑推理能力,还需要自如的语言掌控能力以及高超的文字功力。而所有这一切,都是可以在日常的用心体验摸索,以及在平时工作的日积月累中去感受、去获取的。

有不少同行看出笔者在时事观察和新闻评论时比较喜欢用"四字连词",这确实是真的,比如这篇自序就引用了好几次。其实首先是"迫不得已"(四字连词又来了!),因为在短促的电视时段和篇幅短小的文章里,如果不能"言简意赅"紧凑浓缩，是不可能把一件错综复杂的国际事件追述、展开、研判和预测出来的。而"四字连词"是几千年来我们祖先留给后人的语言精华和结晶，现如今又转而成为平民百姓世人皆知的朗朗上口的通俗口语，如此精辟又浓缩的语言精华，真是"不用白不用"，何乐而不为？

目前国内有关新闻评论和时事观察的研究还很缺乏，只愿本书可以"抛砖引玉"，引出更多的相关思考和讨论。

本书的前八章主要收集了近些年来笔者对欧洲各类重大事件的新闻观察、时事评论与案情分析，属于比较正式严肃类的。而后两章则大部分是对新闻现场采访报道的记述、追忆和随想，读起来可能更有现场感。两类题材，两种风格，但都属于新闻领域内不可或缺的有机组成部分。读者可以"分类比照"，亦可"各取所需"。

而笔者则一直以既当过一线新闻记者，又做过后方观察评论员而深感庆幸和自喜自足。这也亏得凤凰卫视宽容的"自选平台"和大度的"用人之道"才能得以实现。

目 录
Contents

欧盟篇 /1

欧洲对叙利亚战局的判断 /1

土耳其"脱亚入欧"艰难曲折 /2

欧洲申根协定走向名存实亡 /3

欧洲遭受生化恐袭威胁 /4

欧洲极右势力崛起 /5

日本首相访欧背后的真实意图 /6

日本七国集团峰会涉及欧洲的重大议题 /6

欧盟、土耳其再起争端 /7

英国脱欧 欧盟将遭重创 /8

欧洲面临二战以来最大难民潮 /9

欧洲在杭州G20峰会的收获与成果 / 10
欧盟欲组建联军以摆脱北约控制 / 11
欧洲的时代苦果：难民危机 / 12
欧盟："危在旦夕"或"面临崩盘"？ / 13
"欧盟联军"组建再遇英国强力阻挠 / 14
全球竞争力前十名中欧洲占六席 / 15
欧洲议会批准组建欧盟联军 / 16
2017年将至，欧洲仍面临恐怖威胁 / 16
2017年欧洲面临诸多挑战 / 17

北约篇 / 19

北约举行冷战之后最大规模军演 / 19
北约与俄罗斯核武威慑加剧升级 / 20
北约与俄罗斯从"化敌为友"到"化友为敌" / 21
北约与俄罗斯紧张关系持续升级 / 22
北约、俄罗斯军事对抗再次升级 / 23
英国脱欧对欧盟防务和北约军事的影响 / 24
北约不仅继续东扩还打算北扩 / 25
北约华沙峰会研讨对俄军事战略 / 26
土耳其境内美军核弹安全令人担忧 / 27
北约在东欧展开大规模军事部署行动 / 28
欧盟、北约警告或有生化恐怖袭击 / 29

中欧篇 / 30

国际奥委会主席谈北京奥运 / 30
北京奥运圣火永不熄灭 / 36

上海特奥火炬传递纪实 / 39

温家宝欧洲巡访采访心得 / 41

诺贝尔文学奖公布日采访手记 / 42

莫言作品的世界性 / 44

中欧城镇化携手联姻侧记 / 45

李克强总理首访欧洲回顾 / 48

威尼斯建筑双年展上的北京凤凰国际传媒中心 / 50

解救希腊债务危机中国有所作为 / 51

乌克兰有意邀请中国维和部队 / 52

中欧银行对接交叉互利共赢 / 53

欧盟是否承认中国市场经济地位已不重要 / 54

中国、欧盟经贸领域冲突再起 / 55

习近平年内两次出访东欧意义特殊 / 56

英国脱欧为中国带来的正面影响和潜在机遇 / 57

中欧未来关系主线：避零和求双赢 / 58

乌克兰对华出售全球最大运输机 / 58

中企大举收购欧洲足球俱乐部的背景、动机 / 59

中欧经贸出现"反转""逆袭"现象 / 60

中国与中东欧国家关系的重要意义 / 61

2017年中德关系至关重要 / 62

习近平访问瑞士的多重意义 / 63

欧美篇 / 64

美国先进战机进驻欧洲 / 64

欧洲伊朗政经互动　美国尴尬 / 65

欧美友谊小船碰壁搁浅 / 66

欧美"查税大战"愈演愈烈 / 67

特朗普的欧洲移民家庭背景 ／68

欧洲担心特朗普当选对欧洲不利 ／68

希拉里的欧洲政策面面观 ／69

奥巴马欧洲告别之旅送盟国定心丸 ／70

欧美政经关系进入不确定时期 ／71

特朗普的欧洲政策充满变数 ／72

欧洲强烈关注美国新国务卿提名 ／73

特朗普的欧洲政策浮出水面 ／74

特朗普涉欧言论引欧洲强烈反弹 ／75

联合国新秘书长遇美国挑战 ／76

欧洲不满美国限制移民措施 ／77

法国篇 ／78

大巴黎发展计划何去何从 ／78

法国高调呼吁国际反恐联盟 ／79

震惊世界的黑色星期五巴黎特大恐袭 ／80

法国总统为国际反恐展开密集行动 ／81

联合国气候大会在巴黎召开 ／82

法国与俄罗斯因同遭恐袭而拉近距离 ／83

巴黎气候大会：拯救地球 任重道远 ／84

印度购法国先进战机PK中巴 ／85

法国击败日德夺得澳潜艇巨额订单 ／86

法国恐怖袭击已进入常态化 ／87

欧锦赛给法国留下的正负面影响 ／88

法国潜艇泄密案的前因和后果 ／89

希拉克：最懂中国的外国领导人 ／89

印度购法国"阵风"战机意在抗衡中巴　/ 90

巴黎申办2024年奥运会希望大增　/ 91

法国深层介入伊拉克反恐战争　/ 92

法国政坛显现"特朗普效应"　/ 93

法国外长抨击特朗普碰触"一个中国"底线　/ 94

法国再呛美国对以色列政策　/ 95

中国农历鸡年谈法国"高卢雄鸡"　/ 96

法国左右派总统候选人频出状况　/ 97

德国篇　/ 98

默克尔有意第四次连任联邦总理　/ 98

默克尔不可能参选联合国秘书长　/ 99

德国难民政策开始"急转弯"　/ 100

德国入常努力：柏林的心病　/ 101

德国力促建立"欧盟联军"　/ 101

德国努力重新成为新的军事强国　/ 102

德国大众汽车的"排气门"事件　/ 103

韩国购买德国巡航导弹的特殊含义　/ 104

德意志银行风波或导致欧洲金融危机　/ 105

中德企业收购案升至国家层面　/ 106

默克尔谋求第四次总理连选连任　/ 107

默克尔连任总理突遭变数　/ 108

英国篇　/ 110

英国"脱欧"与"留欧"的生死之战　/ 110

英国脱欧具有多种情结因素　/ 111

英国脱欧引发内外剧烈政治震荡 / 111
英国脱欧公投导致宪政危机 / 112
英国迎来"撒切尔第二"女首相时代 / 113
英国获得奥运会金牌总数第二的秘诀 / 114
英国"硬脱欧"或导致严重后果 / 115
特朗普首会英国首相的背景 / 116
英国"硬脱欧"再生变数 / 117

俄罗斯篇 / 119

欧洲、北约与俄罗斯在叙利亚的角力 / 119
俄罗斯与欧洲在乌克兰问题上的较量 / 120
西纳半岛失事俄罗斯客机疑遭恐怖袭击 / 121
土耳其击落俄罗斯战机惹大祸 / 122
土耳其俄罗斯摩擦加剧 / 123
俄罗斯介入叙利亚战局引欧美不满 / 124
苏-35战机进驻叙利亚的N种意图 / 125

欧洲篇 / 127

波兰奥斯威辛集中营随想 / 127
痛并坚强着的波兰人 / 129
雅典特奥会侧记 / 134
挪威特大杀人惨案报道纪实 / 135
希腊雅典——欧债危机漩涡中心的古老城市 / 138
多种恐怖袭击方式威胁民航客机安全 / 141
新的联合国秘书长将来自欧洲 / 142
世界经济论坛里的国际政治 / 143

土耳其国内外政策或现重大逆转 / 144
土耳其重新调整、平衡与东西方的关系 / 145
联合国新秘书长竞选出现重大变数 / 146
葡萄牙人任新秘书长之后的联合国 / 147

中东篇 / 149
黎以战争新闻启示录 / 149
巴以加沙冲突采访纪实 / 186
脚踩黎以地雷　聆听停火心声 / 187
埃航坠机事件原因复杂　疑点重重 / 191

采访手记 / 193
向着炸弹的轨迹奔跑 / 193
战地记者：报道战争的真相 / 196
战地记者严明的侠骨与柔情 / 202
非洲三国跟访习近平 / 207
非洲跟访李克强随笔 / 209

附文一：与中国传媒大学硕士班同学的互动交流 / 212
附文二：特朗普首次"钦点"中国记者真相大起底 / 220

后　记 / 226

欧盟篇

欧洲对叙利亚战局的判断
（2015年11月9日）

就在俄罗斯空军战机继续轰炸叙利亚境内的极端组织目标之时，欧洲的几个大国也对叙利亚局势作出新的判断和部署。

法国总统奥朗德在一次军事防务会议之后对外宣布：法国决定向海湾地区的海域派遣以"戴高乐号"航空母舰为指挥舰的航母编队，执行打击"ISIS"极端组织的海空军事行动。法国的"戴高乐号"核动力航空母舰搭载有20多架战机，再加上法国在阿联酋和约旦两国部署的12架阵风和幻影战机，法国希望进一步增强在海湾地区的军事打击力量。

法国总统的上述决定，预示着在近期之内，法国的海空军战机会加强对叙利亚境内"ISIS"极端组织的空中打击力度，同时也试图与美国一道，抵消一下俄罗斯军事介入叙利亚局势之后的主导力。而北约成员国土耳其和以色列的空军战机，之前也先后首次飞进叙利亚领空，空袭"ISIS"极端组织，以及轰炸叙利亚政府军的飞毛腿导弹基地，也具有配合美欧国家、削弱俄罗斯影响力的意图。

而英国对叙利亚的政策却出现了被动的局面。由于英国议会的反对，以及受到前首相布莱尔对参与伊拉克战争公开道歉一事的影响，英国首相卡梅伦暂时无法决定是否参与对叙利亚境内恐怖组织的空袭行动。英国在叙利亚事务上的无法作为，对于在俄罗斯咄咄逼人的叙利亚攻势之下已经处于下风状态的美欧等西方国家来说，不能不说是又平添了一个不利因素。

而在埃及西奈半岛，俄罗斯民航客机遭遇空难一事，又为俄罗斯进一步强化对叙利亚局势军事干预力度增添了变数。一旦最终确认俄罗斯客机失事是由"ISIS"

极端组织所为,按照俄罗斯总统普京的脾气和性格,一定会做出更加激烈的反应。若"ISIS"极端组织为报复俄罗斯军事打击行动,而对俄罗斯的民航客机与俄罗斯平民采取恐怖行动,反而会使克里姆林宫有了进一步打击"ISIS"极端组织的有力证据和绝好理由,也使得俄罗斯领导人对叙利亚的军事介入和干预行动站到了国际公认的道义制高点之上。

俄罗斯由此而在未来作出任何加大打击"ISIS"极端组织的政治和军事决定,甚至派遣更多俄罗斯军队大规模入境叙利亚,对"ISIS"极端组织发起地面围剿攻势,就都显得名正言顺又顺理成章了,美国、欧洲及北约也很难继续对俄罗斯在叙利亚的进一步军事部署与最新行动说三道四,更无法指责和从中阻挠。美欧西方国家未来在叙利亚事务上,也会显得更加无奈,变得更加被动。

土耳其"脱亚入欧"艰难曲折

(2015年11月10日)

作为2015年G20峰会东道国的土耳其,自20世纪50年代初就加入了北约军事组织,但是至今还没有被接纳为欧洲联盟的正式成员国家。土耳其"脱亚入欧"的道路仍然艰难曲折。

G20峰会的东道国土耳其,究竟是亚洲国家还是欧洲国家?到底是姓"亚细亚"还是叫"欧罗巴"?长期以来确实是让世人,甚至是土耳其人自己都深感困惑的一个难题。有一个流行的笑话这么说:"土耳其划给亚洲,土耳其人不同意,而土耳其加入欧洲,欧洲人又不同意。"从中也道出了土耳其的"洲籍"难题至今还难以破解的尴尬状况。

从地缘地理上看,土耳其横跨欧亚两个大陆的78万平方公里的国土面积,97%位于亚洲的小亚细亚半岛,仅有3%位于欧洲的巴尔干半岛,首都安卡拉也位于亚洲一侧。按照国际惯例,一个国家的首都位于哪个大陆,就应属于这个大陆的国家。比如,同样是横跨欧亚大陆的俄罗斯,虽然国土面积的四分之三都在亚洲,但由于其首都莫斯科位于乌拉尔山脉的欧洲一侧,再加上其他因素,俄罗斯就自然而然属于欧洲国家。按照这个道理,首都和绝大部分领土都处于亚洲的土耳其,理应被划为亚洲国家。

从人种和宗教角度上看,土耳其民族属于亚洲的突厥人种和地中海原始欧洲人种的混血后裔,基本属于亚洲黄色人种,只掺杂了1/18的欧洲白色人种基因。而伊斯兰教的发源地是在亚洲的中东地区,98%的土耳其民众都是伊斯兰教信徒。

从历史上看,土耳其确实被欧洲人占领过,比如君士坦丁堡(现名伊斯坦布尔)就曾经作为东罗马帝国即拜占庭帝国的首都长达一千多年,但仅限于君士坦丁堡及周边的很小一块地盘。土耳其历史上曾经强大无比、辉煌一时的奥斯曼帝国的发迹和盘踞地点都在亚洲。

从以上种种情况来看,土耳其属于亚洲国家的成分明显居多。但为什么土耳其要极力挤进欧美军事集团北约组织,现在又拼命想加入属于纯欧洲国家组成的欧盟呢?

这主要是由土耳其共和国首任总统凯末尔在1923年结束奥斯曼帝国600多年统治、宣告共和国成立之后所推行的"脱亚入欧"的既定国策所致。从那时起,土耳其就开始逐渐实施靠拢欧洲文明的一系列铁腕措施:废除伊斯兰教中的哈里发制度,解散宗教法庭,关闭宗教学校,用欧洲的拉丁字母取代阿拉伯字母,鼓励民众摆脱穆斯林衣袍、遮面布和头巾,提倡穿西服,等等。

就这样,经过几十年的发展,土耳其最终成为伊斯兰世界中最为西化、最为开放、最为世俗的国家,并且在1952年成功加入北约组织,1959年又向欧盟的前身欧共体提交成为准成员国的申请。然而近60年过去了,由于种种内在与外在的原因,土耳其至今还没有被欧盟正式接纳,土耳其的"欧洲梦"也一直没能实现。这其中的酸楚和苦涩、尴尬和窘迫,也许只有土耳其的领导人和民众才能深深体会得到。

欧洲申根协定走向名存实亡
(2016年2月26日)

由于法国打算拆除法比边境地区的加莱难民营,比利时为了防止难民涌入,宣布暂停执行申根协定,恢复边境管制。这也是欧洲26个申根协定国家中,继法国、德国、丹麦、挪威、瑞典、奥地利、匈牙利、马耳他和斯洛伐克之后,第十个宣布恢复边境管制的国家。

我们都知道,1985年6月,法德荷比卢五国在卢森堡小镇申根签署协议,1995年正式生效。申根协定规定协议国之间取消内部边境管制,持有任何协议国身份证或申根签证者可在所有协议国内自由出行,实际上就是实现欧洲内部无国界。目前申根协定国的数量已经达到26个。

20多年以来,申根协定的实施给欧洲国家之间的人员、交通、物流的自由流通提供了极大的便利,也为欧洲以外国家的进出游客及出差人士带来了极大的方便,更是具体表现了欧洲一体化和统一欧洲的实质内容。

但自从2015年秋季难民潮涌入欧洲之后,为了阻止大批难民入境,欧洲一些国家相继恢复边境管制,大部分申根区已经形同虚设。欧洲理事会主席图斯克就警告说:"如果短期内无法解决难民危机,申根体系将面临崩溃。"法国总理瓦尔斯也表示:"除非难民潮退却,否则申根体制危在旦夕。"目前欧盟正在考虑暂停执行申根协定,直到难民危机结束。

由此可见,申根协定目前正在走向名存实亡的阶段。而欧洲有关机构已经开始预测和评估申根体系崩溃所带来的严重后果。一旦申根区解体,未来十年将给欧盟带来至少4 700亿欧元的经济损失,甚至会连带美国和中国各自损失近千亿欧元。

暂且不论这笔账是如何计算出来的,申根体系崩溃必将重创欧洲、影响全球,应是一个不争的事实。不过近期来欧洲旅游或出差的国外人士暂时不必过于担忧,因为到目前为止,申根协定还没有正式取消,只是协议国之间恢复了边境检查和签证核实程序。但如果欧盟一旦决定暂停执行申根协定,那一个签证搞定欧洲26国的"说走就走"的进出欧洲模式,恐怕真的就要受到影响了。

欧洲遭受生化恐袭威胁

(2016年4月30日)

美国国家情报总监对外透露,"ISIS"极端组织的恐怖分子已经利用难民危机大批渗入欧洲,恐怖基地现在已分布欧洲多国。俄罗斯总参谋部情报总局负责人又表示,由于大批恐怖分子返回欧洲,欧洲的恐怖威胁程度明显升高。而欧洲情报机构的调查也显示,伊拉克和叙利亚境内近5 000名来自欧洲国家的"圣战"恐怖分子中,三分之一已经返回欧洲,其中4年里仅德国就有超过300名恐怖分子返回境内。这些恐怖分子目前分散在欧洲各国,并且在欧洲多国秘密建立恐怖基地和活动中心,随时随地准备发动新的恐袭活动。

而未来针对欧洲新一轮的恐怖袭击,除了枪击和爆炸等传统常规的恐怖手段之外,还可能出现规模更大、杀伤力更强的恐怖袭击方式。在伦敦举行的国际安全会议期间,与会的反恐专家就曾透露,"ISIS"极端组织组织一直寻求获得生物、化学、放射性甚至核弹等大规模杀伤性武器,并且已经计划在英国和欧洲其他国家使用生化武器发动袭击。

欧盟委员会反恐中心负责人则证实,欧盟已经关注到"ISIS"极端组织正在试图获取生化武器和放射性武器的原材料。而北约负责安全的高级官员也表示,担心恐怖分子可能会对欧洲发起生化甚至核武器袭击。

另外,恐怖分子对欧洲下一轮的袭击地点和目标也可能会有所改变,从袭击原先的城市中心娱乐景点改为攻击核电站、储油厂等更为敏感、危险的目标,从杀害平民百姓改为暗杀欧洲国家领导人和高层官员、知名人士。

总而言之,恐怖分子对欧洲的下一轮袭击活动,无论在手段方式上,还是在目标、地点上,都有可能发生新的更加敏感和危险的变化。

欧洲极右势力崛起

（2016年5月4日）

由于难民潮、社会动荡、经济疲软、失业率高、质疑欧盟等多种因素的影响,引起了欧洲政界、媒体和民众的高度关注。欧洲多个国家的极右势力迅速崛起,一些欧洲国家的极右政党甚至在各种选举中异军突起,震撼了整个欧洲政坛。

其中最为典型的事例就是奥地利极右政党自由党党魁霍费尔在该国的总统大选第一轮投票中,一举获得36.4%的最高得票率,超过传统执政党25个百分点。而霍费尔本人的竞选纲领正是反对移民、弘扬主权、质疑欧盟。

另一位值得关注的就是法国极右政党国民阵线主席玛利亚·勒庞,她所领导的极右政党曾在2015年底的地方选举中力压法国所有的左中右传统政党,获得最高得票率。而法国国民阵线一贯的两大政治主张就是全面限制移民、退出欧元区。

欧洲另一大国德国的政治形势也不容乐观。德国极右民粹派政党"另类选择党"正式发布了反伊斯兰政策的宣言,公开呼吁禁止兴建清真寺尖塔,停止伊斯兰诵经广播,不准穆斯林女性佩戴全脸面纱。而正是这个反移民的极右政党,已在德国获得至少15%的民众支持率,正积极准备着在德国的国家和地方各类选举中取得更大的成果。

另外,荷兰及瑞典等北欧国家的极右势力,近年来也都出现了迅速崛起的趋势。而欧洲政治分析家则预测极右势力迅猛发展的几大突破口:一是奥地利总统大选第二轮投票;二是英国的脱欧全民公投;三是2017年在法国和德国陆续举行的总统和议会大选活动。

日本首相访欧背后的真实意图
（2016年5月4日）

日本首相安倍欧洲巡回访问的国家包括意大利、法国、比利时、德国、英国和俄罗斯。表面上看,作为今年七国集团高峰会议的东道主,安倍访欧主要是为七国集团峰会进行事先的协调、预热和铺垫。但除了与欧洲六国领导人共同商讨全球经济、反恐防恐、气候变化等重大国际事务之外,安倍访欧还包含了多重目的和多种意图。

首先,安倍访欧是为了推动和强化日本在国际舞台的政治存在感和外交影响力,同时扩大和促进日本的外贸出口,在欧洲寻求投资与合作的新机遇,并希望借此提高自己作为首相的国民信任度,为参加日本的参议员选举增加自身的国际外交与国内政治的筹码。

其次,安倍在访欧期间,试图再次拉拢欧洲国家,在南海问题上打压中国。我们都知道,七国集团中,欧洲的德法英意就占了四个,谁能够说服、拉拢欧洲四国,谁就会在七国集团峰会上占据制高点和主动权。七国集团声明中包括了南海问题,这正是日本运作的结果。七国集团峰会上日本也想如法炮制,将南海问题塞入议题和声明中。

另外,据俄罗斯媒体透露,德国总理默克尔2015年访日时,曾向安倍建议日本加入北约,并且承诺会在此事上说服法国总统和英国首相。安倍当时也表示在未来有这种可能性。虽然日本加入北约现在看来还非常遥远、渺茫,但日本与欧洲之间未来的战略默契和军事合作走向,仍然值得我们关注。

俄罗斯是安倍欧洲之行的最后一站,两国之间是否会在北方四岛领土问题以及缔结和平条约这两大事务上出现突破,是安倍访问莫斯科值得关注的重点。而日本一直呼吁七国集团重新接纳俄罗斯,这样既可以讨好、拉拢俄罗斯,又可以排挤、边缘化中国,可以说是安倍外交的又一个一箭双雕的策略。

日本七国集团峰会涉及欧洲的重大议题
（2016年5月26日）

参加日本七国集团峰会的七国领导人中,来自欧洲的法德英意就占了四席,而峰会期间的多项重大议题,也都与欧洲息息相关。

在日本举行的七大工业国集团高峰会议所讨论的多项全球与地区性重大议题,都与欧洲有着紧密的关联。首先是国际反恐事务和叙利亚局势,欧洲处在反恐斗争的最前线,并且也是恐怖袭击和难民危机的重灾区。欧洲四国领导人在七国峰会的这一议题上,应该会态度坚决,意见一致。

七国峰会之前相继访英的美国总统和日本首相都力挺英国留在欧盟。而力主留欧的英国首相卡梅伦也会在七国峰会期间再次寻求各大国的支持,为争取选民做最后的努力。

在俄罗斯问题上,欧洲一直比美国更加谨慎和务实,日本为打破与俄罗斯在北方四岛领土问题上的僵局,也希望俄罗斯重返八大国集团,并发出善意的信号。欧洲虽然在乌克兰动荡和北约东扩事务上与俄罗斯摩擦对抗,但对缓和改善与俄罗斯的关系一事上也是乐观其成的。

再就是全球气候与生态环保问题。由于法国是2015年年底联合国气候大会的东道国,所以法国和其他欧洲国家也会在这一事务上力促国际社会切实履行巴黎气候变化大会上的全球气候新协议,并继续推动其在全球范围内的可持续发展。

在经济与金融方面,日本一直大力倡导全球经济统一刺激政策。经济疲软不振的欧洲,尤其是德国虽然赞同,但在具体的财政改革和货币政策方面却与美日存在较大分歧。

最后,作为七国峰会的东道国,日本一直希望把南海事务和朝鲜问题加入峰会议题和首脑宣言中。安倍在欧洲巡访期间也是不遗余力地游说欧洲领导人。这两项亚太事务虽然不直接涉及欧洲国家自身的核心利益,但是迫于东道主的颜面,以及共同的国际事务价值观和整体的国际战略考量,欧洲与会领导人恐怕难以正面回绝日本方面的意愿。之前的七国外长会议声明中包含了南海事务内容就是例证。

而在七国峰会前夕,中国外交部部长曾经相继会晤法德英意四国外长,相信欧洲领导人已经足够了解中国在南海事务上的立场和主张,以及日美强行将南海问题加入七国首脑宣言之后中方的反应和可能产生的后果。

欧盟、土耳其再起争端
（2016年6月1日）

2016年3月,欧盟与土耳其曾经达成协议,如果土耳其能够阻止难民涌入欧洲,欧盟将同意自2016年7月1日起给予土耳其公民免签待遇,并考虑重新启动土耳其加入欧盟的谈判程序,以及向土耳其提供60亿欧元的难民援助经费。

但是欧盟的上述承诺,也附加了多达72项的先决条件,其中包括土耳其必须修改反恐法案。欧盟认为,土耳其政府利用目前的反恐法案打压库尔德族群、政治异见人士和新闻媒体记者,必须加以修改。欧盟委员会主席容克强调,如果土耳其不能满足欧盟的72项条件,就不可能获得欧盟的免签待遇。

英国首相卡梅伦也嘲讽说:"按照现在的状况,土耳其加入欧盟可能要再等上一千年。"土耳其总统和新任总理随后多次发声表态,强调不会迫于欧盟的压力修改反恐法,并且威胁如果欧盟不给土耳其人免签,土耳其将重新打开大门,让难民涌入欧洲。

其实,欧盟威胁不给土耳其免签待遇可能是出于以下考虑:

一是欧洲议会目前没有任何一位议员表示同意,即便欧委会下了决心,也过不了欧洲议会这一关。

二是叙利亚国内局势趋于缓和,涌入欧洲的难民人数也开始下降,利用土耳其阻止难民已不是当务之急。

三是欧盟国家担心大批土耳其人免签入境,如果滞留不归,又会给欧盟带来新的非法移民问题。

四是一旦土耳其拒绝执行协议,欧盟已有备用的第二套替代方案,那就是把阻止难民的重心从土耳其移向希腊,将爱琴海的一些希腊小海岛设为难民收容中心,并将原先承诺给土耳其的60亿欧元难民援助经费转给希腊政府。

当然,目前欧盟与土耳其之间的关系还没有走到完全破裂的阶段,双方现在还都各有所需、各有所求,土耳其希望加入欧洲大家庭的意愿依然迫切坚定,欧盟也期待土耳其继续成为阻止难民、打压叙利亚现政权、抗衡俄罗斯的重要桥头堡。尽管现在欧盟与土耳其之间争执激烈,但在难民危机、反恐防俄这些战略性的重大事务上,双方还是需要继续默契配合的。

英国脱欧　欧盟将遭重创
(2016年6月21日)

英国留欧脱欧全民公投已经展开,欧盟各成员国现在都焦急等待着英国公投的最终结果。这次公投不仅关系到英国的国家前途,也将影响到整个欧盟的未来走向。一旦英国脱离欧盟,无论是在国际外交、经贸商业,还是在金融货币、军事防卫等领域,欧盟都会受到严重的影响和巨大的冲击。

首先，在国际政治方面，英国是联合国安理会五大常任理事国之一，也是七大工业国家集团成员。由于欧盟的共同外交政策，目前英国基本上还能够与欧盟各国在国际政治和外交领域通气抱团。但如果英国脱欧，英国不会再受欧盟统一发声行动的限制，欧盟也将失去一个西方大国的直接参与配合，这会直接损害到欧盟作为多极世界格局里的重要一极的自身地位和对外影响力。

其次，在经贸领域，英国和欧盟其他国家之间一直是彼此最大的贸易伙伴，2015年，英国53%的进口产品来自欧盟，其他国家44%的产品出口欧盟，英国的48%的外来投资也来自欧盟国家。双方年贸易总额高达5000亿英镑。英国一旦脱欧，将无法继续享受欧盟成员国内部的零关税优惠政策，英国与欧盟其他国家之间的经贸成本势必增加，双方贸易将打折扣。

再次，在金融货币领域，英国虽然没有加入欧元区，但英国脱欧，也会对一直疲软的欧元造成新的冲击。而目前排名世界第一的伦敦金融中心，一旦失去欧盟这一后盾，也会受到影响，巴黎或法兰克福或将成为日后的欧盟金融中心，但比起目前的伦敦，这两个城市的影响力还是要弱不少。

最后，是军事领域，英国一直是欧盟内部仅次于法国的第二大欧洲军事强国，也是欧盟和北约固守欧洲和海外作战的重要军事力量。英国一旦脱欧，欧盟的地缘军事防御线就将从大西洋海域退回到欧洲大陆，英国也不会再事事听从欧盟的军事部署和调配，在未来的军事战略方面，英国可能将更加听从来自美国的指令。

总而言之，英国一旦脱欧，不仅对英国本身来讲是一大损失，对欧盟各个领域和欧洲一体化进程也会造成巨大的冲击，甚至还会为全球的政治、经济、金融局势带来许多负面影响和不利因素。

欧洲面临二战以来最大难民潮

（2015年8月30日）

"难民问题比希腊债务危机更加严重"，"欧洲难民问题已经达到了空前的危急程度"，来自德国和欧盟轮值主席国卢森堡的这些最新表态和声明，真实地道出了欧洲目前所面临的二战以来最大难民潮的严重性。据联合国难民署最新公布的数据：截至2015年8月，有30多万难民横渡地中海进入欧洲，已经超过了2014年的总和。欧洲边境署的统计数字是：2015年前7个月进入欧洲的难民总数已达到34万人，远远高于2014年同期的12万人。仅抵达希腊的难民人数就达到16万人，其中来自叙利亚的难民高达82%。而逃难途中意外死亡人数也超过了2500

人,实际上已经引发了一场新的人道危机。

德国政府年初估计,德国全年的难民申请人数应在45万人左右。但在8月,这个预估已经修改上升到75万至80万人。德国战后最大的一次难民潮发生在1992年的前南斯拉夫内战期间,当时共有44万难民涌进德国境内。

面对汹涌而来的新一轮规模更大的难民潮,地中海沿岸国家希腊、意大利已经不堪重负,法国、德国、奥地利、匈牙利、瑞士等内陆国家也正在严防死守。这次二战之后欧洲所遭遇的最大规模的难民潮,将会再次给尚未恢复元气的欧洲带来严重影响和深层重创。

具体表现在:一是欧洲和欧盟内部势必会对如何收容和安置难民一事展开一场大争论,甚至在难民政策上发生严重分歧。二是经济仍不景气、财政依然疲软的欧盟和欧洲各国,又要被迫拿出额外的经费应对难民安置问题。尤其对于深陷债务危机的希腊,以及经济财政状况不良的意大利、西班牙等国来说,更是雪上加霜。三是欧盟内部的人员自由流通和边境开放政策又会受到影响和冲击,一些申根国家已经或准备重新封锁边境线,恢复海关检查口岸,加强边境的警备巡逻。四是大批难民的涌入,势必会再次引发欧洲各国民众的各种不满情绪,排外主义会再次抬头,极右和民族主义思潮也会继续高涨。

在国际政治和外交军事层面,由于这次难民潮主要是由叙利亚、伊拉克和利比亚等国的战乱和动荡引发的,因此,为了从源头上缓解和消除难民问题,欧洲、北约和美国势必会进一步强化这些战乱国家的治安保障措施,加大对"ISIS"极端组织极端武装力量的打击力度。至于效果究竟如何,目前还很难预测和判断。

欧洲在杭州 G20 峰会的收获与成果

(2016 年 9 月 6 日)

来自欧洲七个国家及欧盟的领导人,参加了在中国杭州举行的二十国集团峰会。欧洲方面在这届全球关注的高峰会议上也有不少的收获和成果。在杭州 G20 峰会闭幕之后,欧盟委员会立即对外发表声明指出,欧盟特别关注的全球难民危机、钢铁产能过剩、公平税收政策等问题,在杭州 G20 峰会上取得了突破性进展。

首先,欧洲是难民潮和恐怖袭击的重灾区。欧盟领导人对外承认,欧洲接纳难民的能力已经达到了饱和状态。杭州 G20 峰会公报呼吁:国际社会共同行动,分摊负担,成立全球难民危机反应平台,所有国家一道努力,应对难民危机。这对于被难民潮搞得苦不堪言的欧洲国家来讲,是心理上的巨大安抚,当然,人们更加期盼世界各国的具体分担和实际援助行为。

而G20峰会公报里所指出的要切断恐怖组织的所有金融财务来源,对饱受恐怖袭击的欧洲国家来讲,也是从根源上消灭恐怖主义的一大利好消息。

其次,是欧洲各国、美国与中国之间闹得沸沸扬扬的过剩钢铁出口问题,在本届峰会上似乎也找到了一个各方妥协的平衡点,三方就建立相关协调监督机制和相关全球平台达成了共识。但这些设想能否在中短期内阻止欧盟对华钢铁反倾销行动,能否缓解中欧之间的贸易摩擦与冲突,还有待继续观察。

最后,针对峰会前夕爆发的高达百亿欧元的苹果公司"查税大战",G20峰会公报特别提到要建立一个公平与现代的全球性税收体系,并设立一个具有包容性的国际企业利润转移框架。但欧美领导人继续在峰会闭幕之后就此各取所用、各说其词,丝毫看不到双方有态度软化、立场转变的迹象,让人感觉到杭州峰会之后,欧美之间的这场查税大战不仅要继续打下去,而且还有可能会越打越激烈,越闹越复杂。

2017年的G20峰会将在欧洲的德国汉堡举行,到那时欧美之间的这场世纪查税大战能否最终见分晓都很难说。

欧盟欲组建联军以摆脱北约控制

(2016年9月14日)

种种迹象表明,欧盟组建联军即将正式提到欧盟委员会和欧盟27个成员国领导人的议事日程上,欧洲的安全与防务一体化进程也将向前迈出一大步。欧盟已经计划首先在布鲁塞尔成立一个欧盟军事策划与行动总部,负责欧盟各成员国的军事部署与调动,并在法国、德国、意大利、西班牙和波兰等国组建欧盟联军的首批永久性军事机构。

其实早在20世纪50年代,受当时的朝鲜战争影响,法国率先提出欧洲防务共同体的概念。1952年,法国、西德、意大利等六个欧洲国家在巴黎签署欧洲防务共同体条约,计划组建一支规模为40个师的欧盟联军,但后来遭到搁置。1999年,欧盟再次启动欧盟共同安全与防务政策,并首次组建了一支以法国、德国为主的拥有1500名军人的欧盟快速反应部队,成为欧盟联军的雏形。2015年,欧委会主席容克再度提及组建欧盟联军,却遭到了时任英国首相卡梅伦的反对和拒绝。而如今英国已经退出欧盟,组建欧盟联军的最大障碍已经排除。

或许有不少人会问:欧洲已经有北约组织,为什么还要组建另外一支欧盟联军？欧盟联军和北约又将如何相处并存？我们知道法国前总统戴高乐将军早先提出的欧洲共同防务理念，以及法国几次退出北约集团的行动，都是为了削弱和摆脱美国在欧洲的军事控制权，期望由欧洲独立自主地担负起安全与防务责任。

但我们不得不承认，即便欧盟联军成立之后，由美国掌控的北约组织依然还是欧洲大陆境内最强大的武装集团。或许未来北约组织与欧盟联军之间，会建立一种自然分工作业的模式和相互协调配合的格局：北约负责制定与俄罗斯等外来强敌斡旋抗衡的国际范畴的宏观战略，而欧盟联军则主管打击恐怖主义与阻止非法移民，以及派遣国际维和部队等地区领域的具体任务。

2016年是华沙条约组织解散25周年，也是北约集团开始东扩的20周年，欧盟不顾北约的现实存在依然计划组建自己的欧盟联军，从侧面也反映出两次世界大战发源地欧洲，直到21世纪的今天，还仍然是战争威胁笼罩之下的重灾地区。

欧洲的时代苦果：难民危机
（2016年9月16日）

据联合国难民总署的统计，目前全球的难民总数已经突破了6000万人大关，达到了历史性的6530万人，其中一半以上来自饱受战争之苦的叙利亚、阿富汗和索马里。而世界上的移民总数，也达到2.25亿人。

近几年以来，欧洲大陆成了难民潮大量涌入的重灾区。而欧洲的这场战后最为严重的难民潮危机，还具有以下几个时代特点：

一是难民的涌入时间快、人数多。仅去年一年，就有高达105万难民在仅仅几个月的时间里从海路和陆路涌进欧洲大陆。二是欧洲各国接收难民人数差别巨大，比如德国去年总共接收难民38万人，而英国仅接收了9800人。欧洲外围边缘国家中，土耳其境内共有难民280万，而俄罗斯只有1600名难民。三是难民来源和身份极为复杂，其中还混杂人数不详又极其危险的"ISIS"极端组织外派恐怖分子。四是难民潮严重冲击了欧盟的多项相关法规政策，比如欧盟内部人员自由流通的申根协定。难民潮迫使申根国家重新恢复对内圈边境的检查，强化对外围边境的监督。五是难民潮加深了接收国国内的政界与民间的政治裂痕和原则分歧，多国的极右政治势力也借机扩充势力，快速发展。六是难民潮加重了接收国的经济与财政负担，严重冲击了当地国家的社会福利与家庭保障体系。七是难民潮严重影响了接收国内的社会治安及人身安全状况，引起当地国居民的不安和恐慌。最明显的事例就是德国科隆群体性侵案，以及砍伤四名香港游客的德国火车斧头袭击案。

当然，欧洲各国的不少政治家和普通民众，直到现在还对为逃避战争而流离失所的外来难民抱着同情、理解和宽容的态度。而更多的欧洲国家有识之士，则是对这场难民潮危机的表象与根源，进行了冷静的思考与深刻的反思。

欧盟："危在旦夕"或"面临崩盘"？
（2016年9月26日）

在欧洲的政治、经济、社会、金融局势继续陷入混乱，以及英国退出欧盟之后，欧洲正在面临着巨大的"生存危机"。

接二连三的恐怖袭击，一波又一波的难民潮，萎靡不振的经济状况，一片混乱的社会治安，危机四伏的政治局势，再加上英国的突然脱欧，目前的欧洲笼罩着浓厚的悲观主义情绪和怀疑主义思潮，就连欧盟和欧洲国家的领导人都不断发出"欧盟到了最危险的时刻"的严厉警告。

在欧盟峰会期间，欧委会主席容克表示欧盟面临着"生存危机"，德国总理默克尔警告欧盟正处在"关键时刻"，法国总统奥朗德更是认为欧盟已是"危在旦夕"。

而欧洲各国的民意调查也显示，对欧盟体制不满，对欧洲前途悲观的人数越来越多，不少国家的否认比例已经接近甚至超过半数。借助所在国民众日益不满的情绪，欧洲各国反对欧洲一体化的极右政党和组织近期快速发展壮大，奥地利极右领袖希望染指总统职务，法国极右领导人很可能杀入总统大选第二轮决战，德国极右势力在地方选举中节节胜利，刚刚成立不到四年的德国极右政党新选择党，已经杀进了超过半数的联邦州议会。而法国、德国、荷兰等国明年前景不明的大选，以及与欧盟相关的意大利、匈牙利全民公投，都给欧洲和欧盟的未来增添了更多的不明朗因素和不确定变数。

难怪欧洲国家领导人近来纷纷指出，欧洲已经"迷失了方向"，欧盟迫切需要尽早"重新定位"，而饱受债权和难民之苦的希腊总理，更是指责欧盟"在错误的道路上继续梦游"。但从全局角度来看，现在就预测欧盟在近期或中期即将解体和崩盘似乎并不现实。欧盟涵盖27个欧洲国家，这个当今全球规模最大的政经联盟实体，也不是一个早上醒来说散伙就散伙的团体。但从长期来看，如果欧盟不早日摆脱人为的困境，不尽快走出自陷的泥潭，欧盟未来的前景和走向确实是非常令人担忧的。

"欧盟联军"组建再遇英国强力阻挠

（2016年10月3日）

欧盟已经决定尽快组建一支欧盟联军,但这一计划再次遭到了来自英国和北约的阻挠。

我们都知道,在英国退出欧盟、欧盟联军的最大阻碍排除之后,欧委会主席容克立即推出了早年曾被英国否决的"欧盟联军"组建方案,并且计划在2016年年底之前出台详细计划,最早2017年6月、最晚2018年正式组建"欧盟联军"。

容克曾经多次表示,北约为欧盟提供的保护并不充分,为了推动欧洲防务一体化,欧盟应该拥有自己的军事总部和联合军队。谁知这一计划还是遭到了来自英国的反对和阻挠。英国虽然通过公投决定退出欧盟,但最终正式退出欧盟的手续,要到2018年才能全部完成。

英国国防大臣法伦在欧盟国防部长联席会议上严厉指出:"只要英国还留在欧盟一天,就会继续反对组建欧盟联军的计划。因为欧盟联军会有损北约目前所扮演的角色,任何想借组建欧盟联军来达到削弱和破坏北约的做法都是错误的。北约才是欧洲防务的真正基石。"

与英国国防大臣的强硬反对态度相比,北约领导人的态度倒显得更加理智和现实。北约秘书长斯托尔滕贝格对组建欧盟联军一事仅仅婉转地表示:"欧盟加强安全防务并不会妨碍北约的作用,实际上两者之间存在着互补的关系,北约仍会积极参与欧洲的防务计划。"

而耐人寻味的是,北约组织的实际掌控者——美国的官员,至今还没有就组建欧盟联军一事做出正式回应。有欧洲专家评论说,美国正打算从欧洲军事防务领域逐渐脱身,欧盟联军很可能正中美国的下怀,因此也就睁只眼闭只眼,不愿再对此说三道四了。

面对英国国防大臣气势汹汹的反对态度,欧盟及法国、德国领导人并没有立即给予直接反驳和回击,只是继续推动组建欧盟联军和设立欧盟军事总部的各项工作。看来欧盟总部和欧盟各大成员国的领导人,并不想就组建欧盟联军一事,和英国方面继续争吵纠缠,而是不顾英国的反对和阻挠,积极稳妥地推动各项工作,并耐心等待英国最终退出欧盟之后,再水到渠成地实际部署和具体落实欧盟联军的各项组建事宜。

全球竞争力前十名中欧洲占六席

（2016年10月4日）

总部设在日内瓦的世界经济论坛公布了2016年全球竞争力报告。在最新排行榜的前十名中，欧洲国家占据了六席。

中国有句老话："瘦死的骆驼比马大。"尽管欧洲老牌国家近年来经济萎靡不振，金融疲软不堪，但是在2016年全球竞争力排行榜前十个国家和地区中，欧洲国家仍然还是占了六席。

其中瑞士连续八年名列第一，而除了美国和亚洲的新加坡、日本及中国香港外，欧洲的荷兰、德国、瑞典、英国与芬兰分别位居第四、第五、第六、第七和第十名。从总的排行榜上看，北欧国家的名次明显好于南欧国家，而东欧国家的名次又比西欧国家上升更快。

欧洲是近现代工业革命的发源地，欧洲各国的工业基础普遍较好，工业水平大都较高。自21世纪开始，由于自身体制和结构的保守、陈旧和老化，再加上外部世界，尤其是新兴工业国家的强力挑战，欧洲大陆越来越显得暮气沉沉、老气横秋。尤其是一些欧洲老牌的大国，比如德国、法国、英国、意大利，经济增长率长期徘徊在1%至2%的低水平，而失业率则在10%以上居高不下。

但是我们都知道，世界经济论坛的全球竞争力报告，是依据12项指标对一个国家的综合国力进行全面与均衡的评判。虽然欧洲国家在市场竞争、贸易总量、劳力市场等方面显得力不从心，但在生态环境、医疗保健、教育体系、基础设施、技术创新、社会福利等多个领域，却依然保持着较强的优势和较厚的底气，欧洲国家的综合国力在全球竞争力排行榜上位置靠前也就显得顺理成章了。

值得一提的是，英国的全球竞争力名次从去年的第十位上升到今年的第七位，显示出这个欧洲老牌工业国家的综合国力仍然不可小觑。但世界经济论坛的排行榜是在英国公投退出欧盟之前计算排列出的，并没有考虑到英国脱欧之后可能出现的种种潜在的有利的和不利的因素。脱欧之后的英国在综合国力方面究竟是利大于弊还是弊多于利，还要等待2017年的全球竞争力报告新的排行榜公布后才能知晓。

欧洲议会批准组建欧盟联军
（2016 年 12 月 8 日）

在美国候任总统特朗普有关美国将减轻欧洲安全防务责任和逐渐淡出北约组织的竞选承诺压力之下，欧盟也加快了欧洲自主防务进程的步伐。欧洲议会已经投票通过了一年之内组建欧盟联军及设立欧盟军事司令部的决议，欧盟自主防务方案也因此获得了立法机构的正式批准。

欧洲议会的有关决议指出，欧洲境内及周边地区的安全形势近几年显著恶化，面对恐怖主义、立体战争及网络和能源安全的挑战，欧盟需要更好地整合全欧洲的军事力量，组建常设多国部队，设立联合军事司令部，以便更好地执行欧洲共同安全与防务政策。决议还呼吁欧盟各成员国为创建欧洲自主防务提供更多的额外财政支持，联合采购军事装备，共享可用于军事行动的车辆和飞机。

欧洲议会的决议中还有一句话应该引起我们的注意，那就是欧盟联军和军事司令部的职责范围应为北约集团没有涉及的地域与任务。也就是说，双方的任务与职责应是互补而不是重叠的，欧盟自主防务与北约的军事任务之间不会发生矛盾和冲突。比如为了抗衡俄罗斯的军事压力，北约的欧洲成员国正在东欧和波罗的海国家派驻军队，未来除非欧洲与俄罗斯之间发生大规模军事冲突，欧盟联军一般不会直接参与和深度介入北约抗衡俄罗斯的军事部署行动，而是将关注的重心放在欧盟成员国内部的反恐与安全事务上。

目前德国、法国、意大利、西班牙等欧洲大国及北欧国家支持建立欧盟联军，但东欧和波罗的海等国则担心欧盟联军会与北约架构重叠。而欧洲的政治学者和军事专家也提出不少质疑，比如欧盟与北约两个组织中有不少成员国是重合的，一个国家同时负担两项军事财政支出，很难向本国的立法机构和纳税民众解释清楚。再就是一旦建立欧盟联军，欧洲大陆同时会出现两个并存且重叠的军事体系和防务架构，无论欧盟联军和北约集团之间怎样区别和分工，都避免不了使命的相似性和任务的重合雷同。

2017 年将至，欧洲仍面临恐怖威胁
（2016 年 12 月 20 日）

法国境内的恐怖分子原先计划 12 月初发起的系列恐怖袭击事件，由于警方提

前破案而暂时得以避免。但2016年年末的法国和其他欧洲国家,却依然笼罩在恐怖袭击随时可能再次发生的危险又紧张的气氛之中。

11月底,法国警方破获了一起对巴黎多达20余处目标进行恐怖袭击的特大案件。据被逮捕的五名嫌犯供认,他们计划对巴黎圣母院、香榭丽舍大街、迪士尼乐园等游人众多的目标地点展开恐怖爆炸袭击行动。而2016年以来,法国警方已经逮捕了418名恐怖袭击嫌疑犯,破获了十几起恐怖袭击行动。法国政府已决定将国家紧急状态法再延长七个月。

而欧洲其他国家,尤其是德国、英国、荷兰、丹麦及比利时等参与国际反恐军事行动的国家,目前也都处在恐怖袭击的威胁之中。

欧洲刑警组织发布的报告也警告说:"恐怖分子可能会在欧洲采用汽车炸弹之类的杀伤力、破坏力更大的方式进行袭击。在伊拉克摩苏尔战斗打响之后,大批'伊斯兰国'组织成员已经逃回欧洲境内,人数有3 000~5 000人,其中起码有数十人正在欧洲实际操控和积极准备恐怖袭击行动。"

报告还指出,目前恐怖分子准备袭击的地点,大都是"软性目标",即对普通民众和游客大批聚集的公共场所展开所谓的"无差别"袭击行动,这样既容易得手,又会让警方防不胜防。恐怖分子把政府部门、军队营地、警察局、核电站等防守严密的"硬性目标"作为第二类选择目标,也不排除见机行事、发起袭击的可能。

在伊拉克、叙利亚等国接连遭到围剿打击之后,大批"ISIS"极端组织成员目前已经纷纷撤到土耳其、利比亚等地理位置更加接近欧洲的邻近国家,甚至直接或绕道撤至欧洲境内,对欧洲各国的安全造成了更大的威胁。

德国联邦政府已下令在年底增加十倍警力,确保平安跨年。美国国务院近期也发布了欧洲旅游警告,提醒圣诞、新年前赴欧洲国家旅游的美国公民加倍注意安全。

就像中国等亚洲国家的新春佳节一样,圣诞和元旦也是欧洲各国民众每年年末家庭团聚、喜迎新年的两个最重要、最温馨的传统节日,现如今却成了最容易受到恐怖袭击的最敏感、最危险的时段。法国和欧洲各国的政府、军队、警察,目前也都正在加紧部署防范,只希望确保各地的民众能够踏踏实实、安安全全地度过"圣诞平安之夜"和元旦新年佳节。

2017年欧洲面临诸多挑战
(2017年1月1日)

2017年已经到来。在新的一年里,欧洲各国都面临诸多严峻挑战。

首先，2017年1月20日美国候任总统特朗普正式就职之后，美国新政府在对欧对俄政策上是否会出现重大改变？欧美关系、北约组织是否会面临新的挑战？而一旦美国与俄罗斯关系改善，欧洲将如何在对俄政策上做出重大调整？欧盟是否会最终撤销对俄罗斯的制裁措施？这些都是新的一年里摆在欧洲各国领导人面前亟须应对和解决的重大事务。

其次，1月中下旬即将在瑞士举行达沃斯世界经济论坛，包括欧洲国家在内的世界各国领导人将相继到达沃斯发表演讲，阐述全球经济形势和未来走向。据悉，中国的高层领导人也将到访达沃斯并发表演讲，以此显示中国高层对世界经济论坛的高度重视，彰显中国在全球经济领域的引领拉动角色和稳定催化作用。

再次，从3月开始，英国与欧盟即将就英国脱欧展开正式谈判。英国究竟是"硬脱离"还是"软着陆"？英国与欧盟最终会以何种方式达成妥协？英国的脱欧模式会对有"脱欧"倾向的其他欧洲国家产生何种影响？去年年底意大利公投之后总理辞职，欧元区是否会继续受到冲击甚至面临解体？这些都值得我们密切关注。

自3月中旬起，荷兰、法国和德国等国将陆续进入立法或总统大选冲刺阶段。而这三个欧洲国家的极右势力在大选中会有什么惊人表现和重大突破，也是整个欧洲甚至全世界都非常关注的焦点议题。目前看来，荷兰极右的自由党可能在议会选举中有惊人表现，甚至不完全排除自由党成为众议院第一大党，拿下政府组阁权，自由党领袖出任首相的可能性。而4月底、5月初的法国总统大选的最后决战，如果不出意外，应该会在右派共和党菲永和极右派国民阵线勒庞之间展开。虽然极右派领袖赢得总统大选的可能性不大，但国民阵线的选民得票率值得人们高度关注。在德国，争取第四次连选连任联邦总理的默克尔，也势必将率领执政的基督教民主联盟，与异军突起的右翼民粹主义政党选择党展开激烈的竞争。

最后，欧洲各国虽然在相对平静的气氛中跨年进入2017年，但在新的一年里，几乎所有人都相信，欧洲还会陆续发生规模不等、方式不同的各类恐怖袭击事件，社会安全仍然是欧洲各国在2017年所共同面临的最严峻的问题。

北约篇

北约举行冷战之后最大规模军演

（2015 年 8 月 20 日）

有消息称，代号为"迅速反应"的北约大规模军事演习正在进行之中，包括法国、英国、德国在内的十个欧洲国家及美国的近 5 000 名军人参加了这次北约在冷战之后最大规模的军事演习。演习期间的高潮项目是将 3 000 多名伞兵特种部队空投到德国境内的一个军事基地。美军知名的第八十二空降师也将参加相关的演习活动。

不难看出，这次北约军演明显是剑指莫斯科，向俄罗斯展示肌肉，炫耀武力的。乌克兰东部局势再次趋于紧张，欧洲的军事观察家甚至预言乌克兰境内一场新的大战一触即发。法国、德国和乌克兰领导人又要为此举行三国高峰会议。

另外，俄罗斯总统普京近日突访敏感地区克里米亚，将以克里米亚为总部建立新的坦克集团军，俄罗斯再次向联合国申请将 120 万平方公里的北极海域划入俄罗斯境内，部署在俄罗斯、乌克兰边境地区的五万名俄罗斯军人近来多次实战演练，从这些现象也可以看出莫斯科方面也是频频动作，四处出击。

在这种复杂又紧张的背景，北约通过大规模军演向俄罗斯方面施加更大的军事压力，警告俄罗斯不要轻举妄动的意图就显得十分明显。据统计，2015 年前 7 个月，北约战机一共起飞升空 250 架次，对接近欧洲领空，尤其是波罗的海上空的俄罗斯军机实施拦截，其频率和密度是冷战结束以来从未遇到过的。

欧洲的 ELN 研究机构也分析指出，目前北约和俄罗斯之间的摩擦和对抗，已经从原先的外交口水战，上升到了真正的军事部署和战争准备阶段。双方都在防备擦枪走火那一天的到来，都在为一场全面对抗和冲突做最坏的打算。

这一研究和分析虽然让人感到担心和恐惧,但欧洲、北约和俄罗斯之间发生军事摩擦或冲突的可能性确实一直存在。现在抗衡各方的最高层领导人之间的沟通与联络显得非常重要,所以普京到纽约参加联合国大会期间,能否与奥巴马总统会面和商谈,将对未来北约、俄罗斯关系和乌克兰局势走向产生关键性的影响和作用。

北约与俄罗斯核武威慑加剧升级

(2015年12月22日)

在土耳其击落俄罗斯战机事件发生之后,北约与俄罗斯的对峙和争斗也逐渐加剧和升级。北约成员国土耳其的F16战机,在土叙边境上空击落了一架俄罗斯的苏24战机,导致土俄两国关系极度紧张,也使得乌克兰战事之后北约与俄罗斯之间的对峙和争斗进一步加剧和升级。

首先,北约表面调和斡旋土俄紧张关系,暗地却力挺土耳其,增加北约在土耳其境内的空军战机和防空武器,德国上千名军人进驻土耳其,以及美国国防部部长突访土耳其空军基地也并非偶然。两名土耳其高官相继被任命为北约副秘书长和行动局执行长官,也是意在突出土耳其在北约的地位和作用。

其次,时隔六年之后,北约突然重启东扩进程,正式邀请巴尔干半岛的黑山共和国加入北约。黑山虽然军力薄弱,据说全军仅有一辆苏联老式T55坦克、几架法国旧直升机和千余名士兵,但其在亚得里亚海岸的优良舰船深水港口,却极具政治军事地缘战略价值。而黑山一旦加入北约,波黑、马其顿和格鲁吉亚等国也将紧随其后申请加入,北约打压俄罗斯战略空间与势力范围的力度定会加大。

最后,也是最令人关注的,就是北约和俄罗斯的相互核武威胁骤然升级。先是波兰国防部部长表示正在考虑请求北约在波兰境内部署核武器,再是俄罗斯总统普京随即威胁说俄罗斯是核武大国,最好不要招惹我们。而在早先,俄罗斯已经在克里米亚部署了十架以上的可携带核弹的图22逆火式超音速远程战略轰炸机。

由此可见,北约与俄罗斯之间相互的核威胁,已经不仅仅停留在口头上,而是正在具体部署和密集筹划之中。可以说,东西方冷战结束25年之后,由于乌克兰、叙利亚战事以及土耳其、俄罗斯冲突等因素,北约与俄罗斯之间在核武威慑之下最终爆发军事冲突的危险已然存在,东西方冷战,甚至东西方热战的"达摩克利斯之剑",又再次高悬在欧罗巴大陆的上空。

北约与俄罗斯从"化敌为友"到"化友为敌"

（2016年1月4日）

俄罗斯总统普京签署命令，批准了俄罗斯新版国家安全战略，认定北约和美国对俄罗斯国家安全构成威胁，而俄罗斯与北约之间的对抗和交锋还将持续下去。

由俄罗斯总统普京签署批准的新版国家安全战略指出，北约增强军事实力，增加军事活动，将军事设施靠近俄罗斯边境，对俄罗斯施加政治、经济、军事和信息压力，在邻近俄罗斯地区不断实施军事化和推进军备竞赛，已对俄罗斯国家安全构成威胁。可以看出，东西方冷战结束时隔25年之后，俄罗斯再次将北约视为威胁其国家安全的一号假想敌和头号潜在对手。

的确，2015年北约与俄罗斯之间的摩擦、对抗和冲突持续升级，其中包括土耳其击落俄罗斯战机，北约加强部署土境内陆海空武装，北约继续东扩，接纳黑山，乌克兰、格鲁吉亚也步步跟进，乌克兰境内战火持续不断，波兰请求北约在其境内部署核武器及永久驻军，等等。

北约继续蚕食俄罗斯势力范围、持续挤压俄罗斯战略生存空间的动作从未停止过。而俄罗斯方面也态度强硬，反应激烈。不仅在叙利亚开辟第二战场，抗衡西方国家的反恐联盟，还多次以核武器威慑、警告和反击北约的打压。一时间，北约与俄罗斯的关系模式开始逆转，由原先的默契与合作，变成了如今的敌视与对抗。

我们都还记得，在2002年的北约罗马峰会上，当时的美国总统布什和俄罗斯总统普京就成立"北约俄罗斯理事会"，建立战略合作伙伴关系以及各自削减三分之二核武器达成协议，最终结束了二战之后长达50多年的东西方冷战状态。然而时至今日，北约与俄罗斯之间从原先的"化敌为友"又转回到"化友为敌"，东西方冷战的铁幕又重新笼罩在欧洲大陆的上空。

不少国际问题专家都预感到，如此下去，北约和俄罗斯之间迟早一战，现在的未知数，只是双方冲突将在何时何地，以何种形式和规模爆发，又将以何种方式和结果收尾。作为北约成员国的土耳其在年前击落俄罗斯战机，其实已经打响了第一枪，北约与俄罗斯之间实际上已经发生了真正意义上的战争交火和军事冲突。而北约与俄罗斯的紧张关系将发展升级到什么程度，东西方冷战是否会转变成热战，确实已经成为新年伊始全球最为关注的焦点。

北约与俄罗斯紧张关系持续升级

(2016年4月30日)

美国总统奥巴马在欧洲访问期间,多次谈到近期北约与俄罗斯之间的紧张关系。奥巴马表示,俄罗斯总统普京一直把北约和欧盟视为威胁,北约必须加强在波兰、罗马尼亚和波罗的海的实力。北约秘书长也称俄罗斯采用各种手段恐吓周边国家,并且正在试图分裂北约。

最近一段时间,北约和俄罗斯的紧张关系又再度升级,甚至达到了几乎擦枪走火的程度。不久之前,俄罗斯战机以超低空、近距离的方式,飞掠和环绕驻扎在波罗的海国际水域的美军导弹驱逐舰和侦察机,最近距离不到十公尺,震惊美国和北约。

美国国务卿克里透露,根据相关规则,美军本可以击落俄罗斯战机,并告诫俄罗斯下不为例。而俄罗斯方面则解释,俄军战机并没有把锁定雷达系统转换为攻击模式,也没有携带武器弹药,美军没理由开火还击。

而美国知名的战略研究机构兰德公司,也以"北约东侧威胁加剧"为题发布报告称:俄罗斯的导弹和潜艇的数量、性能、活动范围和攻击态势,都达到了20年来未曾见过的程度,已经提升至冷战时期的水平。报告还预计俄罗斯现在可在60个小时,也就是三天时间里击溃北约。

对此,北约近期加紧强化在东欧及波罗的海的军事部署。美国12架最先进的F22隐形战机已经部署到英国,其中多架已于本周初进驻罗马尼亚的空军基地。美军还准备重新向欧洲派遣U2型高空侦察机。

最令俄罗斯方面警惕和担忧的是,北约正在加紧筹备建立黑海舰队,除了黑海沿岸罗马尼亚、保加利亚等几个东欧国家之外,俄罗斯目前的敌对国家如乌克兰、土耳其,甚至格鲁吉亚都可能加入北约的黑海舰队。

一旦北约的黑海舰队成立,就意味着北约对俄罗斯黑海舰队的锁喉行动正式展开。而如果格鲁吉亚加入北约的黑海舰队,则显露出格鲁吉亚最终加入北约组织的趋向更加明显,北约针对俄罗斯的东扩行动将再次取得突破性进展,而北约与俄罗斯之间的角力和对抗也势必更加激烈。

北约、俄罗斯军事对抗再次升级

（2016年6月2日）

北约与俄罗斯之间的军事对抗再次升级，双方也为防备对方而在欧洲展开了密集的军事部署。

"俄罗斯与北约的关系正在迅速倒退，正在重返冷战时代。"这是俄罗斯总统新闻发言人就俄罗斯与北约关系近期急剧恶化而做出的表态。

北约与俄罗斯的关系近期再度紧张，与北约在东欧地区的一系列军事部署行动有关。

一是北约不顾俄罗斯方面的激烈反对，正式启用在罗马尼亚修建的神盾级反导弹防御系统，在波兰境内的北约第二个反导弹防御系统基地也已动工，预计2018年完工。设在邻近俄罗斯西部边境的这两个北约反导系统，明显是针对俄罗斯的导弹与核武器威胁而设置的。

二是英国外交大臣已经证实，北约将向东欧地区部署3 500名北约军人，由英国、德国和美国统一指挥。美国也计划向欧洲增派三个满员作战旅的部队，以加强北约的军事力量。

三是巴尔干国家黑山共和国加入北约已经进入最后的批准程序。最近还传出迫于俄罗斯的军事压力，就连北欧的两个永久中立国瑞典和芬兰都在向北约靠拢。一旦黑山加入北约，马其顿，甚至属于亚洲的格鲁吉亚也会随之申请加入北约。虽然乌克兰加入北约的进程暂时搁置，但北约继续大举东扩的趋势仍然迅猛，给俄罗斯的周边环境和战略空间造成了巨大的压力。

面对北约咄咄逼人的军事部署和进取态势，俄罗斯方面也反应激烈、态度强硬。访问希腊的俄罗斯总统普京在雅典表示：北约的动作威胁到了俄罗斯的国家安全，俄罗斯别无选择，只能被迫做出相关反应。而俄罗斯军方也随即宣布，将在克里米亚修建高效追踪的雷达站，并将在靠近欧洲的西部和南部地区新建三个师的部队，每个新建师的编制为一万人。

总而言之，虽然目前乌克兰的局势有所缓和，但北约与俄罗斯之间的关系却仍然紧张。在波兰首都华沙召开的有美国总统奥巴马参加的北约峰会，以及在中国杭州举行的有欧洲和俄罗斯领导人出席的G20首脑峰会，都是深入观察和准确预测欧洲、北约与俄罗斯关系未来走向的理想场所和最佳时机。

英国脱欧对欧盟防务和北约军事的影响

(2016年6月29日)

英国脱欧之后,欧盟的共同军事防务体系如何维持?英国又会怎样协调与北约的关系?"如果英国脱欧,也许只有俄罗斯总统普京和'伊斯兰国'组织会感到高兴。"这是英国首相卡梅伦在脱欧公投之前所说的一句话,意在警告英国一旦脱欧,欧洲的军事防务体系将会受到冲击和损害,欧洲和西方的军事对手可能会从中得益。实际上,英国退出欧盟,势必会对欧盟原有的共同军事防务体系带来负面影响,但对于由美国主导的北约组织来讲,可能并非一件坏事。

美国的外交政策杂志认为,多年以来,克里姆林宫一直希望分化西方,试图在北约和欧盟中制造裂痕,但收效甚微。这次英国脱欧,普京不用动手就坐享其成。而实际情况也是如此。

首先,作为军费预算欧洲第一、军事实力仅次于法国的国家,英国退出欧盟,势必会对欧盟原有的共同军事防务体系带来各种负面影响。欧盟的军事防务战线,从大西洋海域缩到了欧洲大陆。由德国发起的组建欧盟联军的计划,也可能因为英国脱欧而搁浅放弃。英国脱欧之后,势必会削弱欧盟在国际外交和全球军事领域的地位和影响力,在诸如全球反恐、中近东战争、乌克兰问题等重大国际军事事务上,欧盟的发言权和决策力也会大打折扣。而英国脱欧之后,欧盟在军事和防务领域所出现的弱化空白现象,反而会更加凸显北约组织的地位与分量,原本就充满摩擦矛盾的欧盟与北约双轨并行军事防务政策的天平,在英国脱欧之后,又一次向北约一边倾斜。

可以想象,退出欧盟之后,英国在军事防务领域势必向美国及北约靠拢。未来英国在决策与实施地区与国际的重大军事部署行动上,相信也会更加具有灵活性和务实性。

英国虽然退出欧盟,但还是联合国安理会常任理事国,又是七大工业国集团以及核武俱乐部成员,也是遍布全球的50多个国家组成的英联邦的盟主,英国脱欧之后,为避免其国际地位被边缘化,在摆脱了欧盟共同军事防务的条条框框之后,势必会通过北约组织和跨大西洋框架,更加积极主动地参与和介入地区与国际的重大军事部署和行动。而在突破欧盟对华武器和高科技产品禁运一事上,英国现在也已经不再受欧盟的相关限制和束缚,具备了启动的外部环境与自身条件,目前只看唐宁街10号的新首相如何决策实施了。

北约不仅继续东扩还打算北扩

(2016年7月8日)

在波兰首都华沙举行的北约峰会,再次研讨了北约东扩的未来方向,而芬兰、瑞典两个北欧的永久中立国,也正在积极向北约靠拢。

2016年6月初,北约曾在波罗的海举行了东西方冷战结束以来最大规模的陆海空三军联合演习。除了北约19个成员国之外,马其顿、格鲁吉亚、乌克兰、瑞典和芬兰五个北约伙伴国家也参加了军演。而这五个国家,刚好又是北约未来继续东扩并准备北扩的入会对象国家。

由于乌克兰战事持续,为避免过度刺激俄罗斯,北约决定暂时搁置乌克兰入会的进程。而在黑山加入北约已进入程序之后,另一个巴尔干地区国家马其顿的入会也提上了日程。而最为令人关注的,就是格鲁吉亚也正在紧锣密鼓地为加入北约进行各项准备和铺垫。2015年北约已经正式启动格鲁吉亚的军训中心,并在格鲁吉亚境内举行包括美国在内的五国联合军演,实际上格鲁吉亚已成为北约的准成员国家。

北约成员国土耳其和塞浦路斯都处于欧亚大陆衔接地带,从洲际划分和地缘政治角度来说,它们加入北约虽然勉强,但毕竟还说得过去。而格鲁吉亚则完全处于黑海东岸高加索以南的西部亚洲地区,一旦加入北约,势必还会带动邻国亚美尼亚和阿塞拜疆相继入会,北约从南部对俄罗斯的挤压围堵势态即将成型,北约打入、开拓真正意义的亚洲地区的计划也将得以实现。

另外,除了继续东扩之外,北约也迎来了北扩的机遇:一直定位于永久中立国的北欧国家瑞典和芬兰,近几年放弃中立国地位、靠拢北约组织的意向越来越明显和强烈。主要是由于2014年克里米亚及乌克兰战事以来,北约、欧洲与俄罗斯之间的关系一直吃紧,与俄罗斯拥有长达1340公里边境线的芬兰和其背后的瑞典,成了新冷战的最前沿国家,两国压力倍增,因此被迫向北约寻求军事庇护。

访问芬兰时俄罗斯总统普京已经明确警告:一旦芬兰加入北约,俄罗斯一定会做出激烈的反应和相应的军事部署。当然,作为中立国,瑞典、芬兰若想真正加入北约,也不是一件容易的事情,必须经过全民公投表决,政府也要做出改变根本国策的决定。

然而,如果北约和俄罗斯的军事对抗达到一定的紧张程度,或者发生军事冲突,那么身处最前线的这两个北欧国家,就只有依靠北约来保卫国土安全了。总之，未来北约在继续东扩的同时，还准备北上南下，进一步拉近与北欧中立国的关系，加强南部地中海沿岸国家的军事合作关系，最终目的一是继续强化与俄罗斯的军事抗衡，二是更积极介入国际反恐斗争之中。

北约华沙峰会研讨对俄军事战略
（2016年7月6日）

北约高峰会议在波兰首都华沙举行。包括美国总统奥巴马在内的28个北约成员国领导人，将在峰会期间重新确定北约未来的战略调整。

1955年，为了抗衡西方国家1949年组建的北约集团，苏联和七个东欧社会主义国家，是在波兰首都华沙签署了"华沙条约组织"军事同盟的，从此正式开启了美苏东西方两大阵营，北约、华约两大军事集团之间近40年的冷战时期。如今华沙条约组织早已不复存在，而北约集团却仍然咄咄逼人、不断东扩，新的冷战仍然笼罩着欧洲大陆。如果这届北约峰会正式接纳黑山入会，北约成员国的总数将增加到29个，几乎覆盖了除俄罗斯之外的整个欧洲大陆，以及北美洲和欧亚两大陆的全部交接地带。

在北约峰会前夕，除了北约成员国土耳其就击落俄军战机一事向俄罗斯道歉，土俄关系有所缓和之外，外界传出的几乎都是北约与俄罗斯之间摩擦对抗的负面消息。比如北约在东欧举行大规模军事演习及部署反导弹系统，美国、俄罗斯战机、军舰在欧洲海域频频危险接近，俄罗斯领导人就黑山和芬兰加入北约发出强硬警告，俄罗斯海军在波罗的海、黑海海域部署大批隐形潜艇，欧盟继续延长对俄罗斯的禁运时间，等等。

北约华沙峰会的主要议题：一是讨论东部和南部军事威胁的回应对策；二是研究欧洲东侧北约的兵力部署；三是探讨北约下一步的东扩计划；四是改革北约的合作伙伴国政策；五是确定北约未来核武器战略发展方向。

从上述议题不难发现，除了第四条北约的合作伙伴国政策涉及如何处理和协调英国脱欧之后北约与欧盟的关系以外，其余四大议题都是针对俄罗斯的战略要点。其中最为引人关注的，一是北约向波罗的海三国和波兰等东欧国家派驻北约军队的规模与任务；二是北约未来东扩是否指向格鲁吉亚和马其顿，以及是否展开永久中立国芬兰和瑞典入会的北扩进程。

总之，这届北约华沙峰会的最主要议题，就是审议研讨和调整确定北约和西方阵营对抗俄罗斯军事压力的未来战略。北约华沙峰会，也将成为北约与俄罗斯，甚至西方与东方未来关系走向的又一个风向标。

土耳其境内美军核弹安全令人担忧
（2016年8月26日）

土耳其军事政变未遂之后，国内局势剧烈动荡，土耳其与美国、欧洲的关系也急剧恶化，而部署在土耳其境内的美军核弹也处于不安全的状态。

土耳其发生未遂的军事政变期间，有一个非常重要的细节引起了美国军方和北约方面的极度担忧和高度警惕。当时土耳其的政变部队以及之后亲总统的土耳其军队，曾经一度封锁了美军设在土耳其的因吉尔利克空军基地，并且切断电源，阻止美军战机起降。而正是在这个空军基地里，存放了美军的50枚B61型航空核弹。

我们都知道，早在1959年，美国就开始在土耳其部署中程核子导弹，直接威胁到苏联以及欧洲地区。苏联当时也以牙还牙，向美国的后院古巴运送导弹，从而引发了震惊全球的古巴导弹危机。随后美苏两国相互妥协，商定各自从土耳其和古巴撤出导弹。

但后来美国又悄悄地在土耳其重新部署核弹。直到2016年2月，才由北约前秘书长首次公开证实。而现在部署在土耳其境内的B61型核弹，是目前美军部署在海外的最先进的小型战术航空核弹，这种精准式核弹的爆炸当量在300~50 000吨级之间，可由美军的几乎任何一款战机或轰炸机携带升空，发射投弹。

除了土耳其境内的50枚之外，美军还在意大利、比利时、德国与荷兰同时部署了另外130枚B61核弹，是美军及北约从未实战使用过但又是威胁俄罗斯及震慑中近东敌对国家的海外一线战术核弹。

由于土耳其国内局势动荡不安，再加上土耳其迅速接近俄罗斯、疏远欧美，甚至威胁退出北约，与欧盟决裂，美军部署在土耳其境内的这批极为敏感的核弹的安全状况就变得十分令人担忧。未来一旦土耳其与美国、北约之间的关系发生突变，土政府与军队控制了核弹，就势必会引起巨大风波。而如果这些核弹被土耳其的极端势力和"ISIS"极端组织的恐怖分子窃取，后果则更加不堪设想。

早在2005年，北约当时的最高司令就曾提议撤走土耳其境内的核弹，现在又传闻美军有意将土耳其境内的这批核弹转移到罗马尼亚，但立即被罗马尼亚官方否认。罗马尼亚前总统伯塞斯库表示：核弹不是土豆，不能说转运就转运。在一个国家存放核弹需要经过多年的谈判，因为部署核弹对存放国来讲存在着巨大的风险。而一旦美军决定将核弹移至罗马尼亚或俄罗斯邻近国家,势必又会引发俄罗斯方面的激烈反弹和强力反制。

总之,如果美军继续在土耳其存放核弹,安全风险系数极高,而转至其他俄罗斯邻近国家,政治敏感度又极大。

北约在东欧展开大规模军事部署行动
(2017年1月10日)

新年伊始,美国和北约在东欧展开大规模的军事部署行动,而俄罗斯方面也向欧洲和北约发出核威慑警告。

就在奥巴马卸任、特朗普就职美国总统的前夕,美国和北约在东欧地区展开了20多年来最大规模的军事部署行动。据欧洲媒体透露:新年伊始,大批美军的重型装备和武装人员,包括87辆坦克、150辆军车,以及4 000名美国军人,陆续运抵德国的不来梅港口,之后这些军事装备和人员将通过铁路和公路陆续运往波兰和其他东欧国家。美军方面也表示,这只是东欧大规模军事部署行动的第一步,未来短期之内,还将有包括坦克、军车、火炮在内的总数近3 000台重型装备陆续运抵德国多个港口。目前,美军有至少两个陆军装甲作战旅和四个加强营,已经分别部署在波兰、保加利亚、罗马尼亚三国境内和波罗的海,并且还计划向东欧派驻配备有近百架"阿帕奇"和"黑鹰"武装直升机的航空作战旅。

另外,包括英国和德国在内的多个北约成员国家,近期也加强了在东欧地区的军事部署。北欧国家冰岛也配备了美军反潜巡逻机,并准备好可容纳1.5万名军人的军营。挪威也同意在其境内部署美国的海军陆战队。而北约部署在东欧国家的反导弹防御系统现在已经具备初级作战能力,计划于2020年最终完成部署。对此俄罗斯国防部部长表示,最近十年北约部署在俄罗斯西部边境的军队增加了七倍之多,北约国家针对俄罗斯的军事预算已经达到9 180亿美元。面对北约大规模军事部署,俄罗斯方面也不甘示弱,强势回应。俄罗斯军方最新透露,俄罗斯陆基战略导弹部队的400枚洲际弹道导弹,99%处于战备状态。在距离挪威边境仅120公里处的科拉半岛上,俄军已经建立了可储备两百枚核弹头的新型导弹库,俄军早已废弃的铁路移动式战略核武器发射装置近期也重新恢复使用,这些都可视为俄罗斯方面激烈回应北约的重大威慑性行动。一些欧洲的政治和军事专家分析,北约在东欧的大规模军事部署行动,可能是即将离任的奥巴马在给特朗普埋雷挖坑,意在阻止不断向俄罗斯发出善意信号的美国新总统上台之后大幅改善与俄罗斯的关系,以及美国未来疏远淡化在北约中的角色和地位的可能性。但更多的欧洲专家则认为,特朗普上任之后,虽然不排除相对缓和与俄罗斯的紧张关系的可能性,但应该还会大致延续采用欧洲和北约遏制俄罗斯的既定长期战略,北约集团也不会即刻停止打压俄罗斯战略空间的各类行动。从长远角度来看,欧洲大陆仍然会继续是美国与俄罗斯之间,甚至西方与东方之间长期对峙、抗衡博弈的热点地区。

欧盟、北约警告或有生化恐怖袭击
（2017 年 1 月 16 日）

新年伊始,来自欧盟和北约的消息透露,恐怖分子可能会使用大规模杀伤性的生化武器发起袭击。

据英国媒体披露,在叙利亚阿勒颇发现用于制造化学武器的有毒物质,并且证实在近 50 名当地居民和政府军人因此丧生的消息传出之后,北约一名前高级将领警告说:"目前最令人担心的是恐怖分子掌握大规模杀伤性的化学和生物武器。一旦恐怖分子发起生化武器的袭击事件,估计全球近 40% 的人口将受感染,死亡率将达到 10% 至 20%,4 亿人会因此丧生。"而欧盟的一份安全报告也指出:"'伊斯兰国'曾经招聘专家,试图利用大规模杀伤性的化学与生物武器对西方国家发动袭击。一旦生化袭击发生,将极具杀伤破坏力。"

其实早在 2016 年 6 月,俄罗斯总统普京就曾表示过:"恐怖分子已经把魔爪伸向生化武器,难以预测新一轮的大规模生化袭击将在何时何处发生。"而巴西警方也在 2016 年 7 月透露,15 名恐怖分子曾计划在里约奥运会期间发动生化攻击行动。法国安全部门也确认"ISIS"极端组织已经掌握了制造芥子气的技术。我们都知道,生化恐怖袭击就是指人为地通过空气、水源和食物传播、释放病毒、细菌和微生物,以达到大规模杀伤人类的攻击手段。

1995 年,日本末日教派奥姆真理教的成员,就曾在东京地铁车厢内释放沙林神经毒气,造成 5 500 人中毒、13 人死亡的重大惨案。而生物专家也指出,制造毒气的方法其实也很简单:只需要一台啤酒发酵器、一副防毒面具、一件塑料外衣,以及一种用蛋白质作为基本成分的培养基就可以开工了。然后在人员密集的场所喷洒,或者在水源和食物上投放,都能造成大规模的人员死伤。而一旦恐怖分子发起大规模的生化武器攻击行动,将会造成比爆炸、枪击、车祸等恐怖手段更为惨烈的死伤效果。

在 2017 年新年伊始之际,如何防止恐怖分子掌握和使用生化武器,应该说是受恐怖袭击最为严重的欧洲各国,甚至全世界共同面临的反恐新课题。

中欧篇

国际奥委会主席谈北京奥运

（2006 年 10 月 21 日）

  凤凰卫视记者严明在国际奥委会总部瑞士的洛桑对奥委会主席罗格进行了专访。专访围绕 2008 年北京奥运会的筹备情况展开，罗格就反兴奋剂、裁判错判等问题表达了国际奥委会的态度，并向努力筹备又焦急盼望北京奥运会召开的中国民众表达了祝福。专访全文如下。

北京奥运会为体育留下独特财富

严明： 主席先生，2001 年 7 月 13 日，也就是您当选国际奥委会主席的前三天，北京获得了 2008 年奥运会的主办权，您当时的个人感受是什么呢？

罗格： 我的个人感受就是，这是奥林匹克运动历史上的一个喜悦的日子，因为我们做出了一个非常好的决定，我们向世界上人口最多且拥有悠久体育传统的国家献上了一场奥运会，这是一个非常值得高兴的日子。

严明： 在雅典奥运会闭幕式上，当你将奥林匹克旗帜转交给北京市市长时，您是不是对中国承办 2008 年奥运会充满了信心？

罗格： 当然是，我们充满了信心，我们知道中国的能力，我们知道中国对体育和奥林匹克的热爱。

严明： 您转交旗帜的时刻，是否也是一个令您激动和印象深刻的时刻？

罗格： 那当然是一个激动人心的时刻。这面奥林匹克旗帜是 1920 年奥运会上，由我的祖国比利时重新制作后送给国际奥委会的，这也令我激动。

另外,当我从雅典市市长手中接过旗帜,又转交给北京市市长时,有点像一位母亲将她的婴儿转交给另一个人精心抚养四年,四年之后你们还给我,我又会转交给另一个人抚养。

严明: 雅典闭幕式上,观众们欣赏了八分钟的中国歌舞表演节目,有人这样评价:雅典奥运会的闭幕式就是北京奥运会的揭幕。

罗格: 是这样的,交接马上就完成了。现在世人的目光已经转向了北京,我坚信中国将会举办一场精彩的奥运会。

严明: 主席先生,北京申办奥运会时,国际奥委会确信由北京举办奥运会会为中国和体育留下一份独特的遗产,您对此有何个人的解释?举办奥运会对中国的经济发展来说无疑是一个机遇,那么对中国的社会发展是不是也是一个机遇呢?

罗格: 这要看中国人怎么筹办奥运会。举办奥运会对于一个城市、一个国家、一个民族来讲都是不可多得的潜在机遇。如果你们的筹办方向正确,你们将在众多领域有所收获,比如您刚才提到的那些领域,比如民众对体育的感悟和认知,也会为一个国家的城市建设、体育运动、基础设施的发展,为一个国家的威信和国际形象建设留下丰厚的财富,奥运会能为一个国家带来许多的益处,但不是自动获得的,还需要我们不懈努力。

严明: 在政治领域,举办奥运会期间及之后是不是也会为中国走向世界带来新契机?

罗格: 你们中国人现在手中已经拥有了各种元素,你们完全可以按照自己的意愿和需要为国家做事情。

严明: 主席先生,中国选手在雅典奥运会上的表现令人吃惊,尤其是您曾说过的"干净清洁"的比赛战绩,是否使您对中国承办2008年奥运会更具信心?您认为中国这几年在体育方面的进步秘诀是什么?

罗格: 没有什么秘诀。当一个国家在遵守规则的前提下全力争取好成绩时,必然会带来好结果。最重要的是你们的运动员数量比世界上任何国家都多,出现一个杰出选手的概率也随之增大,你们还掌握了先进的训练技术,拥有优秀的教练员和极好的体育中心。民众对体育的热情也是一种动力,你们也为体育提供了充足的财政支持,自然会取得好成绩。我也从未怀疑过,我确信2008年北京奥运会上中国选手一定会创出优良战绩,然而优良成绩已经提前出现了,还在一些出乎意料的项目中出现,并且整整提前四年出现。

严明：雅典奥运会之后，一些中国人评价说这些优异成绩来得可能过早了一些，应该最好在2008年达到高峰，您估计2008年中国选手能否创出更好成绩？

罗格：按常理来说，中国选手还会取得进步，我相信中国运动员的潜在能力还没有完全发挥出来，你们还会取得更好的成绩。

对2008年的北京充满信心

严明：您曾在北京说过：中国筹办奥运会的准备工作如此令人满意，以至于国际奥委会都不知道2008年前还有什么要做的……这是一个玩笑还是真的那么有信心？

罗格：我们一直有信心，我们对北京奥运会的工程进展非常满意，但这并不是说已经万事俱备，我们仍有很多准备工作要做，我期待我的中国朋友继续勤奋工作。我只是想说，希望一些场馆建成日推后6个月，我们不愿意看到场馆落成过早，空置不用，这会增加维护的费用。场馆落成日期将会重新调整。请相信我，还有许多事情需要我们去做，我们的同事也知道要办好一届奥运会，还需要做出艰巨的努力。

严明：雅典奥运会经费达到了一个创纪录水平，也就是100亿美元左右。与此同时，北京决定对场馆设施采取"瘦身"政策，您认为这是一个好的主意吗？

罗格：人们对雅典奥运会经费议论众多，直到现在，连希腊财政部部长和总理都还不清楚，因为几个月之后希腊方面才能计算出真实的经费数目。在奥运会预算中，有不少项目的经费不能混为一谈，一是奥运会实际运作经费，也就是承担16天奥运比赛的实际费用，这部分经费雅典是有节余的。二是体育场馆设施建设费用，这些场所并不是奥运会一结束就消失，它们会在今后的二十年、三十年、四十年中继续产生效益，这方面的费用希腊还没有计算出来。三是基础设施费用，比如机场、地铁、有轨电车、公路，这都是城市建设的一笔财富，这方面的经费是多少目前还不知道，也没有最后证实。中国希望在预算方面尽量平衡，我们将与中国朋友一道争取最佳的投资效益，但这些投资是一种未来性投资，而不仅仅是为了为期两周的奥运会的投资。

严明：北京的主办机构提出了好几个口号，比如"绿色奥运""人文奥运""数码奥运""节俭奥运"等，您最欣赏哪一个？

罗格：奥运会应该永远以运动员为主角，在这个大前提之下，还包含其他一些因素，比如我们要关注生态环境，就是"绿色奥运"；我们要关注奥运文化，就是"人文奥运"。另外，还有国家遗产、技术更新等因素，但最为重要的还是运动员本身，所有的一切都要为运动员着想，把运动员置于我们关注的中心位置。

严明：主席先生，您曾说不能在主办城市之间做比较，因为每座城市、每个国家都具有各自的特性，那么对您来说，什么才是具有中国特色的奥运筹备？您有何个人建议？

罗格：这方面我可没有什么建议可提供给中国朋友，你们比我更清楚你们的国家和潜力。无论是哪一届奥运会，无论是在希腊还是在中国，都由一系列的主要因素构成，没有这些就不可能承办奥运会。首先，要有一个安定的环境，奥运会应该在一个安定的环境中进行。其次，要拥有优良的基础设施，拥有优良的机场、公路、火车、地铁以及接纳能力，有运动员村、体育场馆。再次，要有一些精通业务的人和志愿者在这些基础设施里组织活动，并知道如何展示国家的特色。中国具备所有这些因素，除此之外，我想中国应该充分表达出民族与文化的重要价值，也就是中国卓越的文化、悠久的传统和古老的历史。总之，这些价值所在，也就是你们拥有的那种很难用言语概括的东方智慧。我希望我们能欣赏到这些优秀的东西。

严明：我不知道这是否是一种巧合，那就是在您任期之内，先后组办了雅典和北京这两个横跨两大古文明的奥运会，您为此感到欣慰吗？

罗格：当然了，因为奥运会其实是社会的反映，能够在拥有众多人口及为人类创造出如此灿烂文明的国度里举办奥运会，当然非常重要。奥运会大大超越了单纯的体能竞技，它是人类将竞技与能量融为一体的一种表现形式，体现了人类的期望与能力，又展示了人类的大同与和谐，这是一种非常强烈的感情流露。

严明：除了您刚才对中国筹备奥运会的肯定与鼓励，您能否如实地告诉我们对北京奥运会筹备的一些实际担忧之处，是气候、交通、治安，还是污染、语言水平、服务质量？

罗格：我真的没有特别担心的地方，我对您刚才所列举的问题并不感到担忧。我相信中国有能力克服所有困难。筹办奥运会从来就不是一件容易的事情，我会与中方一道追求完美。我曾经是一名运动员，一名奥运选手，我是一个完美主义者,即便我的水平和能力不够,但我还是尽量追求最佳成绩和最高水平。我也从奥运会筹办者中感受到了这种精神,既然要组办一届奥运会,那就要尽量办成最好的一届,要超过以往的各届,这就是我从北京组委会感受到的,我对此感到非常欣慰。

与贪污和禁药的斗争将一直进行下去

严明:您是医学博士,又是一位体育医学医生,与禁药做斗争,是不是一直是您担任国际奥委会主席期间最主要的奋斗目标?

罗格:是的,与禁药做斗争是我最主要的奋斗目标,因为禁药是体育最大的灾祸,有损竞赛原则,有毁运动员健康,正因为这些我们才要与禁药做不懈地斗争。我很欣慰雅典奥运会期间我们在药检方面取得了很大的进步,我们还将为此继续奋斗。

严明:您认为中国在技术方面是否能够适应药检工作?

罗格:这十年来,中国在禁药方面做出了很大的努力,药检水平也很高,我们对中国在这方面的进步感到非常高兴。

严明:对于国际奥委会内部的贪污现象,您一定也会穷追不舍吧?因为您曾经说过:我幻想的彻底消灭贪污和禁药是永远不会实现的,但我要永远为之奋斗下去。

罗格:我们当然要与贪污现象做斗争,不幸的是,整个社会都有贪污现象存在。人类的灵魂总是有缺陷的,没有一个社会是不同这些社会缺陷做斗争的。有一天禁药会全部消失,这仅仅是我的一个幻想,总会有一些作弊者,我们也总要与之斗争,人们不能想象一个没有法律、没有审判官、没有警察、没有监狱、没有罪犯的社会,我们必须与犯罪现象做斗争,把犯罪率降到最低。

严明:外界与奥运会和奥委会无关的人总是搞不懂,猜想国际奥委会现在已经成为一部巨大的商业运作机器,所有委员都拥有一份高工资,可为什么贪污仍然存在?这种猜想是对还是错呢?

罗格:人们必须清楚国际奥委会委员是没有领取任何报酬的,我就不领取工资,我们都是志愿工作者,我们不计报酬地为体育服务。当然,所有正常开销都可以报销,比如我去北京,我不会自己买机票,是由机构支付的,不然我自己没有能力支付去北京的费用。可是过去有一些委员接受过申办国的资助,用于本人及家属的医疗费用,我们不能允许这类现象发生,并且公布过有关的情况。千万不要以为国际奥委会掌握许多钱,国际奥委会有自己的财政收入,但我们将收入的94%用于支持全世界200个国家的体育发展,尤其是发展中国家,而我们则是志愿工作者。可能会有贪污现象,但我们会对此进行监督,毕竟这是人类社会的通病,任何地方都不会有完人。

严明: 您怎么与裁判有意错判现象做斗争呢?就像雅典奥运会期间所发生的那样。

罗格: 我们在过去已经为此做了很多努力,比如在拳击、滑冰项目中增加了电脑监测设备,也与有关联合会共同努力,提升裁判的专业水平。裁判有可能错判,我们可以谅解,但我们不能容忍那些出于串通勾结、民族主义甚至贪污受贿的目的而人为错判,我们决不能姑息这种现象。但如果在足球比赛中,一位球员本不应受到处罚却被错罚,我们也只能维持错判,因为裁判必须在没有摄像机辅助的瞬间做出判决,我们要信任裁判,甚至在他做出错误判断的时候。

希望自己是一位"好船长"

严明: 我记得很清楚,您在当选国际奥委会主席时,曾经接受了国际奥委会的象征——一把金钥匙。当时有人对您说,国际奥委会就像一条起载的轮船,又遇上了暴风雨,需要像您一样的好船长。三年过去了,您觉得自己是一位好船长吗?

罗格: 这个问题不应该问我,而应该问其他人。人往往不能客观地评判自己。我只能说,我对这三年的进展感到满意,我们相继承办了盐湖城和雅典两届出色的奥运会,我们的财政收入要比以前更充足,奥运会的收视率也越来越高。我们下一届奥运会的候选名单上有伦敦、巴黎、纽约、马德里、莫斯科这样知名的城市,再次证实了这些大国对奥运会有浓厚的兴趣,我们不久又要到北京举办奥运会。我们在打击禁药方面也取得了进步,尽管并不是尽善尽美,仍有许多事情需要做。一名好船长需要一支优秀的团队,而国际奥委会的团队是一支最优秀的、高素质的队伍。

在采访结束之前,记者希望罗格先生能通过电视频道,向那些勤奋筹备又焦急盼望北京2008奥运会的中国民众讲几句话。

罗格用中文向中国朋友说了一声"你好",并再次表示他对北京奥运会具有极大的信心,他相信在北京奥运会闭幕式上,自己肯定会很满意地用中文再说一声"谢谢"!

北京奥运圣火永不熄灭
(2008年4月10日)

世界闻名的奥林匹亚古遗址位于希腊伊利亚州的阿尔斐奥斯河的北岸,伯罗奔尼撒半岛西部郁郁葱葱的山谷之中。这里不仅是古代奥运会的发源地,也是古希腊的文明圣地。早在公元前8世纪,奥林匹亚就成为祭祀、敬拜宙斯的中心。公元776年,第一届古代奥运会就是在当时雄伟壮观的神殿的注目和见证下举行的。直到今天,遗址上四处可见的断壁残垣和高耸入云的石柱横梁,似乎还在默默低吟着历经1170年、延续293届的古代奥林匹克的高尚又神圣的不朽格言——"锻炼,健康,休战,和平"。

公元2008年3月24日,为了中国北京的奥运会,古希腊之神普罗米修斯自天堂盗取的太阳火种,又一次通过最高女祭司之手熊熊点燃,采回人间。然而,在古体育场举行的庄重仪式上,正当中国奥组委主席高声宣读着源自太阳神的奥运圣火凝聚着温暖与光明、寄托着理念与梦想之时,阳光下的罪恶发生了,几个人举着黑旗闯入闹场,一阵小小的骚动,随即便被女祭司高昂的颂词盖过:"永纯圣洁的奥林匹亚之光,将爱传递到世界的每一个角落吧。"当女祭司把奥运圣火交给虔诚的跪在地上的希腊运动员亚历山大时,希腊古诗人多夏斯慷慨激昂的传世佳句再次环绕在奥林匹亚古遗址的上空:"白色、黑色、黄色皮肤的人们,无论暴雨狂风,还是灾难战争,都不会让你们停下脚步。去拼搏吧,不是为了厮杀和屠戮,而是为了情操和美德。"是的,当中国第一棒火炬手罗雪娟与亚历山大交接火炬火种时,现场的人们感受到了这种高尚的情操,而罗雪娟与第二棒火炬手邓亚萍忘情地拥抱在一起时,也同样让人感受到了这种人类共有的崇高美德。

希腊首都雅典的泛雅典体育场。1896年,这里曾举办了第一届现代奥林匹克运动会。今天,希腊—中国奥运会的圣火交接仪式又在这里举行。大批旅居希腊和来自海外的华人华侨早早聚集在体育场看台上,兴奋又焦急地等待着圣火交接的庄严时刻的到来。

体育场外又有几个"藏独"分子手持横幅旗帜,大喊大叫地试图再次冲场闹事,旋即被在场的希腊警员抓获带走。体育场内圣火交接仪式几乎未受干扰地顺利进行,奥运圣火再次熊熊燃起,即便在爱琴海炽热的阳光下,也依然闪烁跳跃、明

严明与法国华侨奥运火炬传递手

亮夺目。

交接仪式结束之后,圣火火种被送进了专程自中国飞来的空客 A330 和谐号专机,奥林匹克圣火,从西方文明的发祥地希腊,飞往东方文明古国中国的首都北京。而北京奥运圣火长达 137 万公里、历时 130 天的长途传递活动,也自此拉开了序幕。

巴黎传递严重受阻

北京奥运圣火在英国伦敦传递时,第一次受到了"藏独"势力的直接挑衅和正面冲击。

第二天,圣火抵达法国首都巴黎时,成百上千旅居法国的中国留学生和华人华侨,抱着当年保卫黄河、保卫家乡、保卫新中国的激情和信念,聚集在巴黎市中心火炬传递路途上的各个重要地点。面对来自法国及欧洲各地几乎倾巢而出的"藏独"暴徒,现场的中国同胞连成一体,用身躯护卫着圣火传递,用高昂的歌声和激情的口号压盖下吵吵嚷嚷的杂讯杂音,用一面面迎风飘扬的五星红旗遮挡住疯狂晃动的灰布黑幅。有些失去理性的"藏独"分子开始谩骂,疯狂地进犯冲击,甚至从留学生的手中夺走中国国旗,当众肆意糟蹋。现场的法国警员将那些狂热分子当场制服,强行带走,以免发生更大规模的暴力流血冲突。

在这种情况下,现场的中国留学生极力克制自己的情绪,还以柔克刚,唱起充满激情的藏族歌曲,跳起活泼抒情的藏族舞蹈,把对面那些挑衅闹事的"藏独"分子搞得灰心丧气,哑口无言。

而在法国和全球其他电视媒体的镜头之前,中国留学生也是沉着冷静、不亢不卑地陈述事实,据理抗争。

尽管法国警方采取了比国家元首级别还要严格的保安措施,动用了警车、摩托、滑轮等各类警员前后左右夹击、团团贴身护卫的特别方式,但沿途还是不断受到严重的骚扰和冲击,以至于组办方为保护圣火安全,多次主动熄灭火炬,搭乘轿车通过敏感危险路段。即便如此,还是避免不了火炬手遭到阻拦,甚至还发生了中国残疾人火炬手金晶遭到暴徒人身攻击的恶劣事件。

严明与参加奥运火炬传递活动的中国知名游泳选手罗雪娟

旅法学生奋起抗争

巴黎奥运圣火传递活动在极有争议的气氛之中结束了。而法国及西方一些媒体极带偏见的相关报道评论，则更加激起了旅法中国留学生的不满和愤怒情绪。4月19日，巴黎市中心的共和国广场上爆发了旅法华人历史上规模最大的示威集会活动。在场的数千名中国留学生以演讲、签名、展览等各种各样的形式，抗议西方一些新闻媒体不顾历史真相，肆意歪曲事实的评论报道，坚决捍卫国家的利益与民族的尊严，全力维护奥林匹克的崇高理念。

不少旅居法国的华人华侨也纷纷赶到集会现场，声援年轻的中国留学生爱国爱家的炽热情怀和勇敢行为。

北京奥运圣火的境外传递活动结束了，回想起活动过程中所经历的风风雨雨，以及沿途出现的动情感人的难忘场景，只能让人们更加期盼国家强大、民族复兴，更加崇尚奥林匹克理念，更加坚定对全人类共同价值的追求。

上海特奥火炬传递纪实
（2006年7月30日）

2007年10月2日，世界夏季特殊奥林匹克运动会将在中国上海开幕，而上海特奥会火炬传递跑活动，已经在欧洲、非洲和美洲全面展开。让我们跟随上海特奥火炬，走过希腊雅典的卫城，穿越埃及的亚历山大港和开罗金字塔，漫步英国的伦敦桥，欢聚在美国的白宫草坪。

世界夏季特殊奥林匹克运动会于2007年10月在中国的上海举行。这是世界特奥会第一次走进亚洲，走进发展中国家，也是中国迄今为止承办的规模最大、参赛国家地区和人数最多的全球性国际综合体育赛事。它不仅是全世界1.7亿智障人士的盛会，也是展示全球社会和谐、弘扬人类文明的盛会。

国际特奥会是由美国前总统约翰·肯尼迪的妹妹尤妮斯·肯尼迪·施莱佛于1968年创办的。依照世界特奥会的传统习惯，自2007年6月起，由政府官员、智障人士和特警组成的上海市特奥会火炬传递跑代表团开始了全球火炬跑活动，首站就来到奥林匹克运动的发源地——希腊雅典。抵达后的第一个夜晚，代表团参加了希腊特奥会举办的欢迎晚宴。在隆隆的大鼓声和嘹亮的号角声中，雅典的艺术家们用传统的表演形式，在雅典奥林匹克博物馆的露天庭院里，迎接中国上海的客人到来。

雅典卫城取圣火

雅典卫城是古希腊文明的象征，也是古代奥林匹克运动的发源地。上海特奥会庄严而隆重的奥林匹克圣火取火点燃仪式，在中希两国的国歌声中正式举行。升旗仪式后，在希腊总统仪仗队的引导下，身着古装的雅典女祭司，手拉着智障选手代表步入会场，在圣人采集器上，为上海特奥会采集、点燃奥运和平圣火火种。

中国智障选手代表还乘坐希腊方面专门配置的老爷车，穿过雅典市区，一直开到中国大使馆，点燃使馆庭院内的圣坛之火，这标志着雅典的奥林匹克圣火正式移交给2007年世界夏季特奥会的主办城市——中国上海。上海举办世界特奥会，一方面，充分体现出从中央到地方政府对弱势阶层和群体的关怀和重视；另一方面，也是借此呼吁社会各界更加注重维护智障残疾人士的权益与尊严。

亚历山大港迎圣火

希腊雅典的各项活动结束之后，上海特奥代表团又南下转场到另一大文明古国——非洲的埃及继续火炬跑行程。埃及方面专门派出海军军舰，将世界特奥会的圣火一路护送到地中海岸的亚历山大港。

埃及方面还在亚历山大古城堡，为圣火的到来举办了一场极富古埃及文明传统风格的迎接仪式。上海特奥会火炬跑活动，既向国外传递了中国政府与社会对智障人士的关爱之情，也带动了沿途国家对当地弱势群体的关注与重视。

金字塔下庆圣火

埃及的金字塔举世闻名，却从来没有机会迎接地中海彼岸的雅典奥林匹克圣火。这一次上海特奥会圣火来到金字塔脚下，使包括埃及总统第一夫人在内的各界嘉宾深感骄傲与自豪。来自亚洲其他国家和中国的代表，也对上海特奥会的启动感触颇多。

入夜后，古老的金字塔披上了彩灯盛装，特奥会的会标清晰地投映在高耸的金字塔一侧。埃及的歌舞艺术家在台上载歌载舞，而埃及的智障运动员代表，也在台下随着音乐和歌声情不自禁地尽情欢乐。看着这些内心充满喜悦和快乐的智障人士，在场来宾也不禁感慨，上海特奥会还没开幕，但上海特奥火炬跑活动已经在沿途国家的智障人群之中播撒下一串串欢声笑语，展现了一幅幅美好愿景。这不正是世界特奥运动一直期望和追求的结果和目标吗?!

伦敦桥下盼圣火

英国首都横跨泰晤士河古老的伦敦桥，经历过多少沧桑，见证过多少历史，如今却焦急地盼望着2012年伦敦奥运会的到来。而上海特奥火炬，则把古希腊的奥林匹克圣火提前送来。

伦敦之后,上海特奥火炬又要在大西洋彼岸的美国燃起,而上海特奥火炬跑活动,又要在美国总统夫妇的亲自主持下达到一个新的高潮。

温家宝欧洲巡访采访心得
（2010 年 11 月 10 日）

2010 年 10 月 2 日至 9 日,温家宝总理访问希腊、比利时、意大利、土耳其,并出席了在布鲁塞尔举行的亚欧首脑会议以及中欧领导人峰会,也就是外界所说的"四国两会之行"。按照台领导的部署,相关新闻报道全程由我们欧洲新闻中心负责。这也是我们在没有总部同事参与的情况下,第一次承担此类报道任务,其中一些心得和感受总结如下。

1.提前准备不出漏洞

这次陪访时间紧、行程多、任务重,再加上温总理历来精力过人、活动多多,因此不仅行前要精心准备,现场也要步步紧跟,才能不脱站、不漏场,全面、深入地进行报道。多亏平日与北京外交部新闻司以及欧洲各国领事馆有一些交情,行前我们便已摸清代表团各路行程、活动内容及下榻旅馆的准确地点,因此能提早订好各站衔接廉价机票,又在距代表团驻地一两百米范围内找到公寓式旅馆,既节省经费又方便工作。

2.团队协作各方配合

凤凰卫视陪访记者历来没有乘坐专机转场的条件,所以行前要对各段行程精打细算,掐准时间点,在由于时间或航班的关系实在无法顺利抵达下一站时,就要由 B 组记者接力替补。在这方面几年来我们和总部的凌云等同事已有过多次很好的配合。温总理在布鲁塞尔中欧领导人会议结束后就直接飞抵罗马参加活动,航班衔接已无可能,因此我们提前安排法国站二组到罗马接应,使得整个活动衔接紧凑流畅,不留空白。代表团工作人员、使馆人员,还有官方随访记者,也都对凤凰卫视这种环环相扣、锲而不舍的流水作业方式既感动又惊讶。而在意大利、希腊,我们的特约记者们在住宿、交通方面也大力配合。另外,除了有记者在前方打拼,总部同事的默契配合也是报道顺利和出彩的重要因素。比如在我们无法进场拍摄时,总部编辑同事一接到前方记者通知就立即寻找相关的公共信号补充画面,让与

我们同行的媒体同事常常惊讶怎么我们没进场也能不缺画面及时跟进报道。

3. 抓住重点突出报道

温总理此次出访,国际背景复杂,外交头绪多,比如中美汇率摩擦、中日钓鱼岛之争、诺贝尔和平奖提名等等,再加上他之前曾六次疾呼政治改革,受到国内外的高度重视。这次出访有何重大资讯要透露,有何个人情感要抒发,成为记者行前准备时就着重关注的焦点。果不其然,温总理在各国各地的发言不乏精彩之处,比如对领土与主权问题的寸步不让,在人民币汇率一事上对欧美的敲打回击,都成了凤凰卫视当天新闻报道和评论的重头戏。

4. 坚持凤凰短平快全风格

综观凤凰卫视和国内主流媒体在高访报道上的不同之处,不外乎以下几点:

一是速度快。我们在活动后甚至活动期间就快速转片、录音、编辑,借助电脑FTP传送画面,前方记者与后方编辑垂直沟通联系,使得凤凰卫视的相关新闻要比其他媒体快很多,有时甚至比通讯社的文字稿都要快。

二是报道形式层次多。凤凰卫视的报道既有新闻记者出镜,又有连线和评述,前后还有背景介绍、观察和再报告,大有一气呵成、左右逢源、前后贯通之势,让人收看后有既爽快又过瘾的感觉。

二是报道内容丰富。我们的高访报道,几乎一个活动出一部新闻片,而其他电视台则是将一天中的几个活动拼在一起出一部片。再就是其他媒体只是紧盯领导人,而我们的报道则四面开花,既有领导人的各项活动,又有驻出访国大使、华人华侨、东道国领导人的采访。比如这次在布鲁塞尔,我们就采用了伏击、阻截、冲刺、走后门等惯用方式与手段,先后采访到欧元集团主席、欧委会主席和比利时首相"三大巨头",从另一个方面充实、丰富了报道的内容和层次。

综上所述,笔者认为,只要继续发挥前线记者的主观能动性,在总部后方同事的配合下,继续发扬凤凰卫视一贯的团队协同作战的精神,今后的高访报道中,凤凰卫视一定会更加出彩。

诺贝尔文学奖公布日采访手记

(2012年10月10日)

笔者与总部领导反复商议敲定采访行程后,距海内外华人华侨广泛关注的诺贝尔文学奖公布之日已剩下不到四天时间,笔者一查电脑顿时傻了眼:巴黎直飞斯德哥尔摩的航班仅剩下两三张廉价航空公司机票,并且都是距离两座城市上百公里远的外省偏远机场。斯德哥尔摩市内的大小旅馆酒店,不是早已爆满,就是价格飙升,好在平时经常遇到类似情况,紧急处理的经验比较丰富了。

不想出发当天,凌晨四点多开车直奔外省机场,却遇见大雨和沿途多起车祸,赶到机场时距起飞时间仅剩 35 分钟,眼睁睁地看着机场关卡闸门关闭,与机场人员交涉一番也无济于事。只好在第二天转道维也纳飞往瑞典,到了斯德哥尔摩后航空公司又把笔者和摄像师的托运行李丢了。最后一刻订到的旅馆又是间青年旅社,8 平方米无卫生间的小房间不说,没有上网接头和 Wi-Fi 可真能要了我们的命!好在有熟识的当地华侨,帮我们换了旅馆,送来三脚架,解了我们的燃眉之急。

当时给资讯台副台长吕宁思发的短信这样形容:"连滚带爬我们总算到位斯德哥尔摩。如莫言真的获奖,又会是一场短兵相接的新闻恶战。"我们水没喝饭没吃赶到瑞典文学院,软磨硬泡最终临时注册登记成功。现在回想起这些真的有些后怕:上面所说的任何一个环节出了差错,我们就会与这次诺贝尔文学奖的公布活动失之交臂……

公布之前我们看到日本多家电视台提前进驻占位,日本高官也前来助阵,似乎村上春树获奖势在必得。村上春树的作品在世界上享有很高的声望,最近几年他也一直是诺贝尔文学奖的热门人物。爱尔兰作家特雷弗已 84 岁高龄,其作品在欧美各国很受欢迎,根据诺贝尔文学奖评委会只选在世者不选去世者、高龄者优先考虑的一贯做法,特雷弗的呼声也极高。而瑞典文学院 12 名院士评委向来神秘莫测,总与媒体摆迷魂阵、捉迷藏,每年都喜欢爆冷门出黑马,搞得外界常常大跌眼镜,因此诺贝尔文学奖被称为结果最为叵测难猜的大奖。

莫言这次能否如愿获奖,说实话在最后公布前的一秒钟还都是个未知数。但我们还是排除阻碍,如约守候在瑞典文学院的会议现场,真有那么点儿"宁可错失千次,不能放过一人"的执着劲头!

公布前一分钟,笔者终于排除万难把有凤凰台标的无线话筒放在了大厅门口正中央位置,不出所料,后来全球播出的画面都出现了凤凰卫视的 LOGO。10 月 11 日,星期四,当地时间 13:00,诺贝尔文学奖评委会主席恩隆德手拿讲稿轻轻推开会议大厅的门走出时,笔者已经戴上手机耳机与香港总部直播节目的主持人谢亚芳开始同步对话。当恩隆德先用瑞典语说出莫言的名字的时候,还没等他念英文讲稿,我们就第一时间向焦急守候和热切期盼的全球华人报出了莫言获奖的重大消息!可以说凤凰卫视是华文媒体当中最快报道莫言获奖的媒体。我们虽是一路波折重重受阻,最终也算是大功告成了。

随后我们又在现场接连采访了诺贝尔文学奖评委会主席恩隆德、德高望重的瑞典知名汉学家马悦然教授等重头人物。马老今年已经89岁高龄,一直致力于推广中华文化。莫言获奖,他功不可没。是他授意他最得意的女弟子陈安娜用瑞典语翻译了三本莫言的小说,让瑞典文学院用最熟悉的母语了解莫言的作品,对最终评选莫言为诺贝尔文学奖得主起到了至关重要的作用。

就这次采访,笔者来谈谈自己的一些看法和感想。

1."每逢大事凤凰在场",这句话已经成为凤凰卫视的立台之本和同事们的口头禅。多年以来,香港总部的各位领导已经形成了未雨绸缪、运筹帷幄的作业方式,全球记者站的同事们也早已养成了雷厉风行的作风习惯。这也是凤凰卫视面对人员众多的国内主流媒体,以小搏大、以少胜多的绝杀技,甚至是目前面对强大竞争对手的凤凰卫视被动无奈之下的唯一竞争手段和搏击方式。

2.记者无论在何种场合报道,都要尽量控制个人情绪,保持中立客观态度。但记者首先也是一个人,对于记者在一些特殊场合或情景之前感情的自然流露,也不可一概否定。比如凤凰卫视同事在灾区现场含着眼泪的感人报道,凤凰卫视驻东京记者李淼在看到戴着手铐的蒋晓峰走出时满怀激情的呼唤,不仅没有破坏记者的形象与立场,反而获得了有血有肉有情有义的现场报道效果。这次诺贝尔文学奖公布时,现场有中国记者和瑞典友人一道情不自禁地当场喝彩起来,就有人指责记者不专业,但这毕竟是中国本土作家首次登上诺贝尔殿堂,公布之时的情不自禁应该给予理解,实在不必对此求全责备。

莫言作品的世界性
(2012年10月12日)

核心提示:中国当代著名作家莫言成了2012年诺贝尔文学奖的获得者,莫言的获奖对于他个人而言是文学成就的认可,但是在中国社会所引发的震撼却远超文学的范围。亦如瑞典文学院所言,莫言的文风属于魔幻现实主义,满是乡土气息,他是一位融汇历史和现实的作家。莫言获奖的消息激起了中国人的复杂情绪,同样也充满了魔幻现实主义色彩。

下文为凤凰卫视《凤凰全球连线》节目的文字实录:

任韧:凤凰卫视特派斯德哥尔摩的记者严明在现场新闻发布会上全程见证了

莫言获得今年诺贝尔文学奖的一系列细节。当新闻官把"莫言"这两个中国记者所熟悉的汉字说出来的时候,相信在场的所有中国记者都很激动,你能不能给我们讲述一下在现场所感受到的这种气氛以及当时的细节?

严明:我们知道诺贝尔文学奖评委会主席在宣布奖项得主的名单时,首先是用瑞典语,当时在场的估计除了瑞典各界友人之外一般都听不懂,但是"莫言"这两个字很清晰地出现在瑞典语颁奖词的第一段中,我也几乎同步把这一喜讯直播了出去。当用英语宣布的时候场内的中国人才反应过来,又是欢呼,又是叫好,其实大多数都是在场的瑞典各界人士,包括评委会的,包括文学院的一些老师、学生,主要是他们在庆祝莫言得奖,记者、摄像都在默默地工作,知道了也很激动地叫好。在宣布之后我们也采访了诺贝尔文学奖评委会主席,他对着凤凰的麦克风讲述了他对莫言作品的感受,以及评委会选择莫言作为本年度诺贝尔文学奖得主的原因;我们也采访了瑞典著名的汉学家,也是文学院的院士,89岁高龄的马悦然教授,他毕生致力于传播中国文化、翻译中国作品,并且也是推荐中国诺奖候选人的有功之臣。

今天他终于看到了莫言作为中国本土的第一位作家,获得诺贝尔文学奖,他也非常高兴。其他的一些汉学家都是同样的态度。我就感觉这一次莫言获奖首先是他个人的最高荣誉,因为我们知道他是内地最接地气的一个作家,同时他也有世界眼光,他作品里的爱、和平、善良都是世界和全人类的共同语言。

中欧城镇化携手联姻侧记

(2012年7月20日)

记得几年前一位从北京飞来欧洲旅游的老朋友,一到巴黎就对我说:"从小就知道锦绣河山、田园风光、童话世界这几个词,这次从飞机上俯瞰欧洲各国的风景,才体会到了这几个词的真实含义……"

的确,自从17世纪蒸汽内燃机的发明引发人类历史上第一次工业革命起,欧洲各国就伴随着工业化开始了三百多年的城镇化进程,在这期间经历了许多惨痛的失败,也积累了大量超前的理念和宝贵的经验。如今,人文至上又风格迥异的欧洲大小城镇,已经成为世界城市发展史上的样板和楷模。

中国国务院副总理李克强在布鲁塞尔皇家剧场举行的中欧城镇化伙伴关系高层会议开幕式上发表主旨演讲，他一开始就这样感慨道："我这次访问欧盟国家，从被誉为'多瑙河明珠'的布达佩斯，到人称'欧洲首都'的布鲁塞尔，一路走来，深刻感受到欧洲城市凝重古朴的传统和多元时尚的风貌。"

布鲁塞尔皇家剧场是比利时最为知名的豪华场所，也是国际知名人士的聚会之地和著名国际会议的举办地。来自中国、欧盟的近600位政府高层官员、城市规划专家与相关企业家齐聚布鲁塞尔皇家剧场，出席和参加了中欧城镇化伙伴关系高层会议，以"借鉴交流，互利共赢"为主题，就中欧城镇化合作、可持续城市规划、城镇基础设施建设等议题展开全方位的交流与互动。

欧洲是全球城镇化建设历史最为悠久，经验最为成熟，理念最为超前，成果最为显著的地区，而中国是目前城镇化发展最为迅猛的最大的发展中国家。中国与欧洲在城镇化领域的携手合作，应该是当下的"天作之合"。欧洲城镇规划与建设的经验和理念，科研与技术，加上面临城镇发展世纪重大课题的中国，真可谓是恰好互补，双利共赢。

用李克强副总理当时的话说，就是"中欧城镇化处于不同发展阶段，双方各有优势，对合作都有需求。城镇化是中国扩大内需的最大潜力所在，资源环境是中国发展的瓶颈制约。我们有序推进城镇化、破解资源环境难题，需要立足国情走自己的路，需要学习和借鉴欧洲相关先进理念、技术与管理经验。中国的城镇化对欧洲克服债务危机的影响、推动经济复苏也是机遇。欧方完全可以发挥特长，与中方开展产品、产业、技术等方面的合作，拓展市场空间。当欧洲设计遇上中国制造，欧洲技术遇上中国市场，就会产生奇妙的显著的效应"。

中国的"十二五"规划，将可持续发展及城镇化建设作为国家未来发展的重中之重，而与中国"十二五"规划几乎齐头并进、一道同行的欧盟"2020战略"，又把扩大科技出口、抢占科技高地作为优先考虑内容。这也为中欧在短、中、长期城镇化领域的通力合作与优势互补创造了绝佳的历史契机。

然而，在我们一路跟访李克强的欧洲之行期间，也亲眼目睹和亲身感受到了中欧双方在高科技领域合作中的障碍与隐患。比如在参观位于比利时安特卫普市的优美科霍博肯电子废弃物处理厂时，这家工厂的高层管理人员和保安以技术保密为由，将随团记者们拦在厂区之外。

欧盟直到现在都没有放宽和撤销对华高科技产品与技术的出口限制。曾经与一位级别非常高的欧盟官员聊天，他私下对我说："欧盟如果再不解除对中国的高科技出口限制和武器禁运，过几年欧洲就再没什么东西可以卖给中国了。"

其实欧盟在这个问题上一直是自相矛盾：一方面，欧盟抱怨与中国的贸易进出口逆差；另一方面，又禁止或限制欧洲最昂贵、最赚钱的高科技与军事武器的对华出口。在城镇化领域和可持续新能源方面，欧盟对中国也是又防又打又压。中国物美价廉的新型太阳能设备出口欧盟屡屡受阻就是一个例证。近期多位中国领导人及政府官员在访问欧洲各国期间，都在不同场合呼吁和敦促欧盟方面尽早放宽和解除对华高科技出口限制。

比如日前，中国总理温家宝出席第五届中德经济技术合作论坛并发表题为"增强信心、深化合作、共克时艰"的演讲，他强调："为了进一步加强高科技领域合作，中方希望欧盟早日解除对华高技术产品的出口限制，为双方在高技术领域的全面合作铺平道路。"李克强在访欧期间为英国《金融时报》撰写的文章中也指出："据估算，欧盟对华高新技术出口比重每增加1个百分点，出口总额至少可以增加22亿欧元。放宽对华高技术出口限制，有利于把中欧经贸关系做大做强，是互利双赢的事情。"这次，欧盟在中国总理访问期间，积极地与中国结成城镇化和能源战略合作关系，我们也期待欧盟方面能在放宽和解除对华高科技产品出口方面有所反应和动作。

中国的城镇化进程，既需要引进欧洲的技术、借鉴欧洲的经验，又需要了解数百年来欧洲城镇化过程中所走过的弯路和所遭受的失败。因为中国目前的城镇化进程迅猛，与欧洲战后经济和社会高速发展有着许多相同或者相似之处。四起的厂房，林立的烟囱，钢筋水泥，车水马龙，曾经也是欧洲工业化骄傲的象征物。但曾几何时，欧洲人及时醒悟：工业化的最终目的是让人类享受到更便利、更舒适而且更清洁、更自然的生活。"返璞归真""环保生态"现在已经成为欧洲各个大中小城镇甚至乡村建设的主旋律和总导向。

而在中国，随着改革开放的不断纵深发展，城镇化速度也令人惊叹。短短的几十年间，中国的城镇化率已经从1978年的17.9%蹿升到目前的51.27%。在未来20年，城镇化率还可能达到近70%的高水平。根据计算，中国的城镇化率每提高一个百分点，就意味着1 400万乡镇、农村人口变为城市居民。而根据欧美国家的经验教训可知，城镇化其实是一把双刃剑。如果能够防患于未然，因势利导、充分准备、准确规划，城镇化可以成为扩大内需和拉动国民经济发展的巨大杠杆。这对于中国逐渐减少和摆脱对外部世界的依赖性，改变中国过于依赖国外市场的被动型产业结构，从投资主导模式向消费主导模式转型，缩小城乡差别和收入差距，甚至对于中国未来的可持续发展走向和国家的长治久安，都具有重大的现实意义。但如果准备不足，章法混乱、节奏失控、政策失误，城镇化也会带来一系列困扰和问

题,甚至可能导致生活与社会的混乱。

目前,由于各种历史原因,中国和欧洲之间在很多方面不具有可比性。比如中国人口众多,而欧洲人口已呈现负增长;中国有严格的户籍管理制度,而欧洲人口可以自由迁徙移动;中国的土地使用与住房购买政策趋紧,欧洲人可以自由地买卖永久拥有的土地与住房权利;中国城市居民与外来人口、劳工的子女教育体系不同,欧洲学校有收容当地各类居民孩子的义务;中国城镇建设往往是"不破不立",以拆除老旧房屋,甚至破坏古迹遗址作为代价,而欧洲则倍加珍惜古旧建筑,一切为保护古迹让步。这一切都充分表明,中国与欧洲在城镇化领域的战略性合作,从理念、经验和技术角度上看具有极强的互补借鉴性,但从政策、社会和人文层面看,中欧确实有其许多不同之处。

无论如何,在布鲁塞尔召开的中欧城镇化伙伴关系高层会议,以及中欧领导人共同签署的城镇化伙伴关系共同宣言,无疑是拉近了中国与欧洲这两大文明与经济实体的距离,也使人们更加清楚地意识到:中国和欧洲不仅可以在政治、外交、经济、贸易等具体领域携手合作,也可以在人文理念甚至人类使命与未来等高层次方面互通有无、共同探讨。

李克强总理首访欧洲回顾

(2013年5月30日)

在跟访了习近平担任国家主席之后的首次出访活动之后,我们又跟访了李克强总理的欧洲首访行程。

李克强在任总理后的首次出访期间,信心满满、活力十足,每天的各项活动也是排得满满当当的,即席讲话、发言也是一场接着一场。这无疑大大增加了随访记者的工作强度和报道难度。但从另一个方面看,这样的安排使新闻信息量剧增、亮点和出彩点增多、活动内涵充实、实际效果增强,这也许正是我们这些随访记者、摄像夜以继日、乐此不疲的原因所在吧。

这次随访的另外一大感触就是要千方百计地寻找敏感问题的报道突破口和切入点——瑞士首个中国—西方自由贸易区对欧盟和美日以及对未来对华经贸模式的巨大冲击,德国在制裁中国企业一事上说 NO 引发欧盟内部的激烈震荡,李克强总理在瑞士农庄和接见华侨时强调食品安全和清洁空气……

而采访最出彩的地方则是参观波茨坦公告签署原址时,总理有感而发说了几句,我则抓住德国维护战后国际新秩序,从国际公告条约宣言角度,从国际法理的

李克强总理接见访问欧洲随团记者

根源上彻底否决日本立场,消灭日本嚣张气焰等,展开相关报道和深化陈述评论。资讯台领导和各栏目主管也是立即跟进,专辟多档节目和时段,与前方记者紧密配合。凤凰各节目播出之后,即刻受到首长办和外交部领导的高度关注和积极反馈,随后王毅外长专门接受凤凰采访。之后李克强接见随团记者时,还专门赞扬了这种官方与媒体相互配合紧密互动的积极意义。

李克强总理接见欧洲访问随团记者

威尼斯建筑双年展上的北京凤凰国际传媒中心

(2013年8月28日)

全球建筑界最具权威性和影响力的威尼斯双年展,在世界闻名的水城威尼斯举行。作为此次展览三大主办方资助设立的国家馆,中国国家馆尤为引人注目。在中国馆大门正厅入口处,有一幅北京城市空中俯瞰全景图,图的正中位置凌空飞起一条白色的巨龙,那是由96块北京凤凰国际传媒中心的建筑剖面组成的前卫作品,体现了这座别致新颖又动感十足的建筑的连续界面和整体表象。

取自西方知名的莫比乌斯魔环的线面弯曲无限循环的构图,以及东方天人合一、阴阳平衡、旋转轮回、生生不息的传统理念,使北京凤凰传媒中心一时成为中国本土设计师厚积薄发、赶超欧美的自主创新代表之作。由北京建筑设计研究院首席设计师邵韦平主创的北京凤凰国际传媒中心,大胆采用了极为复杂的三维数字化智能化技术设计方法,将这座现代建筑最终演绎成一个极具美学特色又功能完备的、艺术想象与实用价值浑然一体的优秀建筑作品。而这座建筑的工程技术之复杂,施工难度之大,也是超人想象的:一根根坚硬无比的特种钢梁,在中国能工巧匠的手中,却如同扭麻花似的糅和成了一座令人瞠目的圆润流畅又透明敞亮的巨型玻璃晶体。面对着这么一座奇特至极又让人遐想无限的由中国自主设计施工的超现代建筑,人们只能感叹中国本土设计师和能工巧匠们的惊人想象力和超人的智慧。意大利建筑业协会就曾把凤凰国际传媒中心评为全球当代十大文化建筑的第四名。

竣工之后的北京凤凰国际传媒中心,不仅将成为中国首都北京的又一座崭新的地标建筑,而且也会成为中国建筑界自主设计创新的一大标志性作品。全球知名的建筑大师、威尼斯双年展总策展人奇普菲尔德就强调:"中国的建筑不能再依赖外国设计师了,应该开始重新走自己的路。"

其实,中国建筑在世界建筑史上一直占有非常显著和重要的位置,并且在历史上深深影响过诸如日本、朝鲜、越南等亚洲国家,它亦是中华灿烂文明的一个杰出组成部分:巍峨蜿蜒的万里长城,雄伟壮观的紫禁城,婉约幽静的江南庭园,遍布各地的楼阁庙宇,无一不是中华文明的缩影和象征。但曾几何时,具有中国特色的建筑艺术链却出现了巨大的断层和空白。尤其是在近百年间的中国,几乎看不到自己的建筑艺术作品。20世纪三四十年代,外国租界、十里洋场中到处都是西式楼房,中华人民共和国成立之后变为整齐划一的苏式建筑。好不容易赶上了改革开放的时代,中国却又沦为外国设计师的建筑试验田和逐金之地:国家大剧院、鸟巢体育场、央视大楼等国家级标志性建筑的背后,都写着外国建筑师的名字,唯独没有中国自己的设计师的名字。几年来中国建筑界的有识之士也探讨和求索过这样一个重大命题:"这究竟是中国现代化的骄傲呢,还是国家的滞后和民族的悲哀?"

我想北京凤凰国际传媒中心这个实例,已经给出了一个明确的答案:"到时候啦!走自己的路,这就是真理。"是的,北京凤凰国际传媒中心的建筑设计是美轮美奂的,建筑施工是独一无二的。但更重要的是,它是当代中国建筑界自主创新、厚积薄发之作。从这个意义上讲,北京凤凰国际传媒中心这座现代化建筑,浑身都充满了凤凰人的企业文化理念,以及中华民族的自信、自强及自豪感。就让我们以出席威尼斯双年展的中国驻意大利大使丁伟的一番现场讲话作为本文的结束语:"在各方争相聘用外国设计师建造标志性建筑时,凤凰卫视敢于大胆启用我们国家自己的建筑师,这必将成为中国建筑未来的发展趋势。"

解救希腊债务危机中国有所作为

(2015年7月8日)

希腊多数选民投票拒绝了欧委会、欧洲央行与国际货币基金的经济救援条件,希腊的经济、金融、财政和社会又再次进入了一个难以预测的动荡阶段。面对希腊如今与未来的经济、金融、财政和社会困境,希腊国内和国际方面甚至有些人放出话来,认为只有中国有资格、有能力直接或者间接地帮助希腊摆脱困境。当然,这对于拥有4万亿美元外汇储备和相当于21万亿美元的国内存款的中国来说,有着可以拯救希腊的雄厚的财力背景与资金基础。

然而中国如果出手援助希腊,并不见得非要采取比如购买希腊国债、提供大量低息或无息贷款等直接方式,更可能是借助"一带一路"和亚投行的契机,利用间接的并购、投资及重大项目开发,协助希腊稳定和恢复经济,增加就业率,也可使中国的企业进入希腊市场,获取相应利润。

除了众所周知的中远集团进驻希腊海港之外,中国的企业现在已陆续进入希腊的铁路、机场、银行、通信、造船、旅游、太阳能等领域。

当然,希腊危机也会为中国带来一些负面的影响和冲击。比如高盛集团就预测,中国的外贸出口量可能会受连累,最坏情况为下降2.2%。如果希腊政府继续提高税收以填补国库空缺,中国企业也会面临投资运营成本上升的风险。而希腊经济衰退、欧元区动荡,也会对中国的金融和股市带来一些负面影响。

目前，中国进口的50%以上的粮食和矿产，60%以上的石油，都是靠希腊的船队运送的。可见中国和希腊之间的经贸合作具有重大的战略价值和意义。就像访问欧洲的中国总理李克强所指出的那样："希腊问题不仅关系到欧洲的稳定，也事关国际金融的稳定和世界经济的复苏。"中国政府拥有雄厚的资金和财力，中国企业也具有打入希腊和欧洲市场的愿望和计划，人们有理由相信，在协助希腊摆脱困境、渡过难关一事上，中国方面既会谨慎评估、避免风险，同时也会积极主动、有所作为。

乌克兰有意邀请中国维和部队

（2015年10月1日）

中国国家主席习近平在联合国表示全力支持联合国的全球维和行动，并宣布将中国维护部队总人数增至8 000人之后，有关中国是否会在未来向内战之中的欧洲国家乌克兰派遣联合国维和部队一事的表态与评论，再次引起了各方的关注。

乌克兰驻中国大使焦明在北京向中国媒体表示：如果中方愿意，乌克兰将欢迎中国的维和部队。乌克兰军事专家帕夫连科也在电视上表示：中国的维和部队可以成为既让乌克兰放心，又让俄罗斯满意的妥协选择。他还指出：如今中国的维和人员数量在联合国成员国中排名第一，中国也正在努力塑造自己在世界上的形象，对维和行动越来越重视。

如此看来，乌克兰政府方面应该是欢迎中国维和部队的进入的，而联合国维和部队进驻内战不断的乌克兰，中国应该是一个理想的选择。

乌克兰战事背景复杂、因素混乱，欧洲部分国家、美国、俄罗斯都深度介入，因此也都自动丧失了充当维和角色的理由和权力。比如以法德英为主体的欧盟和以俄罗斯为首的独联体，都曾有意参与乌克兰维和行动，但由于各自都具有偏袒一方的立场和倾向，到现在也没有落实。

而在乌克兰问题上立场平衡、态度中立的中国，刚好与欧洲、美国、俄罗斯和乌克兰几大当事方关系良好，联络渠道畅通，与乌克兰国内的冲突各方又无芥蒂和瓜葛，由中国这个局外人来承担维和任务应该是理想的选择。

现在需要关注的，一是联合国是否决定授权，安理会各大成员国是否全体同意批准；二是乌克兰国内冲突各方是否都同意和接纳国际维和部队；三是中国方面是否准备好承担这一风险极大的艰巨任务。

乌克兰如能恢复和平局面，不仅可以缓解东西方之间的矛盾，减少美俄之间的对抗,也会为中国带来好处,符合中国所倡导的国际共同体和世界和平的大局。

然而目前仅有乌克兰政府一方公开支持中国的维和部队进驻,包括中国在内的其他各方还都没有明确表态或做出决定。看来中国维和部队能否首次进驻欧洲地区,还有待进一步的查实和关注。

中欧银行对接交叉互利共赢
（2015年12月17日）

欧洲复兴开发银行正式宣布接纳中国为成员国,中国的金融国际化进程又获得了一个新的平台和支点。

欧洲复兴开发银行是在法国前总统密特朗的提议之下于1991年成立的,目前已经拥有64个成员国和欧盟及欧洲投资银行两个机构成员。虽然被称为欧洲复兴开发银行,但其成员国包括世界上的重要国家,比如美国就是这家开发银行的最大股东,占10%的股份;欧洲四大国法、德、意、英各持8.5%股份,日本也持8.5%的股份。中亚、西亚和北非的许多国家也都是成员国。

可以说欧洲复兴开发银行是亚投行的欧洲翻版,而且历史更久,规模更大,成员国也更多。中国成为欧洲复兴开发银行新的成员国,实际上既具有重大的象征性意义,也具有深远的实质性内涵。

第一,继中国2014年主导建立亚投行,以及2015年11月底国际货币基金组织批准人民币成为拥有特别提款权的国际货币之后,中国又加入了欧洲复兴开发银行,可以说中国的金融国际化进程,再次取得了一个新的突破,又获得了一个新的平台和支点。

第二,中国年底加入欧洲复兴开发银行,既是对欧洲国家积极参与亚投行的友善回报,也是今年中欧关系蜜月年锦上添花的收官之作,将会进一步促使中欧之间在金融领域展开更大规模的合作。

第三,中国和中欧、东欧国家领导人刚刚举行过"16+1"的首脑峰会,中国的高铁及核电等大型项目也正在大举进军中欧、东欧,而欧洲复兴开发银行融资、投资的主要业务范围又正是中欧和东欧,刚好可成为中国在这一地区的国家金融和企业融资、投资的理想合作平台。

第四,有利于中国更方便地参与和切入欧盟内部高达3 150亿欧元(相当于24 000亿人民币)规模的欧洲庞大投资计划。

第五,由于欧洲复兴开发银行的业务范围还包括地中海沿岸国家和中亚国家,恰好与中国的"一带一路"倡议忽涉及的区域和亚投行业务范围相互交叉重合,这也为中欧双边共同开发丝绸之路沿线国家,找到了一个可以互利共赢的金融与融资、投资的接合部和对结点,而共同融资开发,分担投资风险,也有助于形成一个更具活力、更有效率、更加稳妥平衡的国际金融新秩序。

欧盟是否承认中国市场经济地位已不重要

（2016年1月11日）

2013年,中国的进出口贸易总额突破40 000亿美元大关,取代美国成为全球最大的贸易国。而欧盟一直是中国的第一大贸易伙伴地区,中国也是欧盟的第二大贸易伙伴国。但奇怪的是,迄今为止,欧盟仍然没有正式承认中国的市场经济地位,欧盟也不断以贸易保护为由,对中国产品进行反倾销调查、实施提高关税措施。

欧洲媒体不断放风说:最早在2016年2月,欧委会可能会承认中国的市场经济地位,而美国方面则警告欧盟不要予以承认,并称这会单方面解除欧洲对中国的贸易防御。

我们都知道,自中国2001年加入世贸组织以来,世界上已有80多个国家承认了中国的市场经济地位,超过了世贸组织161个成员国的半数以上。但拥有28个成员国的欧盟,以及美国和日本等贸易大国,却一直不予承认。其理由是中国政府操纵汇率,巨额资金补贴国企,人为操纵出口商品价格和大型工程投标,侵犯知识产权等。近20年来,中国也连续成为全球遭遇反倾销调查最多的国家。然而现在看来,无论欧盟和美国如何指责和制裁,无论欧美是否承认中国的市场经济地位,实际上都已经失去了真正的意义。首先,无论欧美承认与否,都无法阻挡中国成为全球第一大贸易国的事实。其次,中国的年进出口贸易总额早已突破40 000亿美元,而欧美对华的反倾销制裁仅涉及几百亿美元的产品,不到1%,对全盘和大局的影响微不足道。最后,根据2001年中国加入世贸组织时的附加条款,15年之后,中国将自动获得市场经济地位。

由此可见,欧美各国承不承认中国的市场经济地位,已经不仅仅是贸易和经济的问题,还包含政治因素。当然,即便欧委会提议予以承认,欧盟成员国和欧洲议会也可以表决拒绝通过。自动到期时,欧美日等国也可能在世贸组织提议对中国实施新的限制附加条款。但无论如何,都不会影响到中国加快全球贸易的步伐,也无法撼动中国这个世界头号贸易大国的地位。

中国、欧盟经贸领域冲突再起

(2016年5月18日)

欧洲议会日前通过决议,不同意给予中国市场经济地位,这引起了欧洲及中国等各方面的关注和评论。

我们都知道,早在1986年,中国就开始与世界贸易组织(WTO)展开入世谈判。1992年,中国宣布从计划经济转型为市场经济,2001年最终加入世贸组织。到2016年12月11日,中国加入世贸组织就整整15年了,中国也成为全球第二大经济体、第一大货物贸易国,成为130多个国家的最大贸易伙伴国,其中欧盟是中国的第一大贸易伙伴,中国是欧盟的第二大贸易伙伴。

不难看出,中国在世界自由贸易体系和经贸全球化中,实际上已经成为领军国家。目前世界上已经有80多个国家,包括澳大利亚、新西兰、瑞士等发达国家,都已经正式承认了中国的市场经济地位,但欧盟、美国、日本、加拿大等却仍然拒绝承认。而欧盟的立场和态度,又代表了欧洲的28个国家,因此也显得十分重要。

按照中国加入世贸组织的议定书,在中国加入世贸组织15年之后,也就是2016年12月11日之后,无论是否承认中国的市场经济地位,世贸组织成员国都必须终止在对华反倾销调查中采取替代国,也就是第三国价格标准的做法。

欧盟议会通过的不承认中国市场经济地位的议案,虽然不具法律约束力,但会对欧盟领导层和成员国的相关立场和决策产生重大甚至决定性的影响。因为即便欧委会和各成员国决定承认中国的市场经济地位,但相关决议还要获得欧洲议会的投票表决才能生效。

目前无论是欧盟还是美国,都已经相继承认了俄罗斯甚至乌克兰的市场经济地位,但却对中国采取双重标准,拒绝承认。他们这样做表面上是为了保护本国的工业和就业,实际上还是惧怕中国迅速扩大的外贸规模和日益壮大的经济实力,并且试图把是否承认市场经济地位,作为与中国的贸易摩擦纠纷谈判中的一个重要的筹码。

而中国入世15年到期之后,除非欧美的立场发生重大转变,否则欧盟及美国有可能抓住世贸组织议定书中的某些模糊段落和灰色字眼,继续对中国采取第三替代国的参考价格标准并且逼迫中国再次进入世贸组织内部漫长的上诉程序,以及中、欧、美多方之间复杂的再谈判阶段。

如此一来,中国与欧美之间的经济对抗和贸易摩擦也有再次升级和激化的危险。但是无论如何,中国的市场经济体制、全球最大货物贸易国的既成事实,不会因为欧美拒绝承认其市场经济地位而有所改变。

习近平年内两次出访东欧意义特殊

（2016年6月17日）

中国国家主席习近平2016年年内第二次出访东欧,显示出中国与东欧国家之间关系的重要性与特殊性。

2016年3月底,中国国家主席习近平刚刚访问过东欧国家捷克。不到三个月的时间,习近平又来到东欧,对塞尔维亚和波兰展开访问。中国的最高领导人在一个季度之内接连两次访问同一个地区的国家,这在新中国的外交史上是极为罕见的,显示出中国与东欧之间关系的特殊性和重要性,也体现出中国方面对欧政策的重大外交布局和长远战略考量。

首先当然是经贸领域的考量。近几年,中国与中欧、东欧之间名为"16+1"的政治对话机制和经贸合作模式已见成型并不断深化。东欧国家正处于欧亚大陆的中间结合地带,是中国积极推动的"一带一路"国际经贸纽带关键的必经之路。东欧又是中国核电、高铁等大型高科技产品和设备向国际进军的主战场和重要突破口,比如投资金额超过70亿欧元的罗马尼亚核电站,连接匈牙利和塞尔维亚的匈塞铁路,贝尔格莱德多瑙河大桥,波兰防洪工程等,都是中国企业打入欧洲、走向世界的海外重头项目。

由于16个中欧、东欧国家中,有11个是欧盟成员国,所以加强与中欧、东欧国家的政治联谊和经贸合作,也是中国与欧盟关系互动的重要组成部分。由于欧盟内部几大国家近几年来连遭经济疲软、恐怖袭击和难民风潮的打击和影响,目前主要是自我挣扎,力求自保,已经不大可能在财政、金融、投资等方面继续援助和照顾中欧和东欧国家。这也正好为中国和欧洲东部国家的经贸合作提供了机遇和空间。

虽然中欧和东欧国家在欧盟内部都属于中小成员国,但由于欧盟实行一国一票表决制,十一个中欧和东欧国家在欧盟内部也是一股不容忽视的重要力量。目前欧盟在是否承认中国的市场经济地位,以及是否对中国的钢铁产品实施反倾销政策等一些问题上,与中国产生了分歧和摩擦。如果能够争取到中欧和东欧国家的理解甚至支持,将会有助于欧盟最终改变对华政策中的偏见和误判,进而完善和推动中欧在各个领域的密切交流与长期合作。

英国脱欧为中国带来的正面影响和潜在机遇

（2016年6月27日）

英国公投决定脱欧，会为英国和中国之间的未来关系带来正反两面的影响。在英国通过全民公投决定退出欧盟之后，媒体和舆论都侧重评论此事为未来中英关系带来的负面影响。比如这会冲击中国国内的股市行情和人民币汇率，中国资本通过伦敦金融市场进入欧盟的重要通道受阻，中英之间刚刚开创的"黄金时代"受到影响等。但其实英国脱欧也为中英未来关系走向带来了不少正面影响和更多潜在机遇。

正面影响方面，除了英镑汇率下跌使得中国民众赴英留学、旅游、购物成本下降之外，还可能在国际政治和双边经贸两大领域，为中国带来更多的机遇。英国是联合国安理会五大常任理事国之一和七大工业国集团成员国之一，退出欧盟之后，英国在国际舞台上的原有地位不仅不会有所改变，反而还会因为退出欧盟而更具独立性和自由度。

我们都知道，欧盟直到目前还没有解除针对中国的武器装备和高科技产品的禁运措施。英国作为欧洲和世界上的军事装备与高科技强国之一，一旦退出欧盟，就不再受欧盟对华禁运规定的束缚。如果伦敦在这方面的立场有所转变，也将为中国突破西方国家长达26年的军事与高科技禁运提供一个突破口。

再就是英国退出欧盟之后，为了弥补由此带来的对外经贸损失，势必会强化与包括中国在内的第三方市场的合作关系，在未来的对外经贸政策上，也会摆脱欧盟方面的种种限制和束缚，重新拾起英国往日的"重商主义"和务实精神。

我们都还记得，历史上英国曾是最早承认新中国的西方大国，也是近年率先加入中国发起的亚投行的第一个欧洲和西方大国，由此可见，一旦英国独立掌控外交与经贸决定权，还是会做出一些不同其他的对华关系重大决策。现在欧盟仍然拒绝承认中国的市场经济地位，如果脱欧后的英国出于扩大对华贸易的考量，在这个问题的态度上有所松动，不仅能为中英未来经贸带来更多的利好机遇，同时也会对欧盟最终承认中国的市场经济地位起到催化和推进作用。

总而言之，英国脱欧，会对中国的股市、金融、投资等领域带来一定的负面影响，但在国际外交和商务经贸等方面，也为中英未来关系发展增加了一些积极的潜在机遇。

中欧未来关系主线:避零和求双赢
（2016年7月11日）

中国-欧盟领导人会晤和亚欧首脑会议相继举行,而中欧未来关系发展的主线,仍然是避免零和寻求双赢。

中国与欧洲之间有两台重头戏,一是在北京举行的中国-欧盟第18次领导人会晤,二是在蒙古首都乌兰巴托召开的第11届亚欧首脑会议。中欧之间的这两项重大活动,都是在相当敏感和复杂的背景之下进行的。

首先这是在英国公投脱离欧盟,以及英国新首相产生之后,中欧最高级别领导人的首次高峰会晤。欧盟领导人会向中国方面介绍英国脱欧后欧盟应对的相关情况,中国领导人则希望看到一个团结和强大的欧洲,中国方面将继续支持欧盟的进一步发展和欧洲的一体化进程。

就中欧未来的关系定位与发展走向来看,中国希望在国际与地区重大事务上与欧盟继续保持密切沟通与合作,并且继续推动"一带一路"倡议、欧洲投资计划、中欧投资基金、互联互通、数字化、法律事务对话和便利人员往来等合作平台。

中方还承诺向欧盟基础设施基金提供20亿欧元的投资。而欧盟刚刚公布的未来五年对华新战略的文件也强调:欧盟应该在重大外交事务与解决国际冲突方面,比如伊朗、叙利亚、阿富汗冲突、移民与气候变化等领域,与中国进一步协调与合作。欧盟的这份对华战略最新文件还希望在与中国签署双边自由投资协议之后,继续推动中欧自由贸易协定。

不难看出,在主要方向与重大战略上,中国和欧盟是有共识的。但在一些敏感和原则问题上,双方还是各持立场且存有分歧,比如欧盟对中国的钢铁出口产品采取反倾销措施,欧盟暂不解除对华武器和高科技产品禁运,暂不承认中国的市场经济地位,以及欧盟有限度介入南海主权纠纷等。当然,从中欧双方的国际政治考量和各自的核心利益来看,避免冲突和零和,寻求互补和双赢,仍会是中国和欧盟双方都努力争取的既定目标与长远方向。

乌克兰对华出售全球最大运输机
（2016年9月8日）

乌克兰向中国出售世界上最大运输机的消息传出之后,引起了包括欧洲在内的全球航空界及军事领域专家的高度关注。而乌克兰最终决定向中国出售世界最大的安225超重型运输机一事,不仅包含乌克兰方面的各种因素,也有中国方面的多种考量。

自20个世纪90年代开始,乌克兰就先后向中国出售了30多种军用设备和武器装备,其中就包括原名为"瓦良格号"的中国第一艘航空母舰"辽宁号"。这次乌克兰向中方出售安225,一方面可以借助中国的雄厚资金重振濒临破产的本国航空工业,另一方面也能继续深化与中方在高科技和军事领域的全面合作。从国际政治和外交角度来看,乌克兰打了一张好牌:一是向俄罗斯逞强示威;二是在欧盟、北约与俄罗斯之外,拓展相对独立的第三方市场。

而从中国方面来讲,引进世界上最大的运输机,既可以在平时担负大型机械设备及火箭和洲际导弹组装部件的远程空运任务,又可以在战时一次性空运投放大批重型武器装备以及两千兵员的团级作战部队。更为重要的是,安225还可以成为未来中国航天穿梭飞机以及各类高空发射航空器的理想飞行运输载体。当然,中国引进世界上最大的超重型运输机,也可以更进一步加强与乌克兰这个军火工业强国的关系。

乌克兰在洲际导弹、水面舰船、各类运输机和航空发动机等领域,都具有世界一流的研制水平。虽然中国的高科技研究和国防工业近年来发展迅速,但是仍然存在着不少短板和一些弱点,正好可以借助乌克兰的军工实力,直接购置短期急需品和生产许可证,或者为中长期计划联合研制、国内生产。

总而言之,这次乌克兰向中国出售世界上最大的超重型运输机,是中乌两国在高科技和军事领域的又一次重大的"双赢"行动。但从商业和外交角度上讲,这会给同样生产重型运输机的欧洲空客集团及美国和俄罗斯的航空制造业带来一定的压力;而从军事角度上看,这也会令美国、日本等对中国充满警觉或者怀有敌意的国家感到担忧和不安。

中企大举收购欧洲足球俱乐部的背景、动机
(2016年9月20日)

来自中国的一批企业,近两年相继入股、收购了欧洲各国的近30家足球俱乐部,这引起了欧洲体育界和金融界人士的高度关注。

就像几年前中国富人阶层掀起的一股狂购法国葡萄酒庄园热一样,自2015年以来,来自中国的企业和集团,又大举收购起欧洲各国的足球俱乐部。据统计,已

经有近 30 家欧洲足球俱乐部引入中企中资,其中近一半中方拥有控股权。最为引人注目的就是意甲双雄国际米兰和 AC 米兰双双被中国企业收购。西甲 20 个足球俱乐部,竟有包括冠军马德里竞技在内的 16 家引入了中企中资。另外,包括曼城在内的 6 家英超俱乐部、4 家德甲俱乐部,以及法国、荷兰、葡萄牙等国的多家足球俱乐部,也都已有中企的入股和注资。

中企中资大批收购、入股欧洲各国的足球俱乐部,首先是中国企业资金、资本海外运作的一种新型模式。原来欧洲足球俱乐部背后的金主,一直是阿拉伯富豪和俄罗斯巨商。如今中国企业大举进入,一方面显示出中国企业雄厚的融资实力,另一方面也为中企扩大国际影响力、开拓海外文体产业增添了活力。对于长期经营不善、亏损严重的欧洲各国的足球俱乐部来说,这也是一个继续维持甚至重生的重大利好消息;再就是迎合了中国国家领导人和广大球迷早日振兴中国足球的强烈愿望和热切期盼,同时也为中国足球运动员海外观摩培训,以及学习欧洲俱乐部的管理方式和先进理念创造了良好的条件和环境。

但在中国国内,尤其是中国足球界的一些人士认为:中资企业大批收购欧洲足球俱乐部固然是一个好现象,但中企还是应该更加重视和加大对国内足球领域和青少年足球培训的投资与赞助。即便不购买欧洲俱乐部,国内照样可以观看到欧洲几乎所有优秀甲级和超级联赛的比赛,也可以与欧洲俱乐部交换输送双边球员。

也有专家分析指出,中资收购欧洲足球俱乐部,最大的用意并不完全放在足球本身,而是借此提高企业的国际知名度,提升企业产品的海外销售量,盘活投放到国外的资本运作,这才是中国相关企业家的真实动机和真正目的。

总之,中企大举收购欧洲足球俱乐部,无论对中企开拓海外文体产业、提高国人对足球运动的了解和兴趣,还是提升企业的全球品牌知名度,加大全球产品销售量,这都是一个非常不错甚至相当精明的选择。但是能否以此直接提升中国国内的足球运动水平,迅速培养出更优秀的中国本土足球运动员,或许二者并没有直接的关联。

中欧经贸出现"反转""逆袭"现象

(2016 年 10 月 10 日)

中国的核电企业已经打入英国和欧洲市场,而中国出口欧洲的一些产品,也正在从"中国制造"逐渐转向"中国创造"。

长期以来,欧盟和美国等西方组织和国家一直对中国的出口产品实施严厉的"反倾销""打仿冒"的政策和措施。但有两条关于中国和欧洲的不大起眼的消息却值得我们的关注。一是中国一家室外阳篷制造厂家起诉荷兰同业厂家盗用、剽窃其产品的造型设计;二是欧洲航天局希望参与中国研制世界最大的超级天文望远镜的工程,却被中方以"欧洲的设备与技术不符合我们的需求"为由婉言谢绝,言外之意就是欧洲的相关设备技术已经落伍了。

再联想到这些年中国的战机跨出了国界,中国的高铁走向了世界,中国的核电进入了欧洲,一向被认为是世界加工厂的中国,正在转型。从"中国制造"到"中国创造",一字之差,却能反映出中国这些年产业形态深刻转型,产品质量不断提升的不争事实。我们也大可把这些"中国创造"产品在欧美等西方国家的最新表现称为"反转"和"逆袭"。

前些年中国代表团每每出访欧美国家,都不忘劝说这些西方发达国家应该尽早解除对华武器和高科技产品的禁运措施,但最近这几年却极少提及。主要原因就是中国的武器装备研制工作突飞猛进,中国的高科技产品也迅速追赶,已经越来越接近甚至正在超过西方国家的水平,越来越不需要从西方国家引进相关的先进设备和技术了。

这些现象都证明:中国的产品正在从模仿学习阶段转向追赶创新的反转和逆袭阶段,中国的出口产品早已不限于打火机、T恤衫了,高铁、核电等一批重型高端设备也已经冲出国门、走向世界了。

然而面对这一深刻的变化,人们也要清醒地意识到,在许多领域和软硬实力方面,中国与欧美发达国家相比,还存在着不少的短板和差距,还不具备任何沾沾自喜的理由和实力。在相当长的一段时期内,中国仍然需要学习和借鉴西方国家的先进科技与超前理念,不断改进完善,才能在自主创新的道路上走得更快更远。

中国与中东欧国家关系的重要意义

(2016年11月2日)

16+1,是中国与中东欧16个国家领导人的高层会晤合作机制的专有名词。中国总理李克强访问拉脱维亚,并出席第五次16+1高层会晤,再次凸显了中国与中东欧国家在经济与政治领域关系的重要性。

从经济角度来看,中东欧16国是中国企业及大型项目打入欧洲大陆的突破口,也是"一带一路"连接亚欧的桥头堡。比如今年5月,中国和罗马尼亚签署的总金额70亿欧元的核电站项目,就是中国核电打入欧洲的第一笔重大交易,比中英法三国的核电项目还早。而中国援建的匈牙利—塞尔维亚铁路,也是中国进入欧洲的第一

个铁路项目。目前中国还准备积极参与连接芬兰、波罗的海三国、波兰、德国的波罗的海铁路项目,并希望把中国的高铁技术最终引入欧洲。另外,波罗的海、亚得里亚海和黑海的三海港区项目,也是中国与中东欧国家大区域合作的重头多边工程。

在政治方面,16个中东欧国家中包括了11个欧盟成员国,是欧盟内部的一股不可忽视的重要势力。可以说,欧盟的任何重大政策的酝酿和出台,如果没有中东欧国家的同意和支持,都会难产受阻。中国与欧盟之间存在着欧盟是否承认中国市场经济地位,欧盟打压、制裁中国钢铁出口产品,以及中资企业收购欧洲公司频频受阻等各种矛盾与摩擦,但欧盟内部成员国对华政策的立场与态度也不尽相同。在欧盟几个大国对华态度顽固强硬之时,拉近和争取中东欧十几个欧盟成员国,对于中国来讲就显得非常迫切和十分重要。当然,从顾全大局的长远目标角度考量,中国领导人也不忘重申:中国加强与中东欧国家的关系,实际上也促进了与欧盟整体关系的发展,是中国、欧盟双边关系的一个重要组成部分。

2017年中德关系至关重要

(2017年1月2日)

欧洲的两个大国法国和德国,2017年相继迎来总统和议会大选。而争取连选连任德国总理的默克尔,将成为欧盟国家中维系中欧关系的关键性人物。

由于英国首相和意大利总理相继换人,法国总统奥朗德宣布放弃参选,目前在欧盟的几个重要国家中,只有争取第四次连选连任德国联邦总理的默克尔有望继续留任,她将是欧盟重要国家中与中国较为熟悉的唯一国家领导人,因此也会成为维系中欧双边关系的重量级关键性人物。

我们都知道,2005年默克尔担任德国联邦总理以来,曾经先后十次访问中国,已成为中国民众熟悉的老朋友,也与中国领导人结下了较为深厚的情谊。到目前为止,中德双边关系发展顺利,两国之间的信任感也不断加深。除了中资企业在德收购的个别项目,德方由于内部原因和外部压力不予批准之外,中国和德国的双边关系,尤其在涉及中国国家利益的重大问题上,用中国国内习惯的术语来形容,德国方面和默克尔本人可以说都是"立场坚定,旗帜鲜明"的。比如在南海问题上,与法国、英国不同的是,德国一直保持着低调甚至沉默的不介入态度,最多只是表示希望南海应该保持和平、避免冲突。在美国候任总统特朗普质疑"一个中国"政策之后,除了法国外长予以指责之外,默克尔也在新闻发布会上公开表示:"德国不会跟随特朗普的脚步改变'一个中国'的传统立场,德国将一如既往坚持'一个中国'政策。"直接反驳了美国候任总统质疑"一个中国"的观点。如果默克尔今年实现第四次连选连任德国联邦总理,作为欧盟国家中仅存的重量级政治家,相信她会在加强中德传统友谊、维系中欧双边关系方面,继续施展她的巨大影响力,继续发挥他人难以替代的特殊重要作用。

习近平访问瑞士的多重意义
（2017 年 1 月 14 日）

中国国家主席习近平飞抵瑞士,展开为期四天的国事访问。这也是习近平新年伊始的首次外访活动,包含了多种重要意义。

虽然瑞士是欧洲内陆腹地的一个小国,但习近平对瑞士为期四天的国事访问,可以说是涉及面广泛、访问内容丰富,综合起来包含以下几个层面:

其一,是中国与瑞士的双边关系。瑞士虽然是一个小国,但在金融银行、精密仪器、科学研究、环保节能、农业生态、高等教育、医药卫生、社会福利等领域却是全球领先的国家。瑞士还是最早承认中国完全市场经济地位,以及第一个与中国签署自由贸易协定的欧洲国家。所以无论从哪个方面来讲,瑞士与中国的合作关系具有质量高、密度大的特点,同时瑞士也有许多值得中国借鉴和学习之处,中瑞两国的双边关系发展也都具有极大的现实作用和丰富的象征意义。其二,习近平还将出席在瑞士小山城达沃斯举行的世界经济论坛并即席发表演讲,这也是中国国家领导人第一次与会达沃斯,一方面表达了中方对世界经济论坛的高度重视,另一方面也是借助世界经济论坛,彰显中国在全球经济领域中的领军、表率和拉动角色与作用。其三,瑞士的日内瓦是全球闻名的国际组织机构的云集之地。习近平在瑞士期间,还将访问联合国日内瓦总部和世界卫生组织,并将与刚刚上任的联合国秘书长古特雷斯首次正式会面,这对于中国最高领导人与联合国新任秘书长建立良好的工作关系和密切的私人情谊,也是一个不可多得的机遇。而对于首位担任联合国重要组织领导职务的华人,即将于今年 7 月离任的世界卫生组织总干事陈冯富珍女士来讲,中国国家主席的到访,也是对她的工作表现和杰出贡献的一个充分肯定和鼓励。其四,习近平访问瑞士洛桑的国际奥委会总部,并与国际奥委会主席巴赫会面,也表达出中国最高领导人对奥运会和体育事业的高度重视。2022 年中国的北京和张家口两市将举办冬季奥运会,而中国国家主席亲自到访国际奥委会总部,以及实地参观考察阿尔卑斯滑雪圣地瑞士,都会为中国办好下届冬奥会带来更多感性的认知和理性的收获。

欧美篇

美国先进战机进驻欧洲

(2015年9月2日)

美国军方宣布,将向欧洲派驻最先进的F-22战机,北约也在罗马尼亚首都成立北约东南欧指挥部,美国、北约与俄罗斯的军事对峙正在逐渐升级。

尽管欧洲的法国、德国、英国等军事大国都分别拥有"阵风""狂风""台风"等准第四代先进战机,但面对来自俄罗斯方面日益强大的武器威胁和不断增长的军事压力,美国五角大楼还是宣布将在欧洲部署派驻第五代F-22战机,目前最有可能派驻的军事机场,是最靠近俄罗斯的波罗的海国家立陶宛的。

F-22猛禽式单座双发高隐身战机,被公认为美国空军目前最先进,也是唯一投入实战的第五代新型战机。无论是武器配置、电子装备还是巡航、机动与隐身能力等整体性能,都要比欧洲战机高出一节,也是抗衡俄罗斯苏-27和苏-30系列战机的最理想机型。美国空军参谋长韦尔什上将坚信:一旦发生军事冲突,F-22能够击落任何型号的俄罗斯战机。

而俄罗斯国家杜马则认为:美国在欧洲部署F-22战机,对俄罗斯安全造成了威胁。其目的,一是强化美国在俄罗斯边境地区的军事存在,刺激波罗的海国家的战争情绪,二是试图以此举迫使欧洲和北约自身增强军事实力,主动增加军费开支。

另外,北约也宣布将耗资6 000万欧元,在罗马尼亚首都布加勒斯特成立北约多国部队东南欧指挥部,并于2018年正式投入使用,与设在波兰的另一个指挥部遥相呼应,密切配合。

无论是美国向欧洲派驻最先进战机,还是北约在东欧及波罗的海国家设立前线指挥部,都被外界视为西方已经拉开架势,正在为防备与俄罗斯的一场军事冲突进行着认真又具体的战前军事准备。因为欧洲、北约和美国都已清醒地意识到,虽然苏联解体之后经济持续受到重创,军事实力也曾一度大幅下跌,但即便这样,直到今天,这个拥有世界上最大核武库,以及武器装备不断改善、军事实力不断回升的俄罗斯,仍然是军事强国之一。一旦欧洲、北约和美国真的与俄罗斯发生军事冲突,规模难以设想,结局极易失控。

更何况现在西方还面对着一位强势彪悍、雄心勃勃,又经常不按常规出牌的俄罗斯总统普京。本来大举东进、全力打压俄罗斯生存空间的北约和美国,如今接连遇到莫斯科的强力反击,导致克里米亚失守、乌克兰内乱、东欧告危,目前只好收敛攻势,退为守势,被迫防御,极力避免克里米亚现象和乌克兰现状在东欧及波罗的海其他国家重新上演的被动局面。

欧洲伊朗政经互动　美国尴尬
（2016 年 1 月 29 日）

伊朗总统鲁哈尼在西方国家刚刚解除制裁禁运之后就到访欧洲,而伊朗与欧洲双边关系的恢复和升温,也使美国感到为难和尴尬

其实,早在西方国家宣布解除制裁禁运之前的去年 11 月份,伊朗总统就已准备好访问欧洲,可见伊朗领导人访欧心切。不想巴黎发生连环恐怖袭击事件,迫使伊朗总统临时取消了那次行程。时隔 16 年后,伊朗总统再次访问意大利和法国,这也标志着欧洲与伊朗在经贸、外交和政治等领域双边关系的快速恢复和迅速升温。

在经贸方面,伊朗此行和意大利在能源和钢铁等领域一共签署了总值 170 亿欧元的合作协议。与法国更是一举签署了包括 8 架"A380 巨无霸"在内的 114 架空中客机的订购大单。法国雷诺也与伊朗就在伊朗当地建造合资汽车工厂达成双边协议。随着制裁措施被解除,伊朗在海外被冻结的上千亿美元账户即将解冻回笼,原先受到限制的原油出口量也将大幅上升,相信日后逐渐财大气粗,并且拥有精明的经商头脑的波斯人,势必会让伊朗成为全球经贸领域的又一个富有活力的国家。而未来几年 500 架客机的采购意向、500 亿美元的引进外国直接投资的计划,都使得伊朗成为国际经贸市场中的一块新鲜的大蛋糕。

在外交与政治层面,伊朗总统这次访问意大利期间,专门与梵蒂冈教宗举行了会谈,展现出宗教宽容与教派融合的大度姿态。而在与叙利亚和解、打击"ISIS"极

端组织,以及中东地区和平等重大国际事务上,欧洲也把伊朗视为举足轻重的国家。而欧洲与伊朗在各个领域双边关系的迅速恢复和发展,也使得美国感到尴尬和为难。

最主要的原因是,美国目前仅仅是部分解除对伊朗的制裁,包括金融机构在内的一些禁止交易措施依然有效。由于伊朗试射导弹一事,美国还扬言要采取新的制裁措施。面对欧洲与伊朗关系的迅速升温,美国一方面担心欧洲抢了伊朗庞大潜在市场的商机;另一方面也害怕随着与欧洲的关系改善,伊朗的外部压力得以减轻,未来会在核导弹、叙利亚、"ISIS"极端组织以及与沙特的关系等重大国际事务上,走得过远,难以控制。

欧美友谊小船碰壁搁浅

(2016年5月10日)

欧洲和美国之间的传统关系,一直受到双方的高度重视。但多年以来,欧美的双边关系已经受到了不同程度的影响和损害。

我们都知道,美国是超级大国,而欧洲也是多极世界中重要的一级。由于历史、现实,以及社会制度、政治理念和价值观等多种因素,欧美一直都高度重视跨大西洋的传统友好关系。然而最近几年,欧美在政治、外交、军事和经济等领域的分歧越来越大,欧洲与美国的友谊小船虽然没有颠覆翻船,但也可以说已经碰壁搁浅。从美国总统奥巴马任内对欧洲的最后一次告别之旅中,也可以看出欧美之间渐行渐远的一些迹象和表现。

首先,欧洲不少国家的政治家和相当一部分民众,都把欧洲难民潮和恐怖袭击,归罪于美国主导发动的叙利亚、伊拉克、利比亚及阿富汗几场战争,指责和抱怨美国打完了仗就抽身而去,却给欧洲引来了难民潮危机和恐怖袭击浪潮,令欧洲遭遇了前所未有的社会震荡和信任危机。

在对俄问题上,美国在俄罗斯的周边国家挑动"颜色革命",并且利用北约组织向俄罗斯频频施压,最终导致克里米亚危机和乌克兰内战,让欧洲独自处在抗击俄罗斯的危险的最前线。

在经贸领域,欧美之间的自贸协定,也就是TTIP跨大西洋贸易与投资伙伴关系协定遇到重重阻碍,来自欧洲方面的阻力加大,欧盟也担心在贸易争端中的原有权利受损,环保、食品安全和工业制造标准被迫降低。

欧洲的政经分析家也表示,美国目前的国家利益重点已转向亚太地区,欧洲已经不再是美国的外交政策中心,欧洲各国领导人也都担忧在当今世界,欧洲逐渐会被边缘化。

当然,为了捍卫和维系共同的政治制度、意识形态和价值观,欧洲和美国在重大国际事务上,必然会绑在同一辆战车上,但大西洋两岸欧美之间的双边关系逐渐疏远,相互之间的依赖程度不断减轻,现在看来也是一个不争的事实。

欧美"查税大战"愈演愈烈
（2016年9月2日）

在欧盟判决美国苹果公司145亿美元巨额罚款之后,无论是美国政府还是公司企业,都批评欧盟的决定违反国际贸易规则,并且表示要对欧盟展开经贸报复行动。

包括苹果公司在内的美国大型跨国公司和企业,几乎都在海外实行一种国际流通的"合理避税"营销策略。比如苹果公司如果把海外营销利润转回国内,就要交付高达35%的企业税。而国外许多国家,为了招商引资、增加就业,纷纷向外商外企推出了各种税务优惠政策。比如欧洲的爱尔兰、卢森堡、比利时、荷兰等国的外企税收都不超过1%,爱尔兰对苹果公司的外企税收更仅是象征性的0.005%。因此苹果公司就将其全球市场近三分之二的利润额,也就是两千亿左右的美元流动现金,通过爱尔兰分公司报税销账。

而欧盟方面则认为,美国多家公司的这种逃税避税行为,每年会给欧盟各国造成高达700亿欧元的税收损失,所以先拿苹果公司开刀,判决苹果需向爱尔兰补交高达145亿美元的巨额税款。这笔巨款相当于爱尔兰全国总税收的三分之一,是所有本土企业所得税总和的两倍还多。

但奇怪的是,爱尔兰政府并不买欧盟的账,为了保障外商利益、增加本国就业,避免戴上"逃税天堂"的帽子以及"选择性优待"的罪名,爱尔兰政府竟然一口回绝,表示不会收这笔巨额税款,还反过来指责欧盟干涉爱尔兰的外资政策和税收制度,并且不惜为此上诉,这也使欧盟极为尴尬为难,这张145亿美元的历史性巨额罚单能否最终兑现,现在都成了问题。

虽然欧盟的这类司法调查和判决里外不讨好,但欧盟不仅不会妥协退步,还有可能穷追猛打,继苹果之后,再对微软、谷歌、脸书、麦当劳、星巴克、亚马逊等一连串美国巨头跨国公司展开司法调查。欧盟与美国之间的"查税大战"已经进入了白热化阶段,未来欧美之间的经贸摩擦与冲突将会呈现出愈演愈烈的趋势,欧美的双边自由贸易协议的谈判也势必会更加艰难和曲折。

特朗普的欧洲移民家庭背景

（2016 年 10 月 24 日）

美国总统候选人特朗普,在竞选期间一直强烈反对移民,但特朗普本人和他的夫人却都来自欧洲移民家庭。

美国总统候选人特朗普的家庭历史和祖籍背景,可以说与欧洲大陆密不可分。1885 年,年仅 16 岁的特朗普的祖父,乘坐轮船离开家乡德国,远赴大西洋彼岸的美国谋生。1902 年短暂返回德国娶妻结婚后,又带着新婚的妻子回到美国定居生活。

而特朗普父母的故事更是浪漫和离奇。特朗普的母亲玛丽出生在苏格兰路易斯岛的一个渔民家庭,玛丽 18 岁那年拿着旅游签证乘坐游轮到美国短期度假,在纽约遇到了一位年轻的商人,也就是特朗普的父亲佛瑞德里克,于是玛丽为了爱情就在美国非法居留下来。6 年之后,玛丽终于获得美国国籍,两人随即在纽约登记结婚,婚后一共生下 5 个子女,现在的美国总统候选人唐纳德·特朗普排行第四。2008 年特朗普曾经低调前往母亲的家乡苏格兰的路易斯岛寻亲访祖。

如果说特朗普是来自欧洲大陆的第三代德国移民和第二代苏格兰移民的后代的话,那么他的第三任,也就是现任妻子梅拉尼娅,就应该算是最新一代的欧洲移民。梅拉尼娅 1970 年出生于东欧的斯洛文尼亚。她的父亲曾是铁托时代的一位信仰坚定的南斯拉夫老共产党员,母亲原来是农场农民,后进城当了纺织女工。年轻的梅拉尼娅长相甜美、身材高挑苗条,在读了一年大学后就开始了时装模特生涯。1996 年她持 H1B 特殊专业临时工作签证来到美国,2001 年又凭"出色专业人才"获得美国绿卡,2005 年与特朗普结婚,2006 年才最终取得美国国籍,可以说是一位名副其实的新一代欧洲移民。

由此可见,作为美国总统候选人的特朗普,是来自欧洲大陆的移民家庭的后代,而其夫人梅拉尼娅就更是来自欧洲国家的最新移民。最后补充一点,另一位美国总统候选人希拉里的父亲拥有威尔士和英格兰血统,母亲也拥有威尔士、苏格兰和法裔加拿大人的血统,希拉里也同样具有欧洲移民家庭背景。

欧洲担心特朗普当选对欧洲不利

（2016 年 10 月 30 日）

在希拉里和特朗普两位美国总统候选人之间,欧洲几个大国的领导人似乎更倾向于曾经担任过美国国务卿的美国前总统克林顿的夫人希拉里,而对特朗普这位没有治理国家和国际外交经验的候选人,则普遍有一种不太放心、不太信任的担忧情绪,并且还认为如果特朗普当选美国总统,有可能会对未来的欧洲产生负面影响。

法国总统奥朗德是欧洲大国国家元首中少见的公开评论特朗普的领导人之一。奥朗德曾经警告说:"美国大选是一场世界性的选举,如果特朗普当选,会给世界带来一系列的后果,将使极右翼势力在全球政治中发生转变。"奥朗德还表示:"特朗普过于犀利的言论,尤其是他对美国军人的恶意嘲讽让人感到恶心。"意大利总理伦齐也曾表示:"我希望希拉里赢得选举的态度是显而易见的,我和许多人都希望希拉里当选,因为她有多年的从政经验,当选后不会给美国带来太多的不确定性。"意大利总理也借力挺希拉里间接表达对特朗普的不信任。而英国新首相特蕾莎·梅还在担任内政大臣时就曾这样表达过对特朗普的不满情绪:"如果特朗普禁止伊斯兰人士入境美国,他本人就会被禁止入境英国。"特朗普在大选期间一直猛烈抨击、辛辣嘲讽德国总理的接纳难民政策,虽然德国领导人出于各种考量没有直接反驳和回击特朗普的言论,但相信默克尔本人和德国联邦政府官员也不会对特朗普存有多少好感。

而总部设在伦敦的智库机构——欧洲对外关系委员会的一份最新报告认为:特朗普如果当选,可能会导致欧美关系恶化。特朗普一直呼吁北约的欧洲国家大幅提高军费,以减轻美国在欧洲的军事负担。特朗普还认为欧洲应该自行解决欧洲范围内的问题,比如难民问题、乌克兰问题。欧洲对外关系委员会认为:如果特朗普当选,可能会对美欧关系做出整体调整,会使大西洋两岸的政经与军事双边关系受到长期性的损害。

希拉里的欧洲政策面面观
(2016年11月3日)

欧洲国家领导人对曾经担任过美国国务卿的希拉里并不陌生,而在整个总统大选期间,希拉里也时常吐露和表达她对于欧洲事务的各种看法。

希拉里在评价欧洲领导人时,可以说是两极分化、爱憎分明。希拉里一方面称赞德国总理默克尔是她最欣赏的外国领导人,另一方面又把俄罗斯总统普京比喻成纳粹希特勒。

而在美国总统大选的整个竞选期间,希拉里对俄罗斯一直持尖锐批评的立场和强烈指责的态度。希拉里甚至确认"邮件门事件"的幕后黑手就是俄罗斯,她认定俄罗斯人入侵美国网站、机构和私人账户,然后将信息交给维基解密,让其在网上曝光,这都是来自俄罗斯最高层的旨意。希拉里还披露美国的情报部门已经证实普京试图影响美国的大选,希望特朗普这样的傀儡当上美国总统。

希拉里还曾对原伦敦市长、现英国外交大臣鲍里斯·约翰逊表示,在乌克兰和克里米亚问题上,欧洲国家对俄罗斯过于软弱,并称如果对普京的欲望不加以束缚,俄罗斯还会继续染指波罗的海国家。希拉里对普京和俄罗斯的强烈不信任感由此可见一斑。而希拉里提名曾担任北约欧洲盟军最高司令的斯塔夫里迪斯海军上将为她的副总统候选人,也显示出希拉里对北约和欧洲事务的高度重视,以及在欧洲大陆与俄罗斯周旋对抗的坚定决心。

目前在欧洲大国中,已有德国总理默克尔和英国首相特蕾莎·梅两位铁娘子式的女性领导人,并且在政见上都与希拉里非常接近。而不少国际事务和欧洲问题专家都认为:希拉里一直希望重建国际秩序和世界格局,既要纠正布什时代的单边军事干预政策,也要改正奥巴马的自我孤立主义。希拉里希望能与具有共同价值观的西方盟国协调一致,一道担负起应对、处理全球范围重大事务的责任。而在希拉里的眼中,欧洲一直是美国全球战略与布局极为重要的环节,也是西方国家遏制、抗衡俄罗斯的前沿阵地。

奥巴马欧洲告别之旅送盟国定心丸

(2016年11月8日)

在特朗普当选美国总统之后,欧盟和北约领导人一直对欧美未来关系走向感到不安,对特朗普竞选期间有关改善对俄关系和逐渐淡出欧洲防务的言论与承诺也极为担忧。而奥巴马在卸任之前的欧洲告别之旅,正是为了安抚和平息欧洲的不安情绪。

其实在特朗普与奥巴马的首次白宫会面之后,奥巴马就曾公开表示:"特朗普有关欧洲和北约的观点已经有所改变,特朗普高度重视跨大西洋的欧美和北约核心战略关系。"奥巴马在希腊还表示:"虽然美国政府正处于新旧交替阶段,但对于美国来说,北约是绝对重要的。无论是民主党还是共和党,在跨大西洋联盟关系上都存有共识。"

而奥巴马特意在希腊参观西方民主制度发源地雅典卫城,也是意在向欧洲盟国展示美国将继续致力于维护美欧共同价值观的信念。奥巴马随后在柏林与德、法、英、意、西等欧洲国家领导人会面时也再次表示:"特朗普已经承诺将完全承担对北约的义务。"奥巴马同时也希望在俄罗斯的行为违反国际法准则和美国价值观之时,特朗普能够在必要时站出来与俄罗斯抗衡。

奥巴马的这次欧洲告别之旅没有选择伦敦、巴黎,而是选择柏林,除了与默克尔私人关系较好,希望默克尔明年能够第四次连选连任之外,力挺处于抗衡俄罗斯前线位置,并驻有近4万名美国军人及几十座美军基地的德国,现场表达美国重视欧洲安全防务和北约集团作用,也是奥巴马选择最后访问柏林的重要考量之一。

而奥巴马的这次欧洲告别之旅,并不仅仅是口头安抚欧洲盟国,还利用卸任之前剩下的最后两个多月留守时间,在欧洲进行新的紧急军事部署。据美国军方透露,至少有620个满载武器弹药的集装箱,已经从美国运往德国的美军基地,再加上2016年2月份运往德国的415个装满5 000多吨武器弹药的集装箱,美国向欧洲运送武器装备的数额达到了近20年以来的最高峰。

而美国政府最近也再次提高了保障欧洲安全的专用拨款数额,其金额总数已达到34亿美元。现在就要等待特朗普正式上任后,在对欧洲、对北约、对俄罗斯的政策方面,有什么新的打算和大的动作了。

欧美政经关系进入不确定时期
(2016年11月9日)

特朗普在美国总统大选中最终胜出,也使希望希拉里当选的绝大多数欧洲国家感到出乎意料。而欧洲与美国未来的双边关系,也因此进入了一个不确定的时期。

当特朗普当选美国总统的消息传到大西洋彼岸的欧洲大陆之后,大多数欧洲国家的领导人和民众的最初反应应该是倒吸一口冷气。首先是美国总统大选的最终结果出乎包括欧洲在内的世界各国的预料,再联想到几个月之前英国脱欧公投同样出乎意料的结果,更让欧洲人感到当今政治的诡异多变和选民心理的难以预测。难怪欧洲媒体大声惊呼:"面对恐惧和愤世的选民,一切皆有可能发生!"

再就是欧洲各国领导人与民众都对曾担任过国务卿的美国前第一夫人希拉里比较熟悉,所以大都倾向希拉里当选。而对毫无从政历史,更无国际政治与外交经验的特朗普,则可以说是既不熟悉也不放心。欧洲人把特朗普划分为类似意大利前总理贝卢斯科尼那样的商人气质型领导人,担心特朗普随意任性、冲动、好斗的风格,会给美国今后包括欧洲政策在内的全球战略带来一系列不确定因素。

特朗普一直被欧洲视为新国家主义、新保守思潮的代表性人物,他的当选已经让欧洲各国的极右组织和国粹势力再次兴奋起来。法国极右政党国民阵线主席在美国大选的选票全部计算出来之前就迫不及待地向特朗普发出祝贺就是一个有力的例证。而特朗普的反全球贸易自由化和贸易自我保护政策,也会导致欧洲与美国的经贸关系产生更多的摩擦与冲突。

当然,特朗普的当选对于欧洲来讲也不都是负面影响。被希拉里称为"莫斯科傀儡"的特朗普的当选,对欧洲另一大国俄罗斯来讲,就是一个"喜大普奔"的消息,相信竞选期间一直向普京表达善意的特朗普,会在未来对俄关系上做出进一步的友善举动。这对长期以来与俄罗斯剑拔弩张的欧洲来讲,也可能获得一个喘息和缓和机会。而特朗普强调的欧洲必须防务自主、美国应该减少甚至淡出欧洲防务的主张,又正好迎合了欧委会主席容克和德国、法国等欧洲国家领导人的期望。降低北约在欧洲的军事影响力,强化欧盟独立防务一体化,以及尽快组建欧盟联军等种种一直难以实施的方案和计划,也有望在特朗普担任美国总统期间得以推进和实现。

总而言之,特朗普当选美国总统,一定会给美欧的双边政经关系带来一系列变数,但美国强大的政府官僚体系、严谨的院外监督机制、坚实的国家公务员制度,应该可以确保新任总统在包括欧洲政策在内的国际政治与外交领域,不至于做出不符合美国国家利益和西方共同价值观的过于越轨和出格的举动。

特朗普的欧洲政策充满变数
(2016 年 11 月 11 日)

在特朗普力压希拉里、出人意料地当选美国第 45 任总统之后,欧洲各国领导人相继发出贺电或公开表态。但人们也注意到,在欧洲主要国家,尤其是法、德领导人礼节性的祝贺词里面,几乎都流露出对欧美未来关系走向,以及美国新总统的欧洲政策的担忧心态。

法国总统奥朗德表示:"美国总统大选结果开启了一个不确定的时代。"法国外长艾罗则直言道:"特朗普当选将引发许多担忧,法美关系也会打上好几个问号。"德国总理默克尔也话中有话地表示:"美国总统的责任远远超出美国的国界。"德国外长施泰因迈尔更是警告说:"跨大西洋关系可能会面临难以预测的风险。"

如果按照特朗普在大选期间发表的有关欧洲事务的种种言论,他上任之后,有可能提议取消美国、欧盟对俄罗斯的制裁措施,美国与俄罗斯的紧张关系也势必会有所改善。在欧洲安全与防务问题上,特朗普极有可能当一回"甩手先生",他已经有言在先,曾表示美国应该放弃对北约、欧洲盟国的无条件自动保护权,并以希望欧洲防卫应该独立自主为由,让美国逐渐减少和淡出欧洲的防务事务。而这位来自商业世家的亿万富翁,出于商人传统的攻击他人利益的习惯以及天生的自我保护意识,势必会在全球贸易自由化问题上,在与欧洲和世界其他地区的经贸往来中斤斤计较,还可能会使正在谈判中的美欧自由贸易协定胎死腹中。

可以确定的是,特朗普上任美国总统之后,一定会给美欧的双边政经关系带来一系列变数。但西方国家领导人在竞选期间的言论和承诺,并不一定就是上任执政之后的既定政策和最终选择。特朗普上任之后的美欧和美俄关系,虽然充满了变数,但总体而言,维系美欧之间具有西方共同价值观的传统盟友关系,以及延续美俄之间不同意识形态的对峙关系,这些美国传统的既定国策,应该还是特朗普未来执政的主要方向,虽然可能会出现适度的调整,进行有限的重新定位,但绝不会发生根本性的重大逆转和深层改变。

欧洲强烈关注美国新国务卿提名

(2016 年 12 月 15 日)

美国当选总统特朗普正式提名美孚石油大亨蒂勒森为下届政府国务卿,在欧洲各国引起强烈的反响,欧洲也密切关注美国与俄罗斯关系的未来走向。就特朗普提名美孚石油大亨蒂勒森为下任国务卿一事,欧洲各国的新闻媒体都予以了广泛报道、评论,而欧洲各国的领导人也都对美国的国务卿人选给予了极大的关注。

首先,蒂勒森与俄罗斯领导人和商业界的长期友好关系,引发了欧洲对美国下届政府改善对俄关系的各种揣测。

我们都知道,今年 64 岁的蒂勒森在美孚石油工作了 40 多年,最终在 2004 年成为美孚董事会主席和首席执行官。他与俄罗斯打交道也有 20 多年的历史,不仅是俄罗斯商界的熟客,也是俄罗斯领导人的老友,尤其与总统普京相识 20 多年,私人关系密切友好,2013 年还曾经接受过普京亲自颁发的友谊勋章。在克里米亚事件发生之后,蒂勒森曾经强烈批评西方国家对俄罗斯实施的制裁措施。

欧洲的国际事务专家普遍认为,由于蒂勒森与俄罗斯领导人和商界的长期友好关系,以及他对俄罗斯的友善立场,实际上已经具备了美国未来政府缓和与改善与俄罗斯关系的相关人脉和感情基础,只等特朗普正式上任后一声令下便可进行具体操

作。而美国新政府一旦启动实施对俄改善关系的程序,目前一直希望延长制裁俄罗斯期限的欧盟和法国、德国,就会在国际政治和外交领域陷入尴尬和困惑境地。

欧洲的新闻媒体和欧洲国家领导人,也对一个毫无政府任职和外交经验的商界大老板担任美国新政府外交主管一事心里没底。但是也有另一种说法和判断,那就是蒂勒森长期掌管美孚这样的超大型跨国企业,拥有与数十个国家商界谈判合作与解决争端的丰富经验,具备了良好的国际视野。大老板转型外交家,未来蒂勒森登上国际政治与外交舞台,也应该会发挥自如、游刃有余。

再加上一直对俄罗斯和普京频频做出友善姿态的美国新总统特朗普,相信未来的美俄关系定会有所改善,这对于一直处在抗衡俄罗斯最前线的欧洲和北约来说,又将是一个必须正视和面对的国际地缘政治新课题。

特朗普的欧洲政策浮出水面

(2017年1月17日)

就在正式就任美国新总统的前夕,特朗普表达了对欧洲事务的各种看法,引起了欧洲各国的高度关注。

特朗普在就任美国总统前夕接受英国和德国媒体采访时,详细阐述了他对欧洲事务的各种看法与观点,美国新总统未来的各项欧洲政策,也变得更加具体与清晰。

首先,一反美国历任总统支持欧洲一体化的传统立场,特朗普公开称赞英国脱欧是一场"成功的运动,是一项聪明的决定,是一件了不起的事情",并且还预测会有更多的欧洲国家脱离欧盟。这对于目前已经困难重重的欧盟来讲,无疑又是一个雪上加霜的消息。特朗普还再次炮轰德国总理默克尔的接纳难民政策是一个"灾难性的错误",并且暗示"欧盟只是德国抗衡美国建立国际贸易秩序的一个工具",特朗普的这番言论,也是对正在争取第四次连选连任德国联邦总理的默克尔本人的一个不小打击。

而对于北约组织,特朗普在竞选期间曾经表示应该取消成员国之间自动保护权的条款,这次又进一步指出这个跨大西洋军事联盟只是几十年前的产物,不仅已经过时,并且问题多多,根本无法应对恐怖主义的威胁。看来美国新总统未来在北约事务方面,可能会采取一些令人意想不到的疏远政策和淡化措施,除非与俄罗斯关系恶化,欧洲战事吃紧,特朗普才会重新重视北约盾牌和欧洲防务的作用。在俄罗斯事务方面,特朗普在专访中继续展现以往的善意姿态,他表示如果能够与普京达成新的削减核武协议,美国将考虑撤销对俄罗斯的制裁措施。

由此看来，就如同之前所预料的那样，特朗普在正式上任之后，将会大幅缓和与改善与俄罗斯的紧张关系，但同时也不排除一旦莫斯科不予配合，美国则继续维持对俄高压政策和强硬立场的可能性。总而言之，特朗普对欧洲事务的最新表态，可以被视为美国新总统未来对欧各项政策的操作主线和既定方针，无论在欧盟事务、北约走向还是俄罗斯问题等重大涉欧政策上，都与美国历届总统大不相同，而且还具有不少的模糊性和很大的不确定性，这自然会引起欧洲国家的极度担忧，以及欧盟、北约方面的高度关注。

特朗普涉欧言论引欧洲强烈反弹

（2017年1月24日）

就在特朗普正式就任美国新总统之际，特朗普有关欧洲事务的言论，继续引发欧洲国家领导人的不满和反弹。

特朗普在正式就职美国新总统的前夕对欧洲事务的表态和言论，概括起来就是："北约已经过时了，欧盟快要解体了，默克尔犯下大错了。"欧洲各国领导人在震惊之余纷纷表态，对美国新总统有关欧洲事务的看法和观点，从不同角度给予反驳和批评。

最先站出来表态的是受到特朗普直接点名批评的德国联邦总理默克尔，默克尔在随后的一次新闻发布会上表示："我们欧洲人的命运掌握在自己的手中。我会继续努力促使欧盟27个成员国更加紧密团结合作。"而德国外长施泰因迈尔则透露："特朗普的有关言论让出席欧盟外长会议的各国同事感到震惊，也让与他共进早餐的北约秘书长感到担忧。"

法国总统奥朗德则更加直截了当地指出："欧盟不需要外部来教我们应该做什么。即便在全球第一大强权国家面前，我们也没有必要退缩。"法国外长艾罗也表示："对特朗普言论的最好回应，就是欧洲整体的团结一致。"

欧盟对外关系负责人莫盖里尼也表态，他百分之百相信欧盟会继续保持团结。而刚刚从欧洲回国、已经离任的美国前国务卿克里，则批评特朗普的欧洲事务言论明显错位。欧洲改革中心主任格兰特也发出警告："特朗普的表态让人进一步确信，跨大西洋关系将进入二战以来最为动荡的时期。"

从上述表态来看，欧洲各国领导人都以不同表达方式，显露出对特朗普的对欧洲事务观点的不满情绪，以及对美国新总统未来的欧洲政策的担忧心态，并且也都再次强调了未来欧洲和欧盟团结一致的必要性和重要性。而现在欧洲各国，欧盟及北约领导人,也都如同中国的老话"听其言,观其行"所说的那样,正在更加密切地关注着特朗普上任之后,美国的对欧政策究竟会发生哪些实质性的调整与变化,然后再共同寻找相应的对策方法及回应措施。不难看出,欧洲与美国的跨大西洋传统关系,正随着特朗普正式就任美国新总统,开始进入一个前所未有的不确定时代。

联合国新秘书长遇美国挑战

(2017年2月2日)

葡萄牙籍的联合国新任秘书长古特雷斯,新年上任伊始便遇到了来自美国方面的各种压力和挑战。

美国新总统特朗普在正式上任的前夕就多次表达了他对联合国的不满情绪。特朗普曾这样指责说:"联合国不但不解决问题,还制造问题。浪费时间和金钱,却不能发挥既定功能,已经变成了一个俱乐部,只供人们聚在一起玩玩乐乐,实在可悲!"而今年元旦起正式接任联合国秘书长一职的葡萄牙知名政治外交家古特雷斯,刚一上任便遇到了来自美国特朗普新政府的巨大压力和各种挑战。

首先,特朗普上任之后,决定履行竞选时的承诺,已经责令用"美国优先能源计划"取代奥巴马的"气候行动计划",实际上就是推翻了美国前总统签署的联合国巴黎气候协定。而作为全球第二大空气污染国家,如果美国退出,那么联合国巴黎气候协定就会失去应有效应,甚至形同虚设。这无论对于刚刚上任的联合国新秘书长古特雷斯来说,还是对开始高度重视气候变化的国际社会来讲,都是一个沉重的打击。

其次,美国拖欠联合国的会费及其他费用已经高达11亿美元,特朗普上任之后,不仅看不到美国政府尽快补缴欠费的迹象,还可能会要求降低美国的联合国会费比例和数额,甚至在联合国发生不利于美国的事件之时,采取联合国教科文模式,干脆全部停缴所有会费。目前联合国会员国欠缴的会费总数已经高达35亿美元,如果占总额22%的第一大会费缴纳国美国停缴会费,将会对联合国的正常运作造成巨大影响,这也将会是新秘书长古特雷斯上任之后所面临的又一个问题。

最后,美国的政界高层人士,甚至开始酝酿和呼吁退出联合国。美国多名联邦众议员,日前已经联署向国会提出法案,要求新总统停止向联合国拨款与捐助,并终止美国的联合国会员资格。

虽然现在还看不出美国即刻退出联合国的短期可能性,但鉴于特朗普的性格和作风,一旦美国和联合国在国际事务上发生矛盾和冲突,美国政府极有可能会以停缴部分或全部会费,甚至扬言退出的各种方式,向新任秘书长古特雷斯及联合国方面施加巨大的政治、外交和财务压力。

欧洲不满美国限制移民措施

（2017年2月4日）

在美国实施暂停对七个伊斯兰国家公民发放赴美签证之后,欧洲多个国家的领导人相继表达了不满情绪。

就在美国总统特朗普有关暂停向伊朗等七个伊斯兰国家公民发放赴美签证的政令开始实施之际,法国外长艾罗正式访问德黑兰,并表示美国新总统的限制伊斯兰国家公民移民政策具有极大的危险性,同时还针锋相对地宣布法国今年向伊朗公民发放签证的数量将增加一倍。

而法国总统奥朗德也在日前的南欧七国首脑峰会上,指责特朗普的限制伊斯兰国家公民移民政策具有民粹主义和极端主义倾向,德国总理默克尔更是搬出了《日内瓦难民公约》,称国际社会出于人道主义有义务接受战争难民,她还强调,打击恐怖主义并不能成为怀疑特定国家与特定宗教信仰的理由。

荷兰首相吕特也指出,逃离战火的难民无论来自何方,无论信仰何种宗教,都应该得到安全的庇护,我们对美国的政策感到失望并予以反对。瑞典首相勒文则指责特朗普的限制移民政策是非常令人遗憾的举措,绝不是一件好事。奥地利外长库尔茨也表示,美国有权打击恐怖主义,但不应该质疑宗教团体和国家。

欧盟外交与安全事务高级代表莫盖里尼也表示,特朗普的移民政策不符合欧洲的方式;欧委会首席新闻发言人斯吉纳斯则指出,在难民事务上,欧盟不会因国籍、种族和宗教区别对待难民。

就连与美国关系紧密的英国下议院,也投票呼吁特朗普取消限制移民政令;英国的上百万民众,还通过互联网要求政府取消对特朗普的访英邀请。

从上述事例不难看出,欧洲国家的领导人和民众对美国新总统的限制移民政策普遍持有不满情绪,一是美国总统的限制移民政策,明显违背了在欧洲大陆发源和诞生的《人权宣言》《日内瓦国际公约》等一系列相关文件的既定理念;二是不满作为全球第一大国的美国,不仅企图逃脱接纳难民的义务和责任,还试图把难民潮继续引向欧洲大陆。

可以说,在特朗普上任之后,难民和移民问题,已经成为美国新总统和欧洲国家之间的第一场对峙和交锋。

法国篇

大巴黎发展计划何去何从

(2009年9月9日)

其实自古以来,法国的帝王将相就有在任期内和身后为自己和国家留下一个流芳百世的辉煌建筑作品的传统与习俗,如从弗朗索瓦一世的卢浮宫到路易十四国王的凡尔赛宫,再到拿破仑皇帝的凯旋门。共和之后,尤其是法兰西第五共和国的历代总统也都继承了这一传统习俗,戴高乐的国际机场,蓬皮杜的艺术中心,德斯坦的蒙帕纳斯大厦、拉德芳斯新区和奥尔赛博物馆,密特朗的国立图书馆、大拱门和卢浮宫玻璃金字塔,希拉克的凯布朗利博物馆等,概莫能外。

现如今的萨科齐总统,并不仅仅满足于建一两座新型建筑,而是在2009年启动了一个雄心勃勃的大巴黎计划,其规模之大、范围之广、周期之长实属罕见:到2030年将大巴黎地区一直延伸到塞纳河出海口大西洋海岸,期望最终实现拿破仑的一句名言和一个梦想:巴黎、鲁昂、勒阿佛尔,一座由塞纳河贯穿连接的同一城市。而这一斥资350亿欧元的庞大计划,也是继150年前拿破仑三世与奥斯曼男爵大规模整改、扩建巴黎之后最为浩大的城改计划。

巴黎有着一连串令世人向往的闪光的代名称——"浪漫之都""时装之都""美食之都""博物馆之都",但细细琢磨,这些名称没有一个不带有传统色彩和古典气息,就如同一个迟暮老妇人,虽然风韵犹存,但已经失去青春和现代的活力。正是为了能和纽约、东京、香港、上海这些当代的现代化国际大都市一比高下,并且将大巴黎打造成一座生态环保、休闲舒适,消除贫富差距、一扫城乡差别的未来型都市,萨科齐才提出了这个振兴、重整大巴黎的庞大计划。

然而萨科齐总统的这个大巴黎计划一出台,虽然在国民议会和参议院获得通过,但还是遭到了一些政党组织、民间团体、地方政府、城镇官员和平民百姓的指责、质疑,甚至抨击。一时间,什么好大喜功、哗众取宠,什么狂妄自大、荒诞滑稽,都扣到了萨科齐的头上。而从宏观的角度来看,萨科齐的大巴黎计划也充满了变数。

首先,如果萨科齐2012年大选败北,无法连任总统,那他的大巴黎计划不是最终泡汤,就是大打折扣。左翼社会党一旦重返政坛,必会以各种理由腰斩、肢解这一计划,即使不会让整个计划胎死腹中,起码也会取消大部分左派认为劳民伤财的建设方案。

其次,投资巨大、周期过长的大巴黎计划启动之时正逢金融危机爆发之际。迫于形势,法国政府不得不大量紧缩、削减各项公共开支,财政、国库也是频频示警告急,还要挤出已经非常窘迫的钱财用来救济冰岛、希腊、西班牙、葡萄牙等欧洲小兄弟,以及应付利比亚、阿富汗、伊拉克等多处战场的庞大军费开支,继续按原计划投入巨额资金力挺这个大巴黎计划又谈何容易。大巴黎计划是否因此被迫釜底抽薪,缩小规模,甚至被迫变成小巴黎计划甚至微巴黎计划也未可知。

最后,萨科齐总统的二儿子让·萨科齐出任巴黎CBD拉德芳斯商业区主管一事,也被反对党派攻击为执政党和总统任人唯亲,利用公共事业牟取私利。为了不再被人抓住把柄,法国现政府在部署与实施大巴黎计划时,也显得越发小心谨慎,不再像当初那样信心满满、毫无顾忌。

总而言之,法国总统萨科齐的大巴黎计划虽然设想大胆、创意新颖,但由于种种主客观因素,最终能否成功谁也不敢轻易断言。然而聚集了全球十大顶级建筑大师思维精华的大巴黎计划的现代理念,尤其是将视钢筋水泥雄起为美的所谓现代城市风格转换为生态环保、休闲舒适的未来都市圈风格,还是非常值得包括中国在内的世界各国采纳与借鉴的。

法国高调呼吁国际反恐联盟
(2015年5月22日)

就在"ISIS"极端组织攻打和占领叙利亚、伊拉克边境有着两千多年历史的古城帕尔米拉之时,法国总统奥朗德于在里加举行的欧盟东部伙伴关系峰会上表示:人类的共同文化遗产正在面临着威胁,各国应该立即行动起来,打击危险的恐怖组织。这也是西方大国领导人首次从保护人类文化遗产的角度谴责"ISIS"极端组织组织,呼吁各国尽快采取措施联手行动。

作为一个文化大国的领导人，法国总统的这番表态，一方面谴责了"ISIS"极端组织泯灭人性、破坏古迹的犯罪行为；另一方面也暗批国际社会，尤其是西方国家，在打击"ISIS"极端组织组织的行动中缺乏相应的协调与配合，导致"ISIS"极端组织武装团伙打而不散、围而不灭，至今还在各国各地接连发起攻势。

面对这样一种陷入僵持甚至持续恶化升级的局势，奥朗德或许认为现在又到了法国出头露面走上前台的时候了。法国特种部队也在马里展开军事突袭行动，击毙了两名北非恐怖组织的头目。法国还宣布，叙利亚"ISIS"极端组织问题国际会议在巴黎召开。作为会议的东道国，法国届时势必会在"ISIS"极端组织问题上增加其影响力和号召力，甚至会联手欧洲及中近东阿拉伯国家，在打击"ISIS"极端组织组织一事上，分摊美国的一些主导力。

其实，在军事打击"ISIS"极端组织的行动中，法国已经走上前台。法国是西方国家中唯一将核动力航空母舰开往海湾水域，实施抵近空袭攻击的国家。最近法国又连续向埃及和卡塔尔等中近东国家出售"阵风"战机，也可将其视为法国打破美国在这一地区的军售垄断，协助这些国家提高打击恐怖组织军事能力的重大突破性行动。

可以预测，在未来打击"ISIS"极端组织恐怖组织的行动中，法国将会采取一种既尽量彰显独立自主的出头外交政策，又继续保持与美国及西方国家和阿拉伯世界协调配合的策略。再联想到近期奥朗德总统作为第一位西方国家元首出访古巴，法国外长不顾美国压力，在俄罗斯纪念二战大阅兵期间前往莫斯科，无不显示出法国希望在各种重大国际事务与外交行动中，更多地展现其虽然有限却又明显的独特自主性。

震惊世界的黑色星期五巴黎特大恐袭

（2015年11月17日）

13日加星期五，是西方基督教国家民众心中最忌讳、最不吉利的日子。就在"死亡金属"乐队的音乐在巴黎市中心的巴塔克兰音乐厅奏响之时，一场精心策划的连环恐怖袭击在法国首都的六个地点同时发生，最终导致了上百人丧生、数百人负伤的震惊全球的恐怖惨案。

这场巴黎恐怖血案给法国、欧洲乃至整个世界都带来了巨大的冲击和深刻的影响。法国立即宣布全国进入紧急战争状态，封闭严控边境线，在全境展开大搜捕行动，查禁、取缔传播极端思想的清真寺；十几架法国空军战机自中东国家机场升空出击,空袭叙利亚境内的"ISIS"极端组织组织目标,"戴高乐号"核动力航母编队也驶向海湾海域,加强空袭的打击力度。

欧洲方面,波兰、匈牙利等国第一时间宣布拒绝执行欧盟的难民分配计划,欧盟被迫重新研讨、审视难民政策,阻止非战争难民入境,加强对混在难民群中的恐怖分子的甄别和检查,严防恐怖分子跨境跨国的活动。

国际方面,巴黎连环恐怖袭击案发生时正值在土耳其召开的 G20 峰会的前一天。尽管法国总统缺席,但国际反恐立即成为峰会的主要议题,巴黎恐怖事件也再次为国际社会尽快结成反恐联盟提供了一个充足的理由和理想的契机。奥巴马和普京在峰会期间首次就反恐议题秘密长谈,俄罗斯在确定埃及失事的民航客机是遭恐怖炸弹袭击之后,誓言继续穷追猛打恐怖组织,并且不排除派出更多地面部队介入叙利亚战场。美国、欧洲和北约方面也正重新审视反恐战略,加紧研究下一步的军事、政治和经济反制措施。

中国也借此呼吁国际社会应该结成反恐统一战线,并强调中国打击"东突"也是国际反恐的组成部分,显示出中国方面也正在为加强打击"东突"分裂势力的力度,甚至为在未来跨境跨国参与国际反恐任务,做事先的舆论铺垫和战前的热身准备。

总而言之,巴黎的连环恐怖袭击事件,虽然还没有达到一些人士所说的"拉开了第三次世界大战序幕"的程度,但是再次开启了整个国际社会对全人类公敌"ISIS"极端组织极端势力的新一轮的全面战争,却是一个不争的事实。

法国总统为国际反恐展开密集行动
(2015 年 11 月 24 日)

法国总统奥朗德在巴黎的总统府爱丽舍宫,分别与联合国秘书长、欧委会主席、英国首相、德国和意大利总理举行会谈,还飞赴华盛顿和莫斯科,与美国和俄罗斯总统直接磋商。奥朗德还与前来参加联合国气候峰会的中国国家主席习近平共进晚餐,刚刚经历过巴黎连环恐袭案和叙利亚马里四名中国公民遇害事件的法中两国领导人,势必会共同探讨国际反恐议题。法国因此也再次成为国际反恐联盟的主要游说和推动国,以及军事打击"ISIS"极端组织武装的主力国家。

国际政治方面,在与各国领导人会谈时,法国总统一再强调俄罗斯是国际反恐阵线的盟友,叙利亚总统巴沙尔不是主要敌人,希望以此消除东西方之间在联合反恐一事上的意见分歧和政治障碍。

法国还率先在联合国提交了国际联合反恐的议案,并且罕见地获得了包括中国和俄罗斯在内的15个安理会常任和非常任理事国的一致赞同。议案强调的国际社会联手打击叙利亚和伊拉克境内的"ISIS"极端组织组织,虽然不具有国际法约束力和联合国直接授权效应,但也可将其视为联合国已从法理上允许在叙利亚、伊拉克境内打击"ISIS"极端组织,为日后国际社会进一步军事打击"ISIS"极端组织找到了法理的依据。

军事方面,法国的"戴高乐号"核动力航母编队已抵达地中海东部海域的指定攻击方位,航母上的26架战机,与部署在阿联酋和约旦的18架战机一道,投入了轰炸叙利亚境内"ISIS"极端组织目标的行动之中。法国也成为继俄罗斯和美国之后,军事打击"ISIS"极端组织的第三大主力国家。

然而即便对"ISIS"极端组织采取地毯式、饱和式轰炸,也难以重创"ISIS"极端组织分散和隐藏在广大地域的地面目标。只有派出地面部队介入,实施"空地一体化"军事行动,才能达到斩草除根的效果。

目前俄罗斯进驻叙利亚的军人总数在2 000到4 000人之间,美国的小批量特种部队,也即将在总统授权之下陆续进入叙利亚,地面部队的介入实际上已经展开,只是还没有到大规模地面介入的程度。

法国是第一个承认叙利亚反政府武装的国家,一直与反政府各个派系关系紧密,不能排除未来法国也向叙利亚境内派遣军事顾问、情报人员,甚至特种部队,更直接地介入叙利亚境内打击"ISIS"极端组织军事行动的可能性。

联合国气候大会在巴黎召开

（2015年11月26日）

这些年,喜爱到海外旅游的中国民众经常开这么一个玩笑:快去马尔代夫吧,要不没准儿什么时候就被海水淹没了。这个玩笑虽然有些夸大其词,但却不完全是耸人听闻。

我们知道,印度洋岛国马尔代夫有300平方公里的领土面积,平均海拔高度不到1.6米。据科学家计算,地球平均温度每升高1℃,海平面就会上升2.3米。按此推算,到2060年,马尔代夫80%的土地将被海水侵吞,到2100年整个国家将全部被海水淹没。也就是说,如果人类再不紧急行动起来,用不了100年,全球42个岛国中的一大半国家将被海水淹没,世界各国的沿海城市,比如美国的纽约、华盛顿,日本的东京,澳大利亚的悉尼,意大利的威尼斯,甚至中国的广州、上海,都会遭遇海平面上涨的巨大危险。

巴黎气候大会希望达成的总目标,就是把工业革命以来的气温上升幅度控制在2℃之内。

从1850年英国普及蒸汽机,实现第一次工业革命以来,地球的平均气温已经上升了0.75摄氏度。尤其是近25年以来,气温上涨的幅度明显加快。这次在巴黎举行的联合国第21届气候变化大会,就是要敦促全世界的发达国家和发展中国家想方设法、共同努力,将全球气温上升幅度控制在2℃之内。

巴黎气候大会的三大目标,一是确定绿色资金数额,即发达国家在2020年之前,每年出资1 000亿美元,协助发展中国家应对气候变化。但直到现在,总筹资额才刚刚勉强超过100亿美元,要达到每年1 000亿美元的难度可想而知。二是确定全球减排的长期目标,制定出2020年甚至2030年的全球减排数额。第三,也是最重要的目标,就是195个联合国气候变化框架公约的缔约国,共同签署一份具有法律约束力的巴黎气候大会协议,以确保各项既定目标拥有受到检验和监督的法律依据。

总而言之,这次巴黎气候大会确实是任重道远,而国际社会采取紧急措施挽救地球、挽救人类,也变得刻不容缓。

法国与俄罗斯因同遭恐袭而拉近距离

(2015年11月19日)

法国总统奥朗德飞往华盛顿和莫斯科,就联合反恐分别与奥巴马和普京举行会谈。而法国和俄罗斯联手打击叙利亚境内"ISIS"极端组织的条件也已经日趋成熟。

巴黎黑色星期五的连环恐怖袭击,俄罗斯民航客机在埃及遭恐怖炸弹袭击而坠毁,使得法国和俄罗斯即刻成为遭受恐怖袭击的最新、最大、最直接、最惨痛的受害国家,相似的遭遇、同样的命运,一下子拉近了法国和俄罗斯之间的情感距离,而法俄两国联手打击"ISIS"极端组织的主客观条件已经基本具备,高卢雄鸡和北极大熊结成复仇者反恐联盟的内外在基础也日趋成熟。

政治互信方面:巴黎恐怖袭击惨案和俄航客机被爆炸之后,法国总统立即表示俄罗斯是反恐的重要国家和组成部分,巴沙尔不是法国的敌人。普京也第一时间宣布法国是反恐的盟友,并具体指示俄罗斯驻叙利亚海域的军舰尽快和法国的航母编队取得联系,相互配合。两国领导人在叙利亚事务上的分歧基本消除,政治互信已经建立。法俄两国还都在全力推进联合国早日批准打击"ISIS"极端组织的国际军事行动决议。

军事部署方面:俄罗斯在叙利亚已经派驻了超过50架战机和武装直升机,至少4000名配备坦克装甲车的军事人员,还有叙利亚海域的"莫斯科号"导弹巡洋舰编队,以及俄罗斯境内图-22远程战略轰炸机的支撑配合,而法国在阿联酋和约旦派驻了12架战机,再加上驶进波斯湾海域的搭载26架战机的"戴高乐号"核动力航母编队,以及攻击型核潜艇,俄法两军,再加上美国空军,实际上已经具备了加大对"ISIS"极端组织空中打击规模和力度的条件,也就是从各自为战的战术性、零敲碎打式空袭,转化为协同作战的战略性、准饱和式全天候轰炸。

情报共享方面:法国是第一个承认叙利亚反对派流亡政府的国家,与各反对派系关系紧密,而俄罗斯又拥有叙利亚政府和政府军的协助,法俄两国一旦情报资源共享,必定会为推进叙利亚战事提供更大的便利条件。

对于法俄军事合作和国际反恐联盟,值得关注的还有:法俄两国在叙利亚战事上的联手合作会达到何种程度?地面部队介入,也就是斩草除根式的"空地一体战"备案是否会提上议事日程?美国、北约、联合国,甚至人质刚遭杀害的中国又会如何呼应跟进?面对国际反恐联盟,"ISIS"极端组织组织是否会在全球范围内发起新的报复性恐怖袭击活动?

巴黎气候大会:拯救地球　任重道远

(2015年12月15日)

联合国秘书长潘基文说:"历史会记住这一天,从现在起,我们可以直视子孙后代的眼睛而问心无愧。"2015年12月13日,也就是巴黎连环恐怖袭击案整整一个月之后,参加在巴黎举行的联合国第21届气候变化大会的195个国家,通过了最后协议。从此,人类历史上第一次拥有了一份全面、平衡、持久、具有法律约束力的全球减排协议。

巴黎气候峰会开幕的第一天,就有140多个国家的国家元首和政府首脑与会,表现出世界各国对大会的高度重视和热切期望。中国在这次气候大会上所承担的角色和所发挥的作用,可谓是举足轻重。

我们都知道,在这次气候大会上,中国拥有多重身份:中国既是全球第二大经济实体,又是最大的发展中国家;中国既是世界上最大的碳排放国家,又是全球新能源投入最多的国家。中国在大会期间的一言一行,都会深刻影响上百个发展中国家的立场和态度,直接关系到大会协议能否顺利通过。

面对大会最后关头突然出现的由美国、欧盟和发展中国家组成的新百国雄心联盟,中国谨慎处理、从容应变。在大会陷入僵局的最敏感时刻,中美两国最高领导人又紧急电话磋商,积极沟通。最后,在上百个发展中国家的配合和支持下,在数十个欧美发达国家的理解和赞同下,巴黎气候大会没有成为哥本哈根式的又一场"滑铁卢",而是最终通过了这份虽不完美却还平衡的巴黎协议,为今后人类共同低碳减排,世界各国一道维护生态环境,提供了一份目标相对清晰明确,同时又具有监督检查机制的具有法律约束力的文件。

可以预料,在巴黎气候协议签署之后,世界各国都会迎来一场经济发展、社会生活甚至思维模式的大转型、大变革:黑色高碳转绿色低碳,污染能源变清洁能源,将成为大势所趋。污染严重的煤炭、石油、化工及传统汽车工业势必将遇到巨大危机,而包括太阳能、天然气与核能在内的可再生能源和新型节能产业,则将迎来空前的发展机遇。而发达国家所承诺的每年上千亿美元的巨额援助资金能否按期兑现到位,则是巴黎协议是否能够顺利执行、落实和达标的又一关键因素。

印度购法国先进战机PK中巴

(2016年1月26日)

法国总统访问印度期间,双方敲定了36架法国"阵风"战机的购买合同。印度究竟出于什么原因,最终选择购买法国战机?

早在2001年,印度就决定斥资上百亿美元,采购126架外国新型战机,并于2007年正式对外招标。

我们都知道,历史上俄罗斯一直是印度军事装备供应大户。印度空军到目前还拥有从米格-21、米格-27、米格-29到苏-30等500多架俄式战机,其中大部分现已老旧过时,而224架印度国内组装的较新式的苏-30,也是机械故障频发,升空出动率不到50%。

反观被印度视为潜在敌国的两个邻国——巴基斯坦和中国,近年空军实力持续增强,新型战机不断配军到位。为了寻回往日的空中优势,印度只有向国外急购现成的四代战机。而为了减少俄罗斯、美国两个大国的影响与控制,法国战机最终成了竞标热门。

其实印度也对法国怀有知恩图报的心态:印度1998年进行核试验后,遭到美国和西方国家的禁运制裁,法国却接连向印度出售了49架幻影2 000战机、6艘常规动力潜艇和 500 枚空对空导弹。如今印度再选法国"阵风"战机,即便其价格甚至超过美国五代的 F-35,也是投桃报李、心甘情愿。

再说法国的四代"阵风"战机,在伊拉克、利比亚、叙利亚的空袭行动中都有良好表现。去年埃及和卡塔尔分别订购了 24 架"阵风"战机,印度从战机性能和科技水平角度考量挑中法国"阵风",也不失为一个明智的选择。

法国除了出售这第一批 36 架"阵风"战机,更瞄准了印度巨大的军火市场:印度总数 126 架战机采购计划中,现在尚有 90 架份额,法印双方曾讨论过在印度当地组装上百架"阵风"的方案。

另外印度即将建造第二艘 6.5 万吨级的航空母舰,法、英、美、俄都参与竞标,法国已经率先提交设计方案。法国未来向印度出售海军航母型"阵风"战机,也不是没有可能。

法国击败日德夺得澳潜艇巨额订单

(2016 年 4 月 28 日)

法国凭借先进技术和优惠条件击败日本和德国,最终夺得澳大利亚总额高达 400 亿美元的 12 艘潜艇订单。

回顾法国这次一举拿下澳大利亚潜艇巨额订单的全过程,可以看出,先进技术、优惠条件和宣传策略是法国最终胜出的三大法宝。

在技术方面,由法国海军造船局研制开发的梭鱼型潜艇,被视为目前世界上最先进的潜艇之一。排水量 4 000 吨级的梭鱼型核潜艇,采用最先进的抽水喷气式推进系统,行驶噪音仅为 100 分贝左右,静音效果和隐身技术大大优于传统的螺旋桨推进器。除了配备导弹鱼雷之外,梭鱼潜艇还可装载、发射射程远、攻击力强的巡航导弹。该潜艇原是为法国海军研制的最新一代核动力攻击型潜艇,目前正在陆续交货。在法国海军中还没有完全编队成军的梭鱼核动力潜艇,这次换装柴油机传统常规动力售予澳大利亚,其技术优势明显高于日、德两国。

在出售条件方面,法国首次同意与澳方共享世界上最为尖端、机密的潜艇静音隐形技术,并且承诺部分组装工作和零部件制造在澳大利亚本土完成。这种买方既可获得先进技术又能增加就业岗位的方案,也是法国最终胜出的关键因素。

在竞标宣传方面,法国也抓住了对手的弱点,甚至不惜大打国际政治心理牌。作为二战的战败国,日本近年一直试图修改禁止其对外军售的限制条例,引起了包括中国在内的一些国家的不满和警惕。法国军售部门在竞标期间,捉住对手的这一外交短板,频频暗示澳方如果购买日本潜艇,将会损害与中国的关系。

最终,澳大利亚在整体权衡产品技术、转让条件和国际外交等一系列重要因素之后,拍板决定法国胜出。至此,法国、德国和日本围绕着这一世纪军售大单而展开的激烈竞争,最终尘埃落定。

法国恐怖袭击已进入常态化
（2016 年 7 月 18 日）

在法国尼斯发生卡车恐怖袭击事件之后,法国领导人和反恐专家都认为,法国和欧洲未来面对的恐怖袭击威胁,已经进入了长期化和常态化阶段。

法国总理瓦尔斯在尼斯卡车恐袭案之后曾经发出这样的警告:时代已经改变,在很长时期内,恐怖主义将成为法国人日常生活的一部分。而法国和欧洲的反恐部门及有关专家也认为,恐怖活动的性质和方式都在改变,无论反恐机构如何严加防范,都难以阻止随时随地可能发生的恐袭事件。

恐怖袭击防不胜防的主要原因:一是洗脑迅速化。尼斯恐袭案的卡车司机就是一个明显的例证,即并不需要长期接受恐怖组织的宣传教化,普通人在日常生活中或事业上遇到打击,精神受到刺激,就可能为了发泄私愤而报复社会,遵循恐怖组织的指令,发起恐怖袭击活动。

二是方式简单化。"ISIS"极端组织领导人一直说,如果你没有炸弹或子弹,你可以用刀捅,用石头砸,用汽车撞,可以下毒药。尼斯卡车恐袭案也证明,制造一场大规模的恐怖袭击活动,可以没有精心的准备和周密的策划,也可以没有充沛的枪支弹药和大威力的爆炸装置,仅仅一辆卡车就够。

三是行动"独狼化"。发起一场恐怖袭击活动,有时并不需要多人合作,尼斯恐袭大案只有卡车司机独自作案;前不久,一对法国警察夫妇在家遇害,也是凶手一个人用一把匕首作案的。

四是情报失控化。法国和欧洲境内居住着数千万穆斯林人士,列入反恐黑名单的重点监视对象也有数万人,再加上随时可能被洗脑转化的潜在恐怖分子,情报单位几乎无法进行有效的监视和控制。

五是军警失效化。虽然国家可以调配成千上万的军人、宪兵、警察严防死守,但还是很难预先阻止恐袭事件;一旦发生恐袭事件,又很难在现场用最短时间采取有效的反制措施,在有组织或者独狼式的恐袭事件面前,即便再多的军警保安也难以有效应对。

总而言之，目前法国和欧洲境内的恐怖主义活动，已经呈现出更复杂、更敏感的特点，法国和欧洲今后的反恐工作，实际上也进入了长期化和常态化的艰难阶段。

欧锦赛给法国留下的正负面影响

（2016年7月11日）

2016年欧洲足球锦标赛，给东道主法国既带来了许多正面作用，也留下了不少负面影响。

首先在小组赛阶段，由于英格兰、俄罗斯甚至法国本土球迷和足球流氓的打砸群殴闹事，给赛场城市的社会安全带来了极大的威胁。而法国警方及司法部门对俄罗斯球迷过于严厉、粗暴的打压制裁和惩罚措施，最终导致了法国与俄罗斯国家之间的多起外交纠纷。

其次，虽然东道主法国队一路顺风顺水打入决赛，但在与葡萄牙队的最后一场夺冠大赛时，法国球员先是有意无意踢伤葡队大将C罗，后又以一球之差败给对手，输人输球，天时地利人和却主场痛失良机，给法国民众留下了永远的遗憾。

但举办欧锦赛也为法国带来了不少的好处。由于这届欧锦赛首次实行了24队参赛制，又在法国10个城市比赛了整整1个月，从对外宣传法国、促进法国旅游观光角度看，确实起到了积极作用。

此次欧锦赛给法国带来的各项收入也创下欧锦赛历史的新高。虽然十几亿欧元的入账对于经济持续疲软的法国来讲是杯水车薪，但对于恢复民众信心还是具有良性的作用。

大赛之前，各方纷纷发出法国极有可能遭遇新的恐怖袭击的警告之声，但直到决赛结束，没有发生一起恐袭事件，证明了法国全境10万军警保安的各类戒备防范措施还是严谨周密、卓有成效的。

这届欧锦赛，再次体现出法国举办国际大型赛事具有丰富经验。大赛期间，中国主管体育的副总理刘延东也现身法国，与法国领导人和体育界人士共同探讨交流。相信中国也会从法国世界一流的足球运动水平和丰富的国际大赛主办经验中，获得更多启迪。

法国潜艇泄密案的前因和后果

（2016 年 9 月 12 日）

法国国家造船局研制的"鲉鱼"级出口型常规柴电潜艇的多达 22 400 页的绝密资料遭到外泄,令相关进口国家极度担忧。

我们都知道,潜艇最大的特点就是它具有极高的隐蔽性能和极强的突袭性能。但如果敌方掌握了相关的隐形、动力、噪音、续航力、下潜深度以及磁场特征、电磁信号、红外数据、武器性能等绝密文件和敏感信息,就等于大幅提升了其反潜作战能力;而航速不快、武器不强、自保能力薄弱的水中潜艇,顿时将成为敌方水面舰船和空中战机极易捕捉追踪、锁定攻击的脆弱目标。

难怪在法国鲉鱼型潜艇绝密资料和海量数据外泄之后,已经订购同类型潜艇的国家,比如亚洲的印度和马来西亚,南美的巴西和智利,都感到担忧。就连订购了另外型号法国潜艇的澳大利亚,也大吃一惊。尤其是订购数量最大、潜在敌国最多的印度,更是十分震惊,随即宣布暂时保留已经签署合同的总额 30 亿美元的 6 艘"鲉鱼"潜艇,但不再续购原先商定的另外三艘"鲉鱼"同类潜艇。

而更严重的是,相关国家是否会因此而相继毁约、放弃已经订购的鲉鱼型潜艇?澳大利亚自法国同一家造船厂订购的高达 380 亿美元的 12 艘梭鱼型潜艇的世纪性协议,是否也会因此出现变数?作为全球第三大武器和军事装备出口大国,法国未来的军售与武器装备的产品信誉及外销出口业务是否会因此受到沉重的打击?法国那些外泄的海量潜艇绝密资料与数据,是否会被国外竞争厂商用于商业仿制?是否会被西方世界之外的其他国家用于平日的研制,甚至用于战时的反潜作战?这些都是法国政府、军方以及相关的研制公司与厂家相当担忧的。

希拉克:最懂中国的外国领导人

（2016 年 9 月 21 日）

法国前总统希拉克从少年时代就对中国充满向往和兴趣,他是最了解中国历史与文化的法国领导人。

对于法国人来讲,希拉克是一位具有标志性的国家领导人;而对于中国人来说,他是一位具有传奇性色彩的外国政治家。其实,对中国充满兴趣的当代外国领导人不乏其人,比如至今还在认真学习中文的法国前任总统德斯坦,会说一口"京片子"的澳大利亚前总理陆克文。但是对中国的历史和文化最为痴情、了解最深、研究最透的,还是希拉克。

在通晓中国历史文化方面,希拉克可以称为是外国领导人当中名副其实的专家。希拉克因为家住巴黎的吉美东方艺术博物馆旁边,从中学时代起就对亚洲艺术和中国历史产生兴趣,甚至到了为了观看展览而误课逃学的痴迷程度。20 世纪 70 年代初,希拉克还曾跑到中国偏远的西部地区从事考古研究,并且从此迷恋上了中国古代的青铜器艺术。

希拉克在中国历史和考古文化方面造诣极深,就连中国考古界的顶级专家都对他称赞不已。1978 年,时任巴黎市长的希拉克,是前往参观秦始皇兵马俑的第一位外国人。"秦始皇墓是世界第八大奇迹"的赞语正是出自希拉克之口。希拉克能够准确无误地写出中国历代王朝的纪年表,就连国人经常忽略不计的隋朝第三位五岁登基、当朝不到两年的隋恭帝都铭记在心。有近四千年历史的中国河南二里头三期出土的青铜器,对中国的考古学家来说都是一个高深的研究课题,但却成了希拉克常挂嘴边的一个专业性聊天话题。

在中国参观博物馆时,希拉克时常幽默又自信地打断讲解员的介绍说:"现在由我来继续讲解。"希拉克最崇拜唐代诗人李白、杜甫和王勃,他生前还曾希望写一部有关李白生平的电影剧本,但由于身体状况和其他原因,最终未能实现。

在国际政治领域,希拉克应该算是最理解和最支持中国的西方大国领导人之一。希拉克任法国总统期间,分别于 1997 年和 2004 年与中国签署了全面合作及全面战略伙伴关系协议。此外,希拉克在欧盟内部一直呼吁解除对华武器和高科技产品禁令,不断提议中国应该加入 G8 集团和巴黎俱乐部,并实现了举办"中法双向文化年"的计划。

印度购法国"阵风"战机意在抗衡中巴

(2016 年 9 月 22 日)

经过了长达四年的艰巨谈判之后,印度、法国两国国防部部长最终在新德里签署了总额为 80 亿欧元的 36 架"阵风"战机的采购合同,并且印度还考虑续订另外的 18 架法国同类型战机。印度这次斥巨资采购法国先进的四代半"阵风"战机,具有多重原因。

首先,是出于发展空中战略打击力量的考量。印度原先打算一举采购 126 架法国"阵风"战机,作为未来空军拦截格斗的主力型战机。但由于技术转让、费用高昂等原因,不得不将采购数量压缩到三五十架,用途也转为搭载携带核弹的空中突破战略核打击力量,其威力并不亚于上百架战机的常规作战,将会对敌对国的后方战略目标产生更大的核威慑效果。

其次,印度不惜付高昂费用,执意购买法国战机,也是印度高层武器采购多元化的一大举措。法国"阵风"的单机价格,可购买俄罗斯2架甚至3架类似性能的苏-30战机,比美国同类战机也贵出一截。但印度最终决定不惜高价采购法国"阵风"战机,希望借此逐渐摆脱俄、美两个大国的武器装备控制的意愿明显。

再次,近年来印度邻国——中国的空军战机研制水平突飞猛进,目前已经进入了实战配置五代隐形战机的高级阶段;而中国与巴基斯坦联合研制新型战机也进展顺利。反观印度方面,近千架陈旧的苏制米格21至29系列战机即将达到服役极限,面临淘汰,新购的苏-30战机数量有限,100多架早期购置的法国"幻影"及"美洲虎"战机又不具备搭载挂带核武炸弹的功能,尤其是印度国内自主研制光辉型战机工作严重受阻,至今还没有几架正式成军。远水不解近渴,于是印度只好不惜重金从法国进口先进战机,希望以此在面对中国、巴基斯坦空军力量时能达到短期的相对平衡。

最后,法国希望在亚洲的"巨龙"和"大象",也就是中国和印度之间维持平衡。近些年中国高科技领域不断创新,法国大型和尖端产品在中国或是卖不动或是不让卖,因而将目标市场转向印度这个亚洲第三大经济体,也是法国的亚洲和全球战略的一个现实考量。

巴黎申办2024年奥运会希望大增
（2016年10月18日）

在意大利首都罗马宣布退出2024年申奥竞选之后,法国巴黎获得2024年夏季奥运会主办权的希望大增。

在美国的波士顿和德国的汉堡由于市民反对相继退出2024年申奥活动之后,意大利的罗马又由于经费问题也宣布退出申奥。这样一来,目前2024年夏季奥运会主办权的竞选城市仅剩下三个:法国的巴黎、匈牙利的布达佩斯以及美国的洛杉矶。

而在这三个申奥城市中,巴黎应该算是条件最好、希望最大的。首先,法国是现代奥林匹克运动的发源地,巴黎又是现代奥林匹克之父顾拜旦的故乡,历史上巴黎曾经举办过1900年和1924年两届奥运会,之后巴黎曾经多次申奥但都没有成功。如果巴黎拿下2024年奥运会主办权,正好距1924年的巴黎奥运会整整100年,百年奥运重返巴黎,这无论对法国还是对奥委会来讲,都具有相当大的象征意义。

其次,巴黎是全球闻名的国际大都市,基础设施健全,体育场馆充足,市内交通便利,再加上目前正在展开的大巴黎建设计划,巴黎的硬件水平和基础条件应该大大超过其他竞选城市。如果巴黎获得主办权,95%的比赛场馆将采用现有的体育设施,丝毫没有基础建设和资金投入的额外压力。

再次,巴黎作为国际知名的会议与体育赛事举办城市,积累了大量的国际和洲际体育大赛的举办经验,具有良好的接待水平和能力。

至于外界疑问最多的法国的恐怖袭击威胁,巴黎在严峻的恐袭气氛中安全、顺利地举办了欧锦赛,就证明法国在应对恐袭活动方面具有较高能力。

最后,2016年的奥运会在南美的巴西里约热内卢举办,2020年在亚洲的日本东京举办,按理说到2024年,应该由欧洲国家举办了,如果再回到北美的洛杉矶,就显得有些反常了。所以2024年夏季奥运会理应选址在欧洲国家,这是巴黎胜出的一个有利条件。

巴黎曾在1992、2008及2012三届申奥中失败,这次随着一批具有实力的竞争城市相继退出,巴黎对拿下2024年奥运主办权似乎也越来越有信心。而法国高层并不仅仅满足于申奥,还在全力以赴争取2025年的世博会主办权。

法国深层介入伊拉克反恐战争

(2016年10月25日)

多年以来,法国一直是遭受恐怖袭击最为频繁、最为严重的西方国家,也是积极参与和深层介入国际反恐战争的主要国家之一。

在外交层面,法国首都巴黎已成为一系列国际重要反恐会议的主要举办场所,比如西方七国国防部长伊拉克反恐会议、阿富汗问题国际会议,以及有关伊拉克摩苏尔局势的20多国外交部长级的国际会议。而伊拉克收复摩苏尔的战斗计划,正是在巴黎举行的西方七国国防部长会议上敲定,随后又由法国国防部长首次对外宣布证实的。

在军事领域,法国可以说是继美国之后参与伊拉克反恐战争的第二大西方国家。法国规模最大的航母战斗群,就部署在临近伊拉克的海湾地区海域,编队包括"戴高乐号"核动力航空母舰,1艘攻击型核潜艇,2艘防空与反潜导弹护卫舰,以及补给油轮等6艘舰船。法国航母上的24架"阵风"战机,再加上部署在约旦和阿联酋陆上空军基地的12架"阵风"战机,已经成为空袭伊拉克境内恐怖组织基地的最主要空中打击力量。据法国军方统计：自2009年9月以来,法国空军战机一共出动3 700多架次,对伊拉克境内展开600多次空袭行动,至少摧毁了1 000多个恐怖组织目标。

另外法国总统奥朗德曾经透露,会在伊拉克投入使用法国制造的地面重型武器装备,这引起了国际军事专家的猜测和关注。而在摩苏尔战斗打响之后外界才知晓,法国一批大口径重型火炮已经投入前线,更传说近千名法国炮兵和军事顾问及教官,也随着法国提供的重型火炮进入伊拉克参战,目的是在摩苏尔收复战中,使地面火力与空袭行动相互配合,更加精准地打击"ISIS"极端组织恐怖武装基地。

虽然法国高层和军方一直没有公开证实法国的地面部队已经进入伊拉克境内,但国际问题专家都相信,为了早日根除"ISIS"极端组织恐怖组织,法国无论在外交层面还是在军事领域,都已经或正在积极参与和深层介入每一场国际反恐的战争与行动。

法国政坛显现"特朗普效应"
（2016年11月23日）

就像美国总统大选的结果一样,"特朗普效应"也在法国政坛重演,不仅法国的民意测验机构再遭打脸,法国的新闻媒体也是大跌眼镜。法国右派总统候选人、前总理弗朗索瓦·菲永在初选一周之前还被认为首轮即会遭淘汰,竟以44%的得票率排名第一,将与另一位前总理阿兰·朱佩展开第二轮争夺。如不再出现其他意外,菲永将最后胜出,代表在野的右派共和党参加2017年4月的总统大选。

在法国右派初选一周之前,法国的民意调查结构和新闻媒体还估计菲永只会获得10%左右的选票,首轮就会出局。但不想菲永竟以44%的得票率排名第一,比排名第二的阿兰·朱佩高出16个百分点,而前总统萨科齐仅排名第三,惨遭淘汰。这个结果大大出乎法国政坛和民间的预料,说明继英国公投脱欧和特朗普意外当选之后,法国政坛也步入了令人捉摸不透的混沌时期和动荡阶段,反映出法国选民也同英国、美国的民众一样,以手中的选票表达对保守过时的政治官僚体系的不满,以及希望政坛更新换代、锐意革新的愿望。

71岁的阿兰·朱佩,曾在20世纪90年代担任过希拉克总统时代的总理,他为人谦和,温文尔雅,是法国政坛中典型的贵族式、传统型、元老级政客。法国民众虽然对阿兰·朱佩本人还算尊重,但却对老旧的政治体系和过时的老牌政客十分不满,这也是比阿兰·朱佩年轻近10岁的菲永首轮大胜的原因之一。被称为法国"撒切尔主义"代表人物的菲永,一贯倡导自由化的经济运作模式,而他承诺的取消50万个国家公务员岗位,废除35小时工作制,延后退休年龄至62岁,削减100亿欧元财政赤字,禁止出国参加恐怖组织的法国籍人士重返国内,以及建议与俄罗斯缓和关系等施政纲领,又正好迎合了法国民众最为关注的几大敏感议题,因此菲永首轮初选高票胜出,尽管是意料之外,却又在情理之中。

菲永的首战告捷,已经严重冲击了法国现有的传统政坛,右派二轮初选中菲永最终胜出的可能性极大。但菲永在2017年4月总统大选中面对极右政党国民阵线主席玛丽娜·勒庞,并没有阿兰·朱佩的赢面大。如果是菲永最终代表右派参加法国总统大选,一旦没能阻挡住极右候选人上台,法国政坛很可能再次发生足以震惊世界的颠覆性意外事件。

法国外长抨击特朗普碰触"一个中国"底线

(2016年12月16日)

特朗普在当选美国总统之后,不仅与台湾地区领导人直接通电话,还质疑为何美国要受"一个中国"原则的束缚。对此,法国外长艾罗日前在电视采访中明确对其予以警告和批评。艾罗表示:"应该谨慎对待中国这样一个大国,特朗普可以不同意中国的某些观点,但是不可以以这种方式与合作伙伴对话,不能用'一个中国'的原则威胁中国。"

法国曾是最早承认"一个中国"原则、最早与新中国建立大使级正式外交关系的西方大国。早在20世纪60年代,戴高乐将军就高瞻远瞩、审时度势,决定正式承认中华人民共和国,与台湾断绝外交关系。

之后法国的各届领导人和政府官员,无论与中国发生什么矛盾与冲突,都不会触动"一个中国"这个原则底线,包括20世纪八九十年代法国向台湾出售战机和军舰时,都不忘再三重申坚持"一个中国"的原则。

再来看美国,1972年,从美国总统访华的破冰之旅,到1979年中美两国正式建交,这期间和之后双方发表过三个联合公报,美国政府也都声称与台湾的关系基于"一个中国"的原则。之后美国的历届总统和政府,即便在两国关系处于低谷,甚至发生了中国驻原南斯拉夫使馆被炸,中国海域上空两国军机相撞、几乎兵戎相见的恶劣事件时,也绝对不会碰触"一个中国"原则的底线。

现在还未正式上任的特朗普却质疑"一个中国"的原则,不管出于何种动机,都会引起人们的密切关注和高度警惕。

在美国总统大选期间,西方国家领导人大都对特朗普颇有微词。但特朗普意外当选之后,西方各国领导人几乎集体沉默,顶多表示一下不确定、不放心的态度,谁也不再直接抨击美国的新总统。

这次法国外长对特朗普质疑"一个中国"原则的直截了当、毫不客气的批评与警告,既反映出戴高乐主义对华政策的历史延续性,也再次显示出法国外交的自主独立性。

法国再呛美国对以色列政策
（2017 年 1 月 17 日）

在法国巴黎举行的中东和平国际会议期间,法国外长再次公开指责美国的以色列政策。

美国新任总统特朗普近期曾表示,在他上任之后,将考虑把美国驻以色列大使馆迁往存在巴以主权争议的耶路撒冷。对此,法国外长艾罗在巴黎举行的中东和平国际会议上公开指责说:"美国想把驻以大使馆迁至耶路撒冷是一种挑衅行为,将会带来严重后果。"

耶路撒冷是一座具有 3 000 多年历史的古城,也是犹太教、基督教和伊斯兰教三大宗教共同的圣城。1980 年,以色列立法确认耶路撒冷是犹太民族永久的和不可分割的首都,而巴勒斯坦也在 1988 年宣布耶路撒冷为首都。目前,世界各国为了避免争执,都把驻以色列大使馆设在特拉维夫。如果美国新总统上任之后,执意把大使馆迁往耶路撒冷,势必会打破巴以之间的关系现状。

前不久,美国在联合国安理会首次就阻止以色列在巴勒斯坦领土上扩建居民点的议案投了弃权票,致使议案获得通过,引起了以色列高层的震怒,不仅指责奥巴马在离任之前的背叛行为,还宣布中止与联合国安理会所有成员国的工作关系。而法国一方面希望维系与以色列的关系,另一方面又支持巴勒斯坦的传统外交政策,自然也引起以色列高层的不满。以色列除了拒绝出席巴黎会议之外,总理内塔尼亚胡还指责巴黎中东和平国际会议"徒劳无功",以色列国防部部长利伯曼也称巴黎会议是"针对以色列的法庭",并且呼吁旅居法国的 50 万犹太人离开法国。

据统计,仅在 2016 年,就有 5 000 多名犹太人离开法国迁居以色列。除了法国境内不断发生的反犹事件和恐怖袭击之外,法国政府现行的中东政策也是一个重要原因。而最近法国驻外大使联名签署的尽快承认巴勒斯坦国的呼吁书,更是针对以色列当局和美国对以政策的一个外交回击行动。目前看来,特朗普上任之后大幅改善和拉近与以色列的关系应该是势在必行,而法国也将在中东地区及以色列、巴勒斯坦两方之间的平衡与中立外交政策方面,发挥更大的作用,扮演更重要的角色。

中国农历鸡年谈法国"高卢雄鸡"

（2017年1月28日）

2017年是中国农历鸡年,而位于欧洲中部的法国,也把雄鸡视为法兰西民族的吉祥物。

一提起法兰西民族的吉祥物,人们自然而然地会想起"高卢雄鸡"。而代表着勇敢、光明和高傲的雄鸡形象,也成为法兰西共和国的标志和法兰西民族的象征。

人们习惯把法国的雄鸡称为"高卢雄鸡",是因为早在公元前1世纪,古罗马人把现在的法国和比利时地区统称为"高卢"。由于拉丁语中"高卢"的发音近似于"公鸡",所以古罗马的占领军,就把当地法兰西民族的祖先克里特人戏称为"公鸡",讽喻以雄鹰为标志的古罗马大军追打"高卢人"就像"老鹰捉小鸡"。

到了中世纪,法兰西王国的国王认为公鸡勇敢坚定、善战好斗、胆大机警,既有蔑视群敌的高傲气质,又是迎接朝阳的光明使者,就顺水推舟把公鸡形象刻画在王国的徽章、国家货币和旗帜上。法国大革命期间,代表了勇敢、光明与公正的"高卢雄鸡"形象,正式取代路易王朝的百合花皇家标志,成为法兰西第一共和国国旗上的图案。第一次世界大战期间,"高卢雄鸡"更是成为法兰西民族奋勇抗击普鲁士侵略的象征物。

"高卢雄鸡"之所以变得世人皆晓,主要还是因为20世纪80年代闻名全球的法国国家足球队把它定为队服的标志,仰天高鸣的雄鸡最终引领法国队登上了1998年世界杯的冠军宝座。

善于自我调侃的法国人,也常会把公鸡傲慢清高、目空一切的特点归纳在法兰西民族的性格之中。法国已故的著名笑星Colluche有一句流传极广的名言:"为什么法国人把公鸡作为民族的象征?那是因为公鸡是唯一脚踩粪便还忘乎所以引吭高歌的动物。"

当然对于法国民众来说,公鸡的形象还是非常正面的,它不仅忠于职守、英勇善战,还具有守护、体贴母鸡、小鸡的慈爱、善良的一面,也正好符合法国人重视家庭、尊重女士、宠爱孩子的民族性格。

而中国农历鸡年的到来,使得以雄鸡作为民族吉祥物的法国人跟着兴奋起来。在法国官方和民间举办的各场庆祝中国农历鸡年的迎春会上,中法两国共同喜爱的雄鸡形象，自然而然成为欢庆活动的主角。中华民族与法兰西民族之间的相同之处可见一斑。

法国左右派总统候选人频出状况
（2017 年 2 月 7 日）

距离法国总统大选还剩下不到 3 个月的时间，而法国左、右两派的总统候选人则是状况频出，再生变数。

首先是法国左派总统候选人在竞选期间再次重蹈右派黑马胜出的覆辙，原先呼声最高的前总理瓦尔斯，意外败给前教育部部长阿蒙，阿蒙将代表目前执政的法国社会党及左派势力参加 4 月底、5 月初的法国总统大选。

而连闯数关、脱颖而出的右派黑马总统候选人菲永，近期则因为夫人涉嫌 9 年以来在国民议会虚设职位、坐吃空饷而受到司法调查。据法国媒体爆料：1998 年至 2007 年间，菲永夫人涉嫌一共在议会领取了高达 80 万欧元的薪水，但却没有参与实际工作。菲永在极力辩解之时，也承诺如果正式受到司法调查，他将退出总统竞选。

而一旦菲永真的退出竞选，是初选时意外失手的右派政坛老将朱佩再次披挂上阵，还是右派再推举另一位候选人，目前还是一个未知数。但一个不争的事实是：菲永染上丑闻，无论是对于他本人，还是对于右派势力，都是一个不小的打击，甚至直接关系到右派能否赢得总统大选这一关键问题。

而这次围绕法国左、右两派总统候选人所发生的种种意外状况，对于 2 个多月后即将举行的总统大选，势必产生巨大的冲击和影响。

眼下法国左派推出了一个相对弱势的候选人，右派既定候选人又遭司法调查，无论结果如何，其个人名誉已经严重受损，而法国左、右两派总统候选人状况频出、意外不断的最大赢家和获益者，就是极右的国民阵线主席玛丽娜·勒庞，以及脱离社会党的超党派候选人马克龙。

最新的民意调查显示，勒庞的民众支持率已经上升至各党派候选人的第一位，而马克龙也以一个百分点的差距紧随菲永之后，排名第三。假如丑闻缠身的菲永拒绝退出、执意参选，首轮就败给人气正旺的马克龙的可能性也不是不存在。

如果真是这样，那法国总统大选就将是惊险万分了。而一旦代表法国极右派思潮的领袖玛丽娜·勒庞，或者代表新生政治势力的超党派候选人马克龙最终登上总统宝座，对于法国政坛而言，无疑是一场天翻地覆的改变，也会剧烈冲击和深刻影响到欧洲国家未来的政治版图。

德国篇

默克尔有意第四次连任联邦总理
（2015年8月18日）

德国政界和媒体不断放风，总理默克尔有意在2017年的联邦议会大选中再次寻求连选连任。

默克尔曾在十年前的2005年首次竞选成功，成为德国历史上第一位女性联邦总理。之后又两次连选连任。如果默克尔最终决定2017年再次连选，她将冲击第四届总理任期。联邦德国的每届总理任期为四年，并且可以无限制地连选连任。在联邦德国的历史上，曾经有两位总理任期超过四任——20世纪五六十年代的战后首任总理阿登纳执政14年，而八九十年代的科尔任总理也超过16年。默克尔如果成功四连任，将成为第三位任期最长的德国联邦总理。

其实，默克尔在2017年完成她的第三次总理连任时，任期已达到12年，超过了英国"铁娘子"撒切尔夫人的11年任期，成为欧洲甚至全球执政时间最长的女性国家领导人。不过去年曾经传出默克尔不打算第四次连选连任，甚至希望在2017年第三任期结束之前自动辞职的消息，这一是避免重蹈历史上阿登纳和科尔连续执政十几年后最终惨败下台的覆辙；二是通过在德国国内政坛急流勇退，来争取在国际政治舞台更上一层楼，在2017年竞争联合国秘书长或者欧盟委员会主席等更为显赫的职务。

但如今默克尔继续留守国内，力争第四次连选连任联邦总理的可能性不断增大。主要原因是，两年来默克尔在国内治理上稳中求进，深得民心，民意指数一直居高不下；在欧洲事务方面，尤其是在希腊债务危机问题上，更是以坚忍的意志和巨大的魄力，使德国成为整个欧洲的主心骨和掌舵人，赢得了欧洲各国的好评；在国际事务方面,尤其是在乌克兰危机与对俄罗斯政策上,默克尔也是采取了既立场坚定又灵活多变的高超外交策略,获得了国际社会的赞赏,她为此也连续五次登上福布斯全球最具权力的女性排行榜的榜首。

正是基于上述国内事务和国际外交的成绩,默克尔未来无论是决定争取四次连选连任联邦总理,还是瞄准欧盟和联合国最高领导人的新职务,都应该更具底气,更有信心。

默克尔不可能参选联合国秘书长

（2016年3月10日）

联合国下届秘书长的竞选活动已经展开,已有七位候选人正式报名。然而联合国内部高层又传:德国总理默克尔才是下届秘书长的最佳人选。

联合国秘书长潘基文的任期将于2016年年底结束,而下届秘书长的竞选活动现在已经拉开序幕。包括联合国教科文组织总干事博科娃在内的七名候选人已经正式向联合国提交了竞选申请,联合国也会举行候选人和会员国之间的面试报告会。就在这个竞选的关键时刻,联合国内部高层又传出德国总理默克尔才是下届秘书长最佳人选的声音,引起各方的高度关注。

据《纽约时报》报道:潘基文身边负责传媒事务的助理塞登透露,联合国内部有意见认为,下届秘书长应该选择在国际舞台上具有重要地位的女性继任,而德国总理默克尔正是最合适的人选。

我们都知道,目前联合国内部达成共识的下届秘书长竞选条件的两个关键词,一是女性,二是东欧。默克尔是全球闻名的女性政治家,又来自属于东欧地理地缘范围的原东德地区。在欧洲债务危机、乌克兰战事以及欧洲难民潮等重大国际和地区事务中,默克尔表现得强势又强悍,多次被欧美报刊评为全球最具影响力的女性政治家。而她与各大国领导人之间的良好又密切的关系,以及在欧洲难民潮期间所展现的人道主义立场,都使得默克尔比其他竞选人更具优势。

但现在的问题是,默克尔目前似乎又最不可能成为下届秘书长。主要原因一是默克尔本人仍然没有明确表态是否参选,德国政府也还没有按照例行程序提交竞选申请;二是鉴于联合国组织的特性,历史上从来没有任何一个大国的领导人担任过秘书长职务;三是虽然德国在战后深刻反省,终获外界尊重,但战败国的阴影仍然存在。近年来德国与包括日本在内的几个国家捆绑抱团申请入常的努力屡遭挫败,就是明显的例证。更何况德国总理竞选秘书长,五个常任理事国中只要有一

国否决就会功亏一篑。

所以在下届联合国秘书长的竞选争夺战中,默克尔可以说是在主观条件和内在因素上最具实力,但在客观条件和外在环境上最具争议的人选。

德国难民政策开始"急转弯"
（2016年3月14日）

德国是欧洲难民潮中接纳难民人数最多的国家,但目前德国的难民政策已经发生了急剧的变化,加大了对难民的种种限制和约束。

2015年一年中,一共有150多万难民涌入欧洲,而德国一个国家就接纳了110万。然而在科隆跨年夜难民性骚扰事件发生之后,德国民众和地方政府对难民的态度有了大幅转变,总理默克尔也受到了来自欧洲各国的批评,以及国内民众与政界施加的巨大压力,由她担任党主席的执政党基民盟的民众支持率目前已经降至37%,近八成的德国民众不满政府的难民政策,近四成民众希望默克尔辞职下台。而德国的联邦政府和议会,近期也被迫大幅修改难民政策。

德国经济部一项估算显示:2016年至2020年间,德国每年将至少增加50万难民,预计到2020年,德国境内的难民总数将达到360万人。财务方面,仅今明两年,联邦政府就需要在安置难民一事上支出和开销500亿欧元。

为此,德国议会在今年2月底通过了一系列收紧难民政策的新措施,其中包括降低驱逐犯罪难民出境的门槛,禁止部分青年难民亲属两年内到德国家庭团聚,等等。

而一直倡导"张开双臂欢迎难民"的默克尔总理本人,最近对难民问题的态度也有明显的转变。比如,她曾表示:"难民不能想去哪儿就去哪儿,无权自行挑选避难国家,叙利亚和平之后,难民都应该回到他们自己的祖国。"她还发出警告,如果其他欧洲国家不执行难民配额,德国不排除单方关闭边境。默克尔还承诺2016年将大幅减少接纳难民的数目,并且大力支持在巴尔干国家和土耳其之间设立边卡防线,阻止难民继续大批涌入欧洲境内。

由此可见,虽然默克尔声称不会大幅改变现行的难民政策,但顾及国家安全、社会安定、财政支出等因素,同时考虑到民众意愿、地方政府诉求,甚至即将到来的大选活动,德国联邦政府在难民事务的具体操作方面,已经开始趋向于严格和紧缩。而接纳难民最多的德国在难民政策上的任何调整和变化,都会给整个欧盟和所有欧洲国家带来相当大的影响和冲击。

德国入常努力：柏林的心病
（2016 年 3 月 21 日）

从 2005 年开始，德国就与日本、印度和巴西一道，每年都向联合国提交增加安理会常任理事国席位的议案，但十年过去了，德国等四国的入常努力却一直没有实现。究其深层原因，既有历史遗案的纠结，也包含现实问题的考量。

首先，联合国是第二次世界大战之后，根据当时美国总统罗斯福的设想和倡议，于 1945 年 10 月正式成立的世界组织。五大常任理事国美英俄法中，都是反轴心国反法西斯同盟的战胜国。而作为两次世界大战的发动国和战败国，德国虽然在战后深刻反省、沉痛反思，但战败国的阴影直到今天仍然挥之不去，也成为国际社会对德国、日本入常一事的心理障碍。

再就是安理会五大常任理事国中，欧洲英法俄已经占据三个席位，如再加上德国，席位配额将过于向欧洲大陆倾斜，欧洲在联合国的发言权和影响力会进一步提升和扩大。

另外，四国捆绑抱团申请入常，本身就是一个策略失误。如果说德国单独申请入常还有可谈的余地的话，那么和其他国家，尤其和日本抱团申请，基本就断送了德国入常的可能性。我们知道，由于日本对待二战的态度以及领土领海的纠纷，中国和俄罗斯根本就不会同意日本入常，而每个安理会常任理事国都拥有一票否决的权力。抱团申请的后果就是：一国遭到否决封杀，四国都会同归于尽。真不清楚一向思维严谨、考虑周全的德国人，为何会在入常一事上出此下策。

最后，作为战败国，德国和日本在战后都发奋图强，崛起壮大。甚至在军事领域，除了无权拥有核武器之外，常规武器装备和军队素质已经不差于其他大国。出于历史背景和现实原因，目前各个大国，甚至整个国际社会，都有意无意地宁愿维持德国、日本的"经济巨人、政治矮人"的既定现状。这种战后思维成为德国入常道路上的巨大障碍。

德国力促建立"欧盟联军"
（2016 年 5 月 16 日）

德国有关建立一支"欧盟联军"的建议，引起了欧盟和欧洲有关国家的重视，但同时也引发了欧洲相关机构和专家的一些质疑。

德国的防务白皮书显示,德国将努力推动建立一支欧盟联军,由欧盟设立联合指挥部,欧洲各国共享军事资源,整合各国军事力量,共同担负欧洲安全的责任。德国国防部部长还宣布将扩军1.1万人。这也是1990年东、西德统一之后,德国联邦国防军的首次扩军行动。

我们都知道,二战之后,欧洲一直依靠北约来保护自身的安全。北约组织成员国中,除了北美洲的美国和加拿大之外,其余都是欧盟国家。另外,欧盟还设有欧盟联合军事参谋部,以及以法德军队为主体的欧洲军团。

在这种背景下,德国再次提出组建"欧盟联军",应该有如下几点考虑:

一是希望除了经济、贸易、金融、外交一体化之外,真正开启欧盟的军事一体化进程。

二是面对俄罗斯的强大军事压力,乌克兰、叙利亚等邻近地区的战乱状况,恐怖袭击活动的蔓延,难民潮危机,以及越来越多的国际维和任务,欧盟有必要尽早建立一支自己可以随时调动的军队。

三是试图削弱和摆脱美国主导欧洲军事防务的现状。欧盟内部早已对欧洲自己的安全事务还要事事请示美国怀有怨言,早先欧盟主席和意大利外长也曾多次呼吁建立欧盟联军。

四是,可能也是最值得我们关注的,就是为什么由德国再次提议组建欧盟联军。

作为战败国,二战以后德国在军队建设、装备研制、海外派兵等事务上,受到种种限制和约束。虽然德国现在已成为欧洲头号经济强国,但在军事实力方面却大大落后于法国和英国。德国这次建议成立欧盟联军,并且宣布扩军上万,可能是意在为德国日后扩编军队、重振军威,再度成为军事强国寻找突破口。这也许才是德国高层的真正动机和长远战略考量。

德国努力重新成为新的军事强国

(2016年8月29日)

德国发布了十年以来第一部国防白皮书,而德国的武器装备出口近年来也急剧增长。德国正在努力重新成为一个新的军事强国。

德国国防部发布的长达80页的国防白皮书中最为引人注目的,就是把俄罗斯从原先的优先伙伴关系改为战略竞争对手。而德国国防白皮书中所透露出的最重要的信息,就是德国将放弃二战以来的军事弱化与克制状态,转而实施一种更加积极主动的军事发展战略。

由于是两次世界大战的战败国,战后德国的军事发展一直受到种种约束和限制。但随着20世纪东西方冷战的展开,同时考虑到最近几年俄罗斯的压力及维和反恐的形势需要,德国也在军事领域改变策略,积极进取。

目前德国的总体军事实力排在美俄中印法英之后,主要弱势是不能拥有核弹、航母、核潜艇等大型战略性武器装备,但在常规军力方面,德国并不亚于法国和英国。随着德国联邦国防军的现代化,德国的军工产业也迅速发展,设计并制造出世界闻名的豹式主战坦克,以及品质优良的潜艇、护卫舰、导弹和火炮,这些军工产品畅销欧洲、亚洲、非洲、南美及中东地区等上百个国家。

2015年德国的武器出口达到79亿欧元,比上一年增长了近一倍,德国一举跃升至仅次于美国和俄罗斯的全球第三大武器出口国。而2016年上半年,德国的武器外销订单又上升至40亿欧元,全年有望打破上一年的历史最高纪录。在欧盟内部,德国也正在军事领域发挥着越来越重要的作用。在英国退出欧盟之后,德国与法国在军事方面抱团,主导地位进一步凸显。德国甚至在欧洲军事一体化的进程上,比法国更为积极和超前。德国已经率先倡议组建欧盟联军和欧盟联合指挥司令部,以便欧盟可以在无美国帮助的情况下,最大限度地自行应对国际与地区军事危机。另外,德国对派兵海外也表现出前所未有的积极态度,到2016年,已经向欧洲、非洲和亚洲地区派出了近6 000名维和部队蓝盔士兵。

总而言之,最近几年德国所实施的军事进取政策和强军政策,不仅在欧洲大陆产生强烈反应,而且引起了美国、俄罗斯等世界军事大国,以及整个国际社会的密切关注。

德国大众汽车的"排气门"事件

(2016年9月24日)

德国知名企业大众汽车集团,由于在所生产的柴油汽车上非法安装人为降低废气排量的车载软件,致使德国制造业的品牌名誉遭受巨大打击。大众汽车的"排气门"事件会对德国、欧洲乃至全球带来什么影响和冲击?

德国大众集团生产的各类汽车世人皆知,而集团下属的大众、奥迪、宾利、保时捷、斯柯达、西亚特、兰博基尼等十二大公司,更是人们耳熟能详的知名汽车品牌。1936年,当时的德国国家元首希特勒借助柏林奥运会的热潮,大胆提出希望每个德国家庭都能拥有一辆私人汽车,名为"国民汽车"的Volkswagen汽车制造厂由此

应运而生,并逐步发展壮大,最终在 2010 年超过日本丰田和美国通用,一跃成为世界十大汽车公司之首。大众也因此成为严谨、精密、高质、诚信的"德国制造"的代表和化身。

不想,由于被美国查出在上千万辆柴油汽车上非法安装人为降低废气排量的车载软件,大众品牌毁于一旦,上市股价几乎腰斩,首席执行官黯然下台,仅在美国一国就面临着 180 亿美元的巨额罚款。世人也为此惊呼:就连德国人都弄虚作假了。德国的媒体也哀叹道:大众如果垮了,整个德国也会垮掉。

而大众汽车的"排气门"事件,除了给世界闻名的"德国制造"的品牌和信誉带来致命性的打击之外,还会产生一系列影响深远的副作用:

首先是德国总理默克尔一直如日中天的个人声望,以及德国国家与德意志民族的整体形象都会受到严重的负面影响。再就是德国、欧洲乃至全球的汽车制造业会受到巨大的冲击,欧洲和全球本来就疲软不堪的股市行情也会由此更加动荡不安,甚至对欧元体系造成不良影响。

当然,有关"美国阴谋论"的传闻和揣测也再次出现。比如美国想利用乌克兰战局挑起欧洲、北约和俄罗斯之间的军事抗衡,用难民问题冲垮欧洲的安全、社会和福利体系,用强势美元逼迫欧元"低头就范",这一次又想借整垮大众集团之机,打压德国的汽车厂家和欧洲的制造行业。虽然这些"美国阴谋论"的说法明显激进夸大,但是一个不争的事实确实摆在了德国和整个欧洲的面前,那就是欧洲目前已经在政治、经济、外交、金融、军事、治安、社会、外贸、福利等几乎各个领域,都面临着巨大的危机和严峻的挑战。这次大众的"排气门"事件无疑又让欧洲的恶劣局势雪上加霜,虽然还谈不上是压垮骆驼的最后一根稻草,但确实给已经不堪重负的欧洲带来了又一个沉重的打击。

韩国购买德国巡航导弹的特殊含义

(2016 年 10 月 20 日)

据来自各方的消息证实,韩国军方已向德国采购了 200 多枚巡航导弹,可用于精准攻击朝鲜的核武设施。

韩国军方早先已经订购了 170 枚德国制造的"金牛座"巡航导弹,近期又决定额外增购 90 枚。韩国突然从德国订购大批攻击性极强的远程精准式巡航导弹,也引发了朝鲜方面的强烈反应,以及周边国家的高度关注。

目前西方国家生产的最知名的巡航导弹就是美国的"战斧"导弹了,但由于美军希望自己牢牢控制巡航导弹的使用权和发射权,尽量避免出售攻击性过于明显的武器装备,美国至今没有批准向韩国出售"战斧"巡航导弹。

而朝鲜接连不断的核武试爆及导弹试验,以及平壤方面不断发出的"将首尔炸成一片火海"的战争威胁,迫使韩国在加紧部署"萨德"与"爱国者"这些被动拦截敌方导弹的纯防御性地对空装备之外,也在积极寻找主动打击类型的空对地远程纵深攻击型武器。

德国的"金牛座"巡航导弹正好满足了韩国军方的需要。"金牛座"巡航导弹射程500公里,属于西方概念的"防区外攻击性导弹",携带"金牛座"导弹的韩国空军F15战机,无须飞过"三八线"就能覆盖平壤元山一线甚至朝鲜全境重要目标。"金牛座"巡航导弹可在不到40米的高度,以接近音速的0.95马赫的速度低空突破朝鲜的防空网。再加上"金牛座"具有强大又精准的钻地能力和三重爆破功能,可轻易穿透6米厚度的混凝土层并摧毁更深层的掩体工事。因此无论是远程奔袭深藏地下的朝鲜核武设施,还是对朝鲜领导人的坚固掩体发起"斩首式"突袭,德国的"金牛座"巡航导弹都是韩国军方心目中一款理想的先进武器。

而韩国近期突然大批采购德国"金牛座"巡航导弹,邀请美国重新部署战术核武器,并加紧考虑自行建造或外来引进核动力潜艇,都显示出韩国军方在以往的"分散部署、积极防御"的基础上,还在暗中准备一种被称为"主动遏制"及"陆海空一体化"全方位杀伤链攻击模式,也就是可对朝鲜采取第一次主动攻击行动的"先发制人"战略选项。

德意志银行风波或导致欧洲金融危机
(2016年10月22日)

德意志银行连续受到来自内部和外部的剧烈冲击,已经在欧洲甚至国际金融界引起震动和恐慌。

德意志银行是德国最大的商业银行,也是全球最大的外汇交易银行及世界第三大投资银行。但是近几年以来,由于银行内部战略失误、管理不善,银行业绩逐年下跌。2007年,德意志银行的股价曾高达102欧元,但最近已经暴跌到10欧元以下。美国金融危机之后的2009年,德意志银行的年赢利额为50亿欧元,但到了2015年度,反而亏损了68亿欧元。

祸不单行,最近美国司法部以业务操作违规为由给德意志银行开出的高达140亿美元的巨额罚单,更是给了德意志银行一个几乎致命的外部打击。目前已传出德意志银行面临破产,正等待德国联邦政府的紧急救援的消息。同时,银行也正在展开各种自救行动,比如紧急裁员、关闭分行,寻求德国大型集团公司的融资赞助,研讨与德国商业银行重组合并,与美国方面协商将罚单数额减至50多亿美元,等等。

在美国司法部向德意志银行开出巨额罚单之后,外界有一种流行的说法,就是美国政府借助打压德国银行试图破坏欧盟金融市场和欧元体系。但这一说法似乎显得过于武断和偏激。首先,美国司法部并不仅仅是向德国银行开刀,在此之前美国政府已经向涉嫌违规操作的一些本国银行开出巨额罚单,比如2013年美国摩根大通银行被罚130亿美元,2014年美国花旗银行被罚70亿美元,美国银行被罚167亿美元,2016年4月美国高盛集团也被罚51亿美元。由此可见美国政府对国内国外违规银行的惩罚措施还是一视同仁的。

其次,虽然欧洲与美国、欧元与美元在全球金融业务方面有竞争和摩擦,但是欧元毕竟还是西方金融体系的重要组成部分,美国政府没有必要为遏制、封杀欧盟金融市场和欧元体系,破坏西方国家在全球金融货币领域的局部操纵力和整体主导权。但如果德国银行风波处理不当,影响最大的是默克尔本人,这会对她连任总理带来极大的负面作用。

另外,德国银行事件也极可能在欧洲金融银行界引发"多米诺骨牌"效应,进而严重冲击欧元体系,导致欧盟内部发生金融震荡,甚至会在全球范围内引爆一场类似雷曼兄弟那样的新的金融次贷危机。

中德企业收购案升至国家层面
(2016年11月2日)

德国副总理兼经济部部长加布里尔率领60多名德国企业家访问中国五天。访华前夕,加布里尔再次发表文章指出:"德国应该保护好本国的高科技领域,不能由国家控制的外国企业收购。"德国总理默克尔随后也首次公开表态说:"针对不公平的竞争,德国作为工业国家,必须采取行之有效的保护措施。"而中德双方也举行了外交部部长助理级高级官员的政治磋商。中国驻德国大使也在德国媒体撰文,对德国日益上升的贸易保护主义倾向深感担忧,并强调摩擦和冲突的结局只能是两败俱伤。中国大使还表示:"两国合作不应夹杂其他政治干扰或第三方干预因素。"从而也再一次间接证实了中企收购德国半导体公司受阻,确实与美国情报部门的介入有关。

据欧洲专家分析,德国联邦政府之所以开始严格审查,主要是因为近期中资企业收购德国公司的速度增长过快,2015年中企在德国的收购交易有29起,总额仅2.63亿欧元,而2016年前10个月,就达到47起,总投资额高达103亿欧元。再就是中国企业有一种共识,那就是企业的更新换代和技术的转型创新,与其说从国外逐渐引进慢慢消化,还不如一步到位直接抄底,收购外国的相关公司。中企在德国的收购案中,就涉及一批从半导体到机器人的高科技制造商。这些公司既是德国政府尖端产品的保护对象,又是美国等西方大国敏感技术的关注焦点。中企收购受到双重打压也就不足为奇。

另外,欧盟现在也加大了对中企收购欧洲公司的审查力度。比如,中国化工集团计划以430亿美元高价收购瑞士知名的农药与种子公司先正达,如最终实现,将成为迄今为止中企最大的海外并购案。但欧委会已经表示要严格详细地审查。中企的这起欧洲乃至全球的最大宗并购交易,也同样面临着重重阻挠和种种风险。

默克尔谋求第四次总理连选连任

(2016年11月21日)

素有"德国铁娘子"之称的默克尔夫人,已经是三选三任德国联邦总理,执政时间已长达12年之久,由于德国法律没有规定总理的任期限制,如果不出意外,62岁的默克尔将在2017年秋季谋求第四届总理的连选连任。一旦再次当选,默克尔的总理生涯将超过首任联邦总理阿登纳的14年任期,与完成德国统一的科尔总理的16年任期持平,并超越执政11年的英国前首相撒切尔夫人,成为欧洲乃至全球任期最长的女性政府首脑。

由于缺乏细致的考虑和过于宽宏大量的难民接纳政策,一年多以来默克尔受到了来自德国国内的强烈指责和欧盟内部的巨大压力。仅2015年内,德国就接收了上百万难民,直接用于收容难民的经费高达211亿欧元。而一连串的难民暴力犯罪和恐怖袭击事件,更是大大冲击震荡了德国政坛和民间舆论。一时间,德国的极右政党行情大涨,默克尔的民意指数急剧下跌,政治仕途遭到重挫。然而,这位性格沉稳、立场坚定的德国女总理,却以诚恳反省悔过的姿态,继续据理力争的立场,低调又耐心地填补漏洞、扳回败局。2016年11月,默克尔的民众支持率也从年中的历史最低点45%回升至54%,更有59%的德国选民希望默克尔明年连选连任。而在全球范围内,多年被福布斯选为世界最具影响力女性的默克尔,一直被视为最杰出的女性政治家。就连谩骂德国难民政策是疯狂举动的美国候任总统特朗普,也不得不承认默克尔是一位伟大的领导人。如果默克尔紧紧抓住德国民众对极右翼新纳粹势力卷土重来的担忧心理,并及时调整过于宽容的难民接纳政策,她本人和她所领导的执政党将会再次获得多数选民的理解和支持。一旦默克尔在2016年12月基民盟主席的选举中获胜,就会再次率领执政党挺进明年秋季的国会大选,全力争取连选连任第四届联邦总理。而欧洲的国际政治专家们也普遍认为,由于德国是欧盟的第一大政治和经济强国,默克尔又是欧盟的核心领导人物及全球政治与外交强人之一,再加上英国脱欧、新首相上台,以及法国总统明年换届换人,默克尔如果能够第四次连选连任德国联邦总理,将会有助于欧盟内部的军心稳定和欧洲外交政策的持续,无论是对欧洲的稳定安宁,还是对世界的多元平衡,都会产生良性的影响和利好的结局。

默克尔连任总理突遭变数

(2017年2月7日)

德国于2017年9月举行联邦议会大选。一直有望第四次连任总理的默克尔却突然遭遇重大变数。

默克尔9月争取第四次连选连任德国联邦总理势在必得的趋势,却突然遭遇重大变数,默克尔个人未来的政治仕途也因此亮起了红灯。

新年一过,一直担任欧洲议会议长的德国老牌政治家马丁·舒尔茨突然宣布自己不再谋求连任议长职务,并且决定回国参政。德国第二大政党社民党随即推选舒尔茨担任党主席,并宣布舒尔茨将代表该党参加联邦议会大选,实际上就是与基民盟主席默克尔竞争下届联邦总理职位。原先在国内政坛无敌手的默克尔,突然遇到了一位半路杀出的强劲对手舒尔茨,其连选连任的政治目标立马生变,前途险峻。

据最新民意调查显示,舒尔茨的民意支持率已经一跃超过默克尔,达到50%,而默克尔的民意支持率则急降7个百分点,从原来的41%降至34%。如果按照这个趋势继续下去,默克尔连选连任联邦总理的愿望有可能无法实现,起码是很难实现。

我们都知道,62岁的舒尔茨不仅在德国,甚至在欧洲也算得上是一位资深政治家与外交家。他在32岁时,就成为德国最年轻的市长,长期工作在市政第一线,了解民情民意,曾被德国政界视为是最接地气的政治家。舒尔茨在2012年当选欧洲议会议长,2014年又成为欧洲议会历史上首位获得连任的议长。作为一名既通晓国内政治,又通晓欧洲事务的资深政治家,舒尔茨应该是在大选中战胜默克尔,继而成为下任联邦总理的杀伤力最大的候选者。

  反观默克尔,她担任总理已经长达 12 年,即便表现出色,德国民众也难免"审美疲劳"。再加上默克尔过于宽容的难民接纳政策,引发了德国政界和民众的不满情绪,希望有新人出现,换换国内的政治气氛的愿望也不断增长。此时此刻舒尔茨半道杀出来参加竞选,正好迎合了不少德国选民的期望。

  当然,默克尔作为一名全球知名的政治家,也绝不会轻易放弃再次连选连任的目标,势必会在接下来的半年多时间里,与舒尔茨展开激烈的对决和交锋。德国和欧洲的媒体与政界目前几乎都认为:9 月的德国联邦议会大选,必将是一场紧张激烈并且充满未知数的大战,而默克尔能否如愿四连任联邦总理,则又是一件关系到整个欧洲甚至全世界的重大国际政治事件。

英国篇

英国"脱欧"与"留欧"的生死之战

(2016年2月22日)

在欧盟春季峰会上英国获得"特殊地位"之后,英国首相卡梅伦宣布2016年6月23日将就英国去留欧盟问题举行全民公投。

"生存还是毁灭,这真是一个问题",400多年前英国大文豪莎士比亚剧中的这句名言,如今也可以套用在英国目前对欧盟态度的政治现实生死之战上:"脱欧"还是"留欧",这真是一个问题。

就在欧盟春季峰会上,英国首相卡梅伦与欧盟领导人展开了马拉松式的艰巨谈判,最终在保护英镑地位、维护英国经济利益、英国企业不受歧视,以及限制外国移民申领英国福利等几个方面达成协议。在英国获得欧盟特殊地位之后,卡梅伦随即宣布就去留欧盟问题举行全民公投。

我们都知道,英国一直属于一个"若即若离"的半欧盟国家,英国虽然是欧盟成员国,却拒绝加入欧元区,也不属于人员自由流通的申根协定国家。但如果英国真的脱离欧盟,也会在政治、外交、经济和金融等方面付出极大的代价。

比如在国际政治和外交方面,英国一旦失去欧盟的支撑和呼应,其国际地位和全球影响力必会急剧下降。退出欧盟虽然可以每年为英国省下100亿英镑的欧盟预算摊派费,但英国近一半的贸易进出口及500万就业岗位与欧盟国家相关,一旦脱欧,英国在欧盟经贸领域的损失应该不会少于100亿英镑这个年度数字。

另外,目前伦敦的金融城已经成为全球最大的金融中心,其主要原因之一就是英国作为欧盟成员国,在与欧盟28个国家的结算业务中具有极大的便利条件。如果英国脱欧,就会导致大批外国银行和外部基金撤离,伦敦金融中心未来地位难保。

最后,假如英国决定脱欧,也会再次刺激亲欧的苏格兰地区要求脱离英国,这对于英国政府来说也是得不偿失的。

英国脱欧具有多种情结因素
（2016 年 6 月 20 日）

英国民众的脱欧情绪,与英国和欧洲之间的多种情结有着直接和间接的关联。

第一,边缘地理情结。虽然英伦三岛与欧洲大陆之间隔着仅仅不到 35 公里宽的英吉利海峡,但是英国自古以来就没有把自己视为纯欧罗巴国家,而是一个介于欧洲旧大陆与美洲新大陆之间的大西洋岛国。当年法国的拿破仑皇帝曾计划修建英法海底隧道,就被英国人认为含有军事野心,拒绝将英国与欧洲在地理上连为一体。30 年前,英国前首相撒切尔夫人批准修建英法海底隧道时,也是顶着"卖国贼"和"内奸"的骂名最终拍板决定的。

第二,防范欧洲情结。历史上英国一直以大西洋和英法海峡作为天然屏障,固守孤岛、独善其身,但还是避免不了古罗马军团的入侵、丹麦维京海盗的攻打、与法国展开的百年战争及与德国在二次世界大战中的交手。这也因此造就了英国历史上长时间存在的怀疑防范欧洲的心态和所谓的"光辉孤立"的对欧外交政策。

第三,自我优越情结。19 世纪进入维多利亚盛世时代的英国,曾是不可一世的"日不落帝国",又是影响人类发展的第一次工业革命的发源地,英语也成为世界第一大语言,因此逐渐形成了一种不大瞧得起欧洲国家的自我优越感。二战之后,英国又奉行随美亲美的政策,丘吉尔一直认为英国和欧洲之间的关系应该是平起平坐而非上下从属。

第四,怀疑欧盟情结。英国对加入欧共体一直采取躲躲闪闪、若即若离的态度,20 世纪 50 年代英国还曾组建七国集团与欧共体抗衡,致使法国的戴高乐将军两次否决英国加入欧盟。直到 1973 年,英国才勉强加入欧盟,但还是拒绝加入申根协定区和欧元区。

总之,这次英国脱欧阵营不断扩大,除了现实考量之外,还受到了多种历史情结和因素的深层影响。

英国脱欧引发内外剧烈政治震荡
（2016 年 6 月 24 日）

英国全民公投脱离欧盟,已经在英国国内和欧盟内部引发了一系列的剧烈政治震荡。"说走就走""一言不合就退群""英国欧盟友谊小船说翻就翻",英国周五公布的全民公投结果,标志着英国脱离欧盟的剥离程序正式启动。而英国最终脱欧,也正在或即将在英国国内和欧盟内部引发一连串剧烈的政治震荡。

现在最为引人关注的三大看点,一是英国脱欧派领袖是否会担任新首相?二是英国脱欧是否会导致国家分裂?三是欧盟是否会解体?

第一,可以确定的是,英国首相卡梅伦这次通过全民公投来决定是否留欧的政治豪赌最终以惨败而告终。英国执政的保守党内部也由此发生了大分裂,卡梅伦个人政治生涯也受到重挫,公投之后立即戴罪辞职。未来3个月,英国保守党内部脱欧派与留欧派之间有关推举新首相的争斗即将白热化。脱欧派领袖、伦敦前任市长鲍里斯·约翰逊,是否最终接任新首相职务,极为引人关注。

第二,英国脱欧很可能会导致国家分裂。希望留欧民众占压倒性多数的苏格兰和北爱尔兰,为确保继续留在欧盟,随时都会宣布再次举行脱离英国宣布独立的全民公投。一旦这两个地区最终脱英独立,目前由英格兰、威尔士、苏格兰和北爱尔兰组成的英国,就会丧失近三分之一的国土,现在使用的大不列颠及北爱尔兰联合王国的国号也将名不副实。

第三,英国脱欧所引发的"多米诺骨牌"效应,很有可能导致欧盟开始解体。英国脱欧之后,欧盟剩下的27个成员国也充满了不确定性,其中一些对欧盟持怀疑态度的成员国,比如荷兰、希腊、捷克、丹麦、瑞典甚至意大利,是否会效仿、追随英国模式,也举行脱欧全民公投,已经成为中期阶段引人关注的又一焦点。

就连欧盟的火车头国家法国和德国,现在的疑欧情绪也在政坛和民间不断上涨。欧盟内部高层人士已经私下承认:如果在英国脱离欧盟之后,再有一两个成员国退出欧盟,就意味着欧盟解体的正式开始。

总而言之,英国退出欧盟,不仅会在英国国内各个领域造成短中远期的剧烈震荡,也会为欧盟的前途和走向留下极大的不确定性和巨大隐患。

英国脱欧公投导致宪政危机
(2016年6月30日)

英国脱欧公投结束之后,英国国内出现了各种不满和争议。而脱欧派领袖约翰逊决定不参加首相竞选,也使得英国公投后的国内形势更加复杂。英国媒体也大声惊呼:"英国一周之内两次脱欧。"一是英国全民公投决定退出欧盟,二是英格兰足球队被踢出欧锦赛决赛。两者不同的是:英格兰队在欧锦赛的出局毫无争议,而英国脱欧公投结果,却在英国国内引发了极大的争议,甚至让英国陷入了一场前所未有的宪政危机。

公投之后,数百万英国民众要求进行第二次公投,苏格兰、北爱尔兰甚至首都伦敦都发起了脱英独立的活动。而这次公投本身的方式和结果也受到广泛质疑。

我们都知道,全民公投的方式来自古希腊雅典城邦的直接民主机制,以及法国卢梭的主权在民理论。在遇到涉及国家核心利益以及民众自身权益的重大事务时,通过一人一票的公投表决方式来进行决策定夺,如果撇开长期受到质疑的"多数人意志是否正确"的历史争议,公投本是一种最直接、最简易、最有效的民主操作程序。

但英国脱欧的公投结果,还是引发了极大的争议。首先,英国公投采取的是简单过半多数制,而这次公投选民参与率仅为75%,赞同与反对票数又相当接近,难以判断和反映出真正的民意比例。其次,与法国、瑞士等国的全民公投具有法律约束力不同,英国的公投只具有征询和测试民众意见的指导性、建议性功能,并不具备政府和国会必须强制执行的法律约束力。

从理论上讲,对于公投的结果,英国国会可采纳也可不采纳,英国首相可接受也可不接受。也就是说,这次公投只是拥有民主建议性而不具备法律约束力。此外,历史上英国是代议制的鼻祖国,英国上下两院国会一直拥有至高无上的决策权。假设半数以上的国会议员不赞成退出欧盟,那么公投结果也就无法实施。

另外,英国国会还有一条规则,就是没有苏格兰的签字,所有文件都无法通过。但留欧选民占多数的苏格兰领导人已经明确宣布拒绝签字。而且英国国会还需要投票表决废除国内的"1972年欧洲共同体法案",才可能最终脱欧。下一步就看英国国会如何处置这两个案例了。

最后,在公投之后,欧盟领导人就抱着"快走不送"的态度,希望尽早与英国切割分离。但是最后一次参加本周欧盟峰会的英国首相卡梅伦,却表示将由下届首相和政府决定脱欧进程。而脱欧派领袖约翰逊宣布不参选,留欧派内政大臣可能任新首相,就更为日后英国的脱欧事务留下悬念。总而言之,只要英国首相不正式宣布启动象征脱欧程序开始的"欧盟宪章"第50项条款,英国的公投结果就无法实施。即便启动条款,英国最终退出欧盟也需要至少两年的时间。

英国迎来"撒切尔第二"女首相时代

(2016年7月4日)

在英国脱欧公投结果公布之后,执政的保守党出现了两个令人意外的重大变数:一是卡梅伦背弃了他自己的无论公投结果如何都不会辞职的承诺,在公投结果公布的当天就立即宣布辞职;二是呼声最高的脱欧派领袖、伦敦市前任市长约翰逊又遭盟友暗算出卖,被迫宣布不参加党主席和首相竞选。

其实无论是公投失败者卡梅伦还是公投胜利者约翰逊,最后都是因为国内和党内压力过大而沦为悲剧人物,双双决定远离首相职务。

卡梅伦错判形势执意公投,不仅造成执政的保守党内部四分五裂,还要背负社会震荡、国家分裂的罪名。而信心满满、已准备好参选接任党主席新首相职务的约翰逊,却遭到盟友司法大臣戈夫在关键时刻的出卖暗算,最终因愤怒、失望以及不再拥有足够胜选把握而被迫宣布退选。

现在最引人关注的就是英国保守党内谁能最终胜出,先赢得党主席一职,后登上首相宝座。已经宣布参选的五名保守党人士,都是政府内担任要职的重臣干将,其中又以留欧派的内政大臣特蕾莎·梅女士优势最大、呼声最高。

首先,她在2002年就曾担任过保守党的首位女主席,2010年以来,又成为英国50年间担任内政大臣一职时间最长的政府要员。毕业于牛津大学、现年59岁的特蕾莎·梅,虽然属于留欧派,但在应对外来移民问题上一直态度强硬,也时常批评欧盟内部的低效率和官僚作风,实际上属于既拥护欧洲一体化进程又怀疑欧盟运作模式的中间派混合型政治人物,容易被保守党内部各派人士认可接受。

再就是英国政坛和民众对"铁娘子"撒切尔夫人时代至今还存有一些怀旧留念的好感,特蕾莎·梅作为一名精明强干的女性政治家,在这方面也占有一定优势。她现在最大的潜在对手就是另一位脱欧派女性大臣,53岁的能源事务国务大臣利德索姆。而先后两次背叛卡梅伦和约翰逊的脱欧派司法大臣戈夫,名声受损,人气下滑,处境不妙。

按照英国的政治运作程序,保守党内先要通过逐轮投票,将多位党主席竞争者缩小为两名候选人,再投票最终选出党主席,党主席会自动成为新任首相。如果不再出现重大变数,英国新首相势必会从保守党政府内的内政大臣和能源大臣两位女性政治家之中产生。而无论这两位女性谁最后当选,都会再次开启英国的"撒切尔夫人第二"的时代。

英国获得奥运会金牌总数第二的秘诀

(2016年8月23日)

在里约夏季奥运会上,英国一举获得金牌排名榜的第二名,引起欧洲体育界的高度评价和广泛关注。这届里约奥运会最为引人注目的,就是来自欧洲的英国排在美国之后、中国之前,一跃登上金牌排名榜的第二名,创下了英国百年奥运史的最高纪录。

我们都知道,由于国家的传统理念和民族内向保守的性格,英国从未进入奥运会全类型项目比赛的最强国家行列,历届奥运会成绩不仅大大不如美国、俄罗斯、中国等体育强国,甚至长年落后于德国、法国等欧洲邻国。1996年的亚特兰大奥运会上,英国只获得了一枚金牌,总成绩排名第36位。随后,英国开始重视全民体制,实施举国措施,到了2008年的伦敦冬季奥运会,又凭借东道主"天时、地利、人和"的条件,拿下金牌总数第三的好成绩,但还是比排名第二的中国少了9块金牌。

在本届里约奥运会上,英国依然能够保持优势,在海外客场获得金牌总数第二的好成绩,究其主要原因,一是俄罗斯田径队遭到禁赛,俄罗斯代表团士气大跌,丧失了与英国争强的实力;二是中国队发挥欠佳,至少丧失了12次夺金的机会,还被英国撬走了本应拿到的两枚跳水和体操金牌。

但仔细分析起来,似乎英国获得金牌总数第二的好成绩的真正原因并不是那么简单。英国获得的27枚金牌,正好是德国和法国两国相加的金牌总数,说明英国与国家实力、人口比例类似的欧洲其他国家相比,在体育体制和培训体系方面,一定有它的独到之处。

首先是"金牌战略",英国既专注强项,高度重视自身的传统优势项目,比如自行车、皮划艇、马术、帆船、赛艇等高端冷门项目,又努力发展其他各项、全面开花。这次里约奥运会总共17个大项目中,除了乒、羽和柔道之外,英国在其他15个项目都有金牌入账。其次是国家彩票的资助。英国国会将国家彩票收入中的超过300亿英镑的资金作为体育文化公益基金,占体育总拨款的75%,重点用于有望夺牌的项目上。最后,大力引进国外高水平教练、利用高科技训练运动员和制造体育器材,也是英国国际大赛水平逐年提高的重要因素。

英国"硬脱欧"或导致严重后果

(2017年1月23日)

在英国首相宣布了脱离欧盟的方案之后,欧洲各国普遍认为,英国的"硬脱欧"将会导致系列严重后果。

英国首相特蕾莎·梅在宣布脱离欧盟的方案时,强调英国将干净彻底地脱离欧盟,同时表达了与欧盟"一刀两断""永不回头"的强硬立场。早先对英国"硬脱欧"

"净脱欧"的种种揣测和预想,如今已成既定事实。而英国"净身出户"的"硬脱欧"方案,不仅会对英国本身造成严重的影响,也会给欧盟及欧洲一体化带来巨大的伤害。

首先,目前英国每年超过4 000亿英镑的一半以上的进出口贸易,都是与欧盟各成员国对接完成的,一旦英国退出欧盟的单一共同市场机制,将无法享受欧盟内部成员国的零税率特惠条款,今后英国与欧盟之间的关税支出、经贸成本势必大幅抬升。其次,世界各国将不再把英国视为通向欧盟的中转站和对接点,英国本土的海外投资吸引力,以及首都伦敦的金融重镇的号召力都会大打折扣。

而英国的"硬脱欧"方案,也会引起希望留在欧盟的苏格兰,甚至威尔士和北爱尔兰的激烈反弹,它们可能再次走上脱离英国的自治道路。

对欧盟而言,英国首相的"硬脱欧"方案也会导致严重的伤害。在英国与欧盟"完全切割"之后,欧盟就失去了一个强大的成员国,以及联合国安理会的一个重要的常任理事国,欧盟的全球影响力,欧盟的国际地位及其政治、经济实力,都会因此受到重创。

另外,英国执意"硬脱欧",也会导致欧盟在与英国的艰难脱欧谈判中,被迫采取强硬方式,加大对英国的惩罚力度。而欧盟与英国这种未来"硬碰硬"的关系,也会对欧盟内部的团结合作产生不良影响。

英国对欧盟的绝情态度,也会刺激欧盟成员国内部脱欧势力采取强硬态度。如果今后欧盟其他成员国步英国的后尘,也陆续走上脱离欧盟的"不归路",那么欧元的彻底崩溃、欧盟的最终解体,或许就不再是一个遥远和虚幻的传说了。

特朗普首会英国首相的背景

(2017年1月28日)

英国首相特蕾莎·梅前往美国访问,她也是特朗普上任以来会见的第一位外国领导人。

无论从语言的角度还是从历史的角度来看,英国与美国一直保持着一种天然的特殊盟友关系。英国首相成为特朗普就任美国总统之后第一位到访的外国领导人,也就显得顺理成章了。然而美国新总统与英国女首相的首次会晤,还是包含了不少特殊的历史背景和许多最新的时代元素,引起了欧洲方面,甚至世界各国的高度重视。

首先,这次会晤是在英国首相刚刚宣布"硬脱欧"方案之后进行的。目前的英国,急需在欧盟以外的世界其他国家和地区寻找未来经贸的对接点和替代处。而与全球头号强国美国加强和发展经贸关系,甚至早日签署双边自贸协定,就更显紧迫和重要,这也将是两人首次会谈的主要议题之一。其次,鉴于特朗普对北约集团的冷淡疏远情绪,脱离了欧盟的英国今后如何在欧洲防务方面发挥特殊的作用?美国将对俄罗斯采取什么样的政策?在打击"ISIS"极端组织恐怖组织以及叙利亚问题上,英国又将如何配合美国的军事行动与外交努力?这些也会是英国首相急于与美国新总统探讨的重要国际与地区事务。

当然,这次英国首相赴美访问,也伴随着一些尴尬甚至棘手的问题。比如英国军情六处特工收集特朗普"黑材料"事件,英国"三叉戟"核导弹试射时误飞美国方向等。但这些事件应该不会对两国之间急于合作的大方向、大趋势产生重大影响。甚至有欧洲的国际政治专家推测:由于双方各有所需,并且在绝大多数的国际政治、外交和经贸事务上拥有共识,未来美国总统特朗普和英国首相特蕾莎·梅之间的关系,极有可能回到20世纪80年代里根与撒切尔夫人之间的那种互信和紧密的热络状态。

而在与俄罗斯、中国甚至德国、法国等其他大国的未来关系走向极不确定的背景之下,美国与传统盟友英国的抱团合作,应该会成为美英两国领导人国际地缘政治与全球战略布局的优先考量因素。

英国"硬脱欧"再生变数
(2017年1月31日)

在英国首相宣布"硬脱欧"方案之后,英国的最高法院又裁决脱欧程序须由议会批准。英国政府的"硬脱欧"计划再生变数。

就在英国首相宣布"硬脱欧"方案,并且准备在3月底之前正式启动与欧盟的脱欧谈判之际,英国的最高法院又做出终审裁决:政府在正式启动脱欧程序之前,必须征得议会的同意。

英国最高法院的这个终审裁决,无疑又为英国首相预先设定好的"硬脱欧"方案进程平添了不明朗、不确定的因素。

我们都知道,英国是议会制的诞生之地。早在1688年"光荣革命"期间,英国就建立了议会制,目前世界各国普遍采用的议会制,都是以英国的议会制为蓝本和依据的。可以说,英国的立国之本、英国宪法的精髓,就是议会权力至高无上。一切涉及国家利益的重大决定,都必须经过议会的表决和审批,仅有个别特殊议案可以绕过议会使用"皇室特权"。

这次英国最高法院的终审裁决,重申了脱欧须经议会审议的原则。按照英国国内目前的政治局势来看,执政的保守党在议会中拥有多数席位,并且最高法院没有向多数赞同留欧的苏格兰、威尔士和北爱尔兰地方议会授权审批,因此如果不出意外,英国议会最终表决通过脱欧程序应该不成问题。

但经过授权的英国议会,则有权在政府脱欧的方式方法上进行严格监督、审查,英国在野的工党、绿党、自由党及苏格兰议员,也会在议会内部向政府既定的脱欧方案发起各种质疑和否决动议,逼迫政府和首相部分修改甚至放弃目前的"硬脱欧"计划。

总而言之,在英国最高法院做出终审裁决之后,即使英国议会不至于全盘否决脱欧公投的结果,但一定会逼迫政府和首相修改目前的硬脱欧计划,比如采取虽然脱欧但不完全退出欧盟统一市场的折中妥协方案。在议会严格审议复查、议员层层把关监督的巨大压力之下,英国首相和政府最终被迫将"硬脱欧"转为"软脱欧"的可能性还是存在的。

俄罗斯篇

欧洲、北约与俄罗斯在叙利亚的角力
(2015年9月11日)

就在欧洲各国全力应对大批涌入的难民时,欧洲、北约、美国和俄罗斯又在叙利亚战场上展开了新一轮的争斗和交锋。

在数十万难民一波接一波地从海上和陆地涌入欧洲境内之时,难民主要来源地叙利亚的战事动态和外力介入也有了最新的发展和升级。面对汹涌而至的难民潮,欧洲和西方国家领导人也更加意识到,只有解决叙利亚问题,才能缓解和消除难民潮危机。

继法国总统日前宣布即将对叙利亚境内的"ISIS"极端组织极端武装组织展开空袭行动之后,法国总理瓦尔斯又表态,解决难民问题不应只靠收容,必须处理问题的源头,只有摧毁"ISIS"极端组织,才能一劳永逸。而英国在出动无人机在叙利亚境内追杀极端武装分子之后,英国国防大臣也宣布将对"ISIS"极端组织发起更多的空袭行动。

另外,北约成员国土耳其也最终同意美军使用其空军基地,土耳其的空军战机和坦克,也直接参与了打击"ISIS"极端组织的军事行动。

而最为外界所关注的,应该是俄罗斯方面对叙利亚战局的强势介入。来自各方面的消息称,俄罗斯的大型运输登陆舰已经或即将抵达叙利亚港口,运送了包括装甲运兵车、重型武器、枪支弹药在内的大批军火。数目不详的俄军教官、军事顾问甚至第810海军陆战旅的部分军人,目前已经身处叙利亚境内。大马士革附近的军用机场也有6架俄罗斯空军战机,并且这些战机空运了为数百人提供住宿的设备,这表明俄罗斯准备在当地展开大规模军事人员部署。

外界还推测,未来数周,数千俄罗斯军人将开赴叙利亚;俄罗斯的军事专家也不排除图22、图160远程轰炸机从俄罗斯本土起飞,直接深入叙利亚境内展开空袭行动的可能性。而伊朗方面目前已经同意向俄罗斯空军开放领空通道。

俄罗斯近日对叙利亚战局的强力介入,引起了欧洲、北约和美国方面的强烈关注和高度警惕:希腊和保加利亚证实已被美国告知,不得向俄罗斯取道飞往叙利亚的飞机开放领空。美国国务卿克里也警告:俄罗斯如向叙利亚派兵,会导致当地局势进一步恶化。

如此看来,欧洲境内难民潮持续之时,欧洲、北约、美国和俄罗斯也在为在叙利亚境内打击"ISIS"极端组织紧锣密鼓地展开各种行动,而西方与俄罗斯之间在叙利亚事务上的摩擦和冲突,也在不断地增加和激化。

俄罗斯与欧洲在乌克兰问题上的较量

（2015年10月6日）

法国、德国、俄罗斯与乌克兰的领导人再次聚集到法国总统府爱丽舍宫,用了近五个小时研讨乌克兰局势。而这次峰会,是俄罗斯与美国总统日前在联合国大会期间在乌克兰与叙利亚问题上立场相对、几乎谈崩之后,针对乌克兰事务的又一次高峰会谈。

巴黎峰会之后,乌克兰局势出现了些许缓和迹象,比如为避免再次动荡,乌克兰地方选举推迟到明年,东部的政府军和反政府武装开始从冲突地区撤出部分轻重武器与坦克装甲车。但乌克兰和俄罗斯之间即将开始实施的领空禁飞令,以及美国和俄罗斯分别向欧洲和克里米亚派驻F22战机和图22战略轰炸机,都让人感到乌克兰局势仍然敏感和不平静。

从巴黎的乌克兰四方峰会上,我们也不难看出欧洲与美国在乌克兰问题上的不同策略和方式。德国总理默克尔在巴黎峰会之后首次承认,克里米亚将成为俄罗斯的一个地区,乌克兰问题不涉及克里米亚。默克尔的表态实际上意味着德国希望把乌克兰和克里米亚两个问题脱钩解决,并有意默认俄罗斯对克里米亚拥有主权。这或许显示出了德国甚至欧洲对俄罗斯态度的重大转变。乌克兰总统也表示暂不考虑加入北约。

作为对应和回报,俄罗斯总统普京也在巴黎承诺,俄罗斯尊重乌克兰的主权。言外之意就是,莫斯科无意将乌克兰东部地区分离出去。

德国和欧洲态度软化,是希望乌克兰局势不再继续激化,早日化解欧洲的战争隐患。而俄罗斯方面也正好希望乌克兰局势保持相对平静，以便腾出手来，在叙利亚问题上大做文章。

也就是说，俄罗斯一方面期望乌克兰问题形成胶着状态，继续牵制欧洲和北约；另一方面希望在叙利亚开辟第二战场，借助打击"ISIS"极端组织的军事行动，力保巴沙尔政权，并与美国间接对峙抗衡。

不难看出，乌克兰事务目前只是俄罗斯军事部署的一个局部，是其战略考量的一个环节，虽然仍然极为重要，但比起在叙利亚真枪实弹的军事介入，乌克兰暂时已经不是莫斯科眼中的当务之急了。

西纳半岛失事俄罗斯客机疑遭恐怖袭击
（2015年11月6日）

美国总统奥巴马和英国首相卡梅伦已经相继表示，俄罗斯的一架欧洲空客A321型客机在埃及西纳半岛坠毁，很有可能是由恐怖爆炸所致。而目前的空难调查也逐渐显示出，恐怖爆炸行为的可能性极大。

俄罗斯科加雷姆航空公司的一架欧洲空客A321型客机，于10月最后一天在埃及的西纳半岛坠毁失事，机上224人全部遇难。目前包括欧洲空客和法国航空专家在内的多国人员正在加紧调查和分析坠机事故原因。

现在最为流行的推测和判断，是"ISIS"极端组织制造了这起恐怖活动。我们都知道，自9月30日以来，俄罗斯已经先后出动1 600多架次战机，对叙利亚境内"ISIS"极端组织的2 000多处目标实施空袭。为此，俄罗斯已经成为"ISIS"极端组织组织目前实施打击和报复的头号敌人。对防卫能力最薄弱的俄罗斯民航客机展开恐怖攻击行动，理论上是成立的，动机也是明确的。

更何况在客机坠毁之后的第一时间，"ISIS"极端组织组织立即表示是他们所为，并且还在互联网上发布了客机空中起火随即坠毁的视频画面。而目前的空难调查也逐渐证实了客机遇到恐怖袭击的说法，但基本排除了客机遭到导弹攻击的可能性，因为当时客机正在万米高空飞行，超过"ISIS"极端组织地对空武器所能达到的高度。再者并没有发现任何地对空武器的发射弹道方位，或者导弹的飞行热流痕迹。

所以，客机遭到恐怖袭击的最大疑点已经转向飞机空中爆炸，无论是美国卫星侦测到的飞机在空中出现热能闪光现象，坠机之前黑匣子录到的飞机舱内突然发出的异常声响，还是乘客遗体上发现的爆炸创伤，飞机残骸部件上的类似爆炸物钢珠的穿孔,都似乎证实了客机空中爆炸说。而美国中央情报局以及英国外交大臣有关飞机遭恐怖袭击而爆炸的最新表态,一定也是掌握了一些真凭实据才做出的初步判断。可能是恐怖分子逃过机场安检自带炸药登机引爆,也可能是在机舱内部和托运行李内安置了定时和延时爆炸物,最终导致客机空中爆炸解体、坠毁失事。

而事发之时"ISIS"极端组织特意安排录像,以及16名乘客没有登机的反常现象,更是引起了人们的揣测和怀疑。当然现在也不能完全排除飞机引擎和油箱在空中发生起火而爆炸,或者机体本身发生结构性损坏而导致空难的可能性。

这次俄罗斯客机失事的真正原因,还需要等待国际空难调查和欧洲空客专家做出最终定论。而更加引人关注的是,一旦恐怖爆炸说得以确认,俄罗斯未来将对"ISIS"极端组织采取何种更加激烈的反制行动。

土耳其击落俄罗斯战机惹大祸

(2015年12月1日)

土耳其击落俄罗斯战机事件,再次影响了欧洲、北约与俄罗斯之间敏感又紧张的关系。作为北约组织的成员国,土耳其击落俄罗斯战机一事,确实是北约和俄罗斯现代关系史上的一次重大事件。因为自1949年北约成立以来,即便在20世纪五六十年代东西方冷战、北约华约对峙的敏感危险时期,也从未发生过北约成员国击落苏联战机的状况。这次土耳其击落俄罗斯战机事件,顿时使得北约与俄罗斯之间的关系再度紧张起来。外界也开始评论土耳其这次给北约、欧盟捅了大娄子、添了大麻烦,最终会被北约抛弃,被欧盟拒之门外。其实事情并非如此简单。

目前看来,土耳其击落俄罗斯战机一事,确实给北约、欧盟和美国搅了局、添了乱,但北约为此牺牲和抛弃土耳其却是夸大其词。事件发生之后,北约一方面呼吁土俄双方克制冷静,另一方面又重申支持土耳其捍卫主权和领空,表面上斡旋调和,实际上暗中袒护。如果俄罗斯对土耳其发起军事攻击行动,北约更不可能无动于衷。这并不仅仅缘于北约的集体防卫原则,更是因为土耳其在北约、欧洲甚至整个西方世界全球战略上处于极为重要的地缘位置。

我们都知道,土耳其地处欧亚两大洲交汇点,北面锁喉俄罗斯、黑海,东面正对伊朗、中亚,东南接壤伊拉克、叙利亚,西邻爱琴海。历史上,这块奥斯曼帝国的发源地既是多种文明的交汇之处,也是名副其实的兵家必争之地。仅土耳其和俄罗斯之间,历史上就发生过不下十次的战争。现代史上土耳其更一直是历次战争的前线国家,比如在20世纪冷战时期,西方国家掐断土耳其海峡,硬是把苏联的黑海舰队变成了内湖船队。在21世纪的伊拉克战争、叙利亚战争中,土耳其都毫无例外地成为前线国家。拥有40多万军人、近万辆坦克装甲车、近千架战机的土耳其,不仅是中东地区以色列之后的第二大军事强国,也是北约除了美、英、法之后军事实力最强的成员国。

总而言之,土耳其一直是北约和美国的全球战略支点国家,是西方国家世界地缘战略布局中最为重要的环节。这也是为什么1952年北约不顾一切把土耳其这个与欧洲不大相干的伊斯兰国家急急并入北约组织的根本原因,也是尽管土耳其搅局添乱打下俄罗斯战机,但北约和西方国家仍然明里调停、暗中袒护、背后力挺的真正原因所在。

土耳其俄罗斯摩擦加剧

(2015年12月7日)

自从俄罗斯战机被土耳其击落之后,俄土之间的争执与摩擦持续升级,随时会发生更大规模的政治对抗和军事冲突。

土耳其击落俄罗斯战机,引发了俄土两国之间的新一轮对抗和交锋。双方也一直在隔空对骂,制造舆论。俄罗斯指责土耳其妄想恢复大奥斯曼帝国版图,土耳其回驳俄罗斯企图重温沙皇帝国旧梦。普京痛斥土耳其背后捅刀子,没有好果子吃,埃尔多安也反唇相讥:"我敢辞职,你敢下台吗?"

俄土双方的对峙交锋不仅仅停留在口头上,两国还在政治、经济、外交和军事等领域频频交手。俄方在叙利亚部署防空导弹,轰炸土耳其车队,剿灭土库曼军团,议会出台政经制裁措施;土方也以牙还牙,重兵开进伊拉克北部,在土耳其海峡扣留俄罗斯船只。

现在土耳其手中还握有一张战略性王牌,那就是一旦俄罗斯的反制和打压力度突破了土方可以容忍的限度,或者俄土双方再次发生更大规模的军事冲突,土耳其可以立即封锁具有重要地缘战略地位的土耳其海峡。这样一来可以对俄罗斯强大的黑海舰队实施锁喉封杀行动,切断俄军黑海舰队进出地中海域的咽喉要道;二来可以阻止俄罗斯黑海军民两用船只利用土耳其海峡向叙利亚港口、码头运送装备和补给。

目前土耳其已经在土耳其海峡水域严加盘查甚至扣留俄罗斯船只,俄罗斯也似乎早有警觉,指出土耳其封锁海峡违反国际公约。根据有关土耳其海峡的《蒙特勒国际公约》,除了航空母舰之外,黑海地区国家的军舰,和平时期拥有自由通过海峡的权利。但我们也应该注意到这个公约还明确规定:一旦土耳其认为受到战争威胁,或者与某国开战,土耳其有权封锁和切断海峡通道。

由此看来,俄土双方的争斗如果升级,土耳其方面很容易找出国际法理的依据,切断俄罗斯舰船的海峡航运通道;而海峡通道一旦受阻,又势必会引发俄土之间更大规模的冲突爆发。

到目前为止,欧洲、北约和美国对于俄土之争仍然保持着表面斡旋调停、静观其变,背后暗挺土方、积极备战的态势。一方面利用土耳其挑衅俄罗斯事件,触摸、试探莫斯科的底线,揣摩、研讨俄罗斯的应对方式;另一方面也加紧准备,一旦俄土爆发新的政经与军事冲突,欧洲、北约与西方国家会立即根据事态的发展和演变,随时采取新的军事介入行动和外交跟进措施。

俄罗斯介入叙利亚战局引欧美不满

(2015年10月7日)

俄罗斯在叙利亚展开的大规模空袭行动,引起了北约和欧洲方面的强烈反应,俄罗斯与北约、欧洲和美国在叙利亚事务上的争执与较量也随之升级。

在俄罗斯突然大举介入叙利亚局势,并在叙利亚境内展开大规模空袭行动之初,美国方面就已警觉,频频表态警告,但欧洲和北约却反应迟钝。前一阵欧洲、北约和俄罗斯还在乌克兰问题上激烈对峙和交锋,不想俄罗斯突然挥帅南下,在叙利亚开辟了第二战场,搞得欧洲和北约一头雾水,防不胜防。在俄罗斯空军战机真的开始在叙利亚境内展开大规模空袭之后,北约似乎才缓过劲儿来,揪住俄罗斯一架战机从叙利亚误入土耳其领空几秒钟的事件大做文章,又是警告又是抗议,指责俄军战机故意侵犯北约成员国的领空,还威胁说土耳其军方可以击落俄军战机。

北约又再次要求俄罗斯停止对叙利亚反政府武装的空袭。而法国总统奥朗德借巴黎的乌克兰四国峰会召开之际,也再次敦促俄罗斯总统普京让阿萨德尽早下台。

其实,从北约和欧洲国家领导人的上述反应中不难看出,北约和欧洲方面对俄罗斯大举介入叙利亚事务有几大担忧:一是担忧俄罗斯联手伊朗介入叙利亚战局,一举打破一直由美国、欧洲和阿拉伯国家在叙利亚主导的反恐联盟格局;二是担忧俄罗斯军方的强势介入,实则是为了支持和力挺临反政府武装与"ISIS"极端组织武装双面夹击的阿萨德政权;三是担忧俄罗斯在空袭"ISIS"极端组织激进分子的同时,也连带打击和摧毁叙利亚的反政府武装力量;四是担忧一旦时机成熟,俄罗斯和伊朗的地面部队会以志愿军或者军事顾问的名义进驻叙利亚境内,造成实际控制和强行占领的既成事实。

从全局战略角度来看,俄罗斯在乌克兰和叙利亚两条战线双管齐下、左右出击,既打乱了北约、欧洲在欧洲大陆的抗衡部署,又搅黄了北约、欧洲及美国在中近东地区的反恐布局。而俄罗斯跳出欧洲大陆,转场中近东地区的转守为攻的策略,也令欧洲和北约坐立不安。最让欧洲和北约尴尬的是,这次俄罗斯强势介入叙利亚局势,高举着打击"ISIS"极端组织的大旗,占据着道义的制高点,让欧洲、北约甚至美国难以正面阻止和公开指责。这也正是俄罗斯总统普京布局走子的高明之处。

苏-35 战机进驻叙利亚的 N 种意图
(2016 年 2 月 2 日)

俄罗斯目前最先进的苏-35 型战机进驻叙利亚,引起了北约和欧洲方面的高度关注。俄罗斯空军四架最先进的苏-35S 型战机飞抵叙利亚首都大马士革军用机场,也引起了欧洲和西方军事专家的高度重视和广泛评论,他们深入分析研究了俄罗斯方面的几大真正意图。

首先,苏-35 战机虽然是俄罗斯空军目前装备成军的最新型的、具有超机动性能的四代半战机,但除了在国内外空展中升空表演之外,还从未有过实战经验。这次让苏-35 战机进驻打击"ISIS"极端组织最前线的叙利亚,就是希望在实战中实地检测、核实战机的各项指标性能,以及挂机武器弹药的真实准确度和实际杀伤力,提供更多的实战数据和战时参数,以便日后参照改进。

其次,这次进驻叙利亚的苏-35S 型战机,刚好与出售给中国的苏-35 外销机型类似。俄罗斯也希望参照法国"阵风"战机参加伊拉克、利比亚军事行动后一举成名、外销顺利的实例,通过苏-35 在叙利亚战场的良好表现,向外界展示其优秀性能和高超实力,最终在国际军火市场上争取到更多的外销订单。

最后,派遣苏-35 进驻叙利亚的最主要目的,就是震慑和压制土耳其的空军战机。去年 11 月,土耳其的 F16 曾在土叙边境上空击落了一架苏-24 战机,让俄罗斯空军蒙受奇耻大辱。其实直到目前为止,在叙利亚境内轮番上阵的俄罗斯战机,无论是苏-24、苏-25,还是苏-30、苏-34,大都属于空对地攻击的战斗轰炸机机型,主要任务是轰炸"ISIS"极端组织的地面目标,不太适合空中格斗。而苏-35 则属于双发重型四代半战机,除了隐身性能和航电技术外,其空战能力大大超过美制F-16型单发轻型战机,甚至可以与F-22,甚至F-35等美国五代战机有一拼,被外界称为俄罗斯的"没有隐身性能的五代战机",对付土耳其空军大量装备的美制F-16战机,应该是绰绰有余。

苏-35进驻叙利亚境内,已经引起了北约和欧洲方面的高度关注。而作为北约成员国前线国家的土耳其,更是以俄军战机再次侵入其领空为借口,宣布空军进入橙色高度戒备状态。这也显示出了土耳其和北约方面对苏-35进驻叙利亚一事的高度警惕和戒备心态。

欧洲篇

波兰奥斯威辛集中营随想

（2005 年 2 月 25 日）

　　说实在话，在我前往波兰西南部的奥斯威辛集中营，现场报道该营解放六十周年的盛大国际仪式时，还是有些心理准备的。上小学时，我就曾踮着脚尖从父亲高高的书柜上取下厚厚的《第三帝国的兴亡》，半懂不懂地翻看过；再大一些又读过巴金 20 世纪 50 年代访波后编写的《纳粹杀人工厂》和犹太少女遗留人间的《安妮日记》；出国之后先后看过电影《辛德勒的名单》《钢琴师》，读过诺贝尔文学奖得主凯尔泰斯的《厄运》法译本；这次临去波兰前，还在巴黎赶上一场描述希特勒末日的电影《坠落》……因此我对纳粹党卫军的凶残与集中营的黑暗，或多或少有一些感性认识。

　　然而当我真的走到奥斯威辛集中营的旧址前时，还是惊呆了——一排排整齐划一的红砖平房，一条条细细延伸的木枕铁轨，就如同一座井然有序的铁路运输物资集散场。正是在这里，在 1940 年至 1945 年短短的五年时间里，113 万欧洲各国犹太人及非犹太人，被那些金发碧眼的党卫军们，以如此"冷静""理智""按部就班""有条不紊"的方式屠杀灭绝！当我穿过奥斯威辛集中营的大铁门时，抬头望去，铅一样沉重的乌云及漫天的白雪衬托出铁门拱形横梁上"劳动使人自由（Arbeit macht frei）"的德文口号。纳粹军人怎么会把"自由"与"死亡"相提并论、混为一谈?！他们明明知道，那些从运载牲畜的铁罐车厢里被推进集中营"重新安置""最后解决"的犹太人，一旦跨进这个门槛，就意味着永远与自由无缘……

　　大门右手边第一条路旁有一间灰黑的屋子，那些来自"音乐之乡"的"气质优雅"的纳粹军官，不忘在这里强迫犹太人重新拿起乐器组建集中营乐团。成千上万的犹太人正是伴随着"天籁之音"走向了地狱之门。斯特劳斯浪漫华丽的《华尔兹》、舒伯特优美欢快的《小夜曲》，在那些成群结队迈向死亡的犹太人耳中，顷刻之间也一定走音变调成了贝多芬的《命运》、海顿的《受难》，或者肖邦的《葬礼》、柴氏的《悲怆》……

再往前走，我终于看到了"公共浴堂"——世人皆知的毒气室和并排相连的焚尸炉！纳粹党卫军可真是一支"文明之师"，枪杀扫射太血腥、搭台吊死太缓慢、挖坑活埋太麻烦，于是就"发明"了这个干干净净、清清洁洁的毒气室，以便成千上万脱光衣服的"淋浴者"们能够在几分钟之内就丧失意识、窒息倒下……一个人呆站在空荡荡的毒气室里，所有能想到的形容词，什么"野蛮残忍""冷血无情""恐惧可怕"，此时此刻都显得那么词不达意、苍白无力！我的嘴里只是嘟囔着中国老百姓常念叨的那个老词儿："作孽啊，作孽啊……"

远古人类之间野蛮的战争杀戮会让人觉得血腥、残酷，而20世纪的那场似乎"文明"一些的种族灭绝，则更让人感到虚伪、恶心……

仪式开始了，当年曾满载犹太人的铁罐列车鸣着长笛徐徐驶来。"长笛一声心已碎，从此天涯孤旅。"我突然明白，这既不是小说，也不是电影，人类可以是大自然中最善良仁慈的高级动物，也可以是地球上最凶暴残忍的劣等野兽……

来自欧洲及全球其他地区的40多个国家的元首、首脑、王室成员肩并肩地站在奥斯威辛纪念仪式主席台上，但却表情各异、心情不同。以色列总统卡察夫神色凝重，那是在为600万惨遭屠杀的犹太同胞而悲愤；德国总统克勒低首不语，那是在为日耳曼民族历史上那段奇耻大辱而懊悔；法国总统希拉克面带忧伤，那是在为维希政权当年与纳粹同流合污而内疚；而俄罗斯总统普京则下颌微抬，那是为苏联红军率先闯入魔窟而欣慰……然而，这些领导人内心深处发出同一个声音："悲剧不再重演，历史永不忘却！"此时此刻，此情此景，我们似乎又窥视到了一丝人性的纯真与诚挚，人格的伟大与高尚，人类的尊严与神圣……

然而，当德国总理勃兰特在华沙犹太人墓前下跪请罪时，日本高官们却成群结队到靖国神社三跪六拜；当波恩的老师操着沉重的语调向孩子们讲述纳粹践踏他国、屠杀异族的历史罪行时，东瀛的中学教科书上却对侵华战争以"进出""共荣"一笔带过；当昔日的"轴心国"战后拿出上千亿美元赔偿安抚受害者时，中韩的几位苍老妇人却仍在东京街头为"讨个说法"而奔走呼喊；当匈牙利作家写了几本集中营小说而一举荣获诺贝尔文学大奖时，那位风华正茂的台湾旅美少妇却因出版了《南京大屠杀》而备受压力、自尽身亡……

为什么日耳曼人可以为本民族历史上的不光彩片段深刻反省、诚心忏悔，而大和子民中的那些"现代武士们"却不愿流露出哪怕是一点点内疚悔恨之情呢？有人解释那是因为德国人天生崇尚欧罗巴基督教的宽恕赎罪传统,而日本人的血液中却一直流淌着武士道的倔强与不服输。可这类解释又能令多少人心服口服呢？

时任联合国秘书长安南曾在纽约总部奥斯威辛特别大会上警告世人:历史没有过去,罪恶仍在延续！柬埔寨、卢旺达、前南斯拉夫等国家的种族灭绝事件就发生在我们的时代,就出现在我们的身边……

是啊,当下一个奥斯威辛逢十纪念年到来时,当年的亲历者恐怕都已不在世了,鲜活的记忆将成为历史的绝响,而奥斯威辛的幽灵仍会在世间徘徊,纳粹法西斯的阴影仍将挥之不去。警惕啊,人们！

痛并坚强着的波兰人

（2010年6月10日）

原是去慰藉70年前惨遭屠杀的数万冤魂,来到现场时却又平添了近百名国家精英的生灵;原是想追悼一场历史的惨案,不想又上演了一出现代的悲剧;原是希望抚平两国历史上遗留下来的疤痕,却又揭开了双边关系史上新的创伤……波兰总统专机在俄罗斯斯摩棱斯克机场附近坠毁,波兰举国震惊,波兰与俄罗斯本来就复杂微妙的关系再添变数,波兰政坛未来走向扑朔迷离。

法新社2010年4月10日莫斯科突发急电:参加卡廷惨案70周年悼念活动的波兰总统的专机,在俄罗斯西部的斯摩棱斯克州境内坠毁,机上96名波兰高层人士与机组人员无一生还。遇难者包括波兰总统及夫人、波兰流亡前总统、国会三位副议长、央行行长、安全总局局长、三军总参谋长、国防部副部长、外交部副部长、总统府办公厅主任及副主任……

就在总统专机失事四个多小时之后,凤凰卫视特派记者赶到了波兰首都华沙,目睹了波兰民众的种种感人哀悼场景。在波兰总统专机失事的当天傍晚,成千上万的华沙市民扶老携幼,从四面八方涌向市中心总统府旁边的无名烈士广场。历经历史磨难的波兰老人们悲痛欲绝又欲哭无泪的表情,看上去让人感慨和心酸,而原本快乐活泼的波兰孩子们的脸上,也蒙上了一层不符合他们年龄的凝重与深思……总统夫妇和近百名波兰各界精英同时遇难这一突如其来的消息,击打着波兰民众,而在迷惑不解、震惊沉痛之余,波兰人坚毅不屈、处变不惊的独特民族性格也表露无遗。

夜幕降临,悲痛的华沙市民仍然聚集在总统府前的广场上不肯离去,放眼望

严明在波兰总统葬礼现场直播报道

去,摆放在广场地面上的一盏盏蜡烛、长明灯,早已映红了半边天际。挂着黑色飘带的波兰国旗,在早春乍暖还寒的阵阵清风中低垂摆动,与一簇簇鲜艳的花束一样,看上去已无任何美感,只能勾起人们心中的万千哀愁⋯⋯

专机失事后的第二天,波兰首都华沙更是万人空巷,近百万名华沙市民及外省居民涌向主要街道。伴随着教堂的凄凉钟声和肖邦的悲壮乐曲,波兰总统的灵柩车队从机场缓缓驶入总统府,灵柩被安放在总统府院内供人凭吊瞻仰。成千上万的波兰民众在总统府门前排起了长队,虽然是人山人海,却又显得那么肃静和有序。

图154飞机是苏联于20世纪60年代末研发的老式三引擎中程客机,机长47.9米,翼展37.55米,机高11.4米,最多载客量180人,最大载重18吨,最大航程3 740公里,一共生产了935架,并于2006年全部停产。而同一时代生产的美国的波音727和英国的三叉戟早已被淘汰停飞。如今仍有250架图154在俄罗斯、伊朗、朝鲜及一些东欧国家超期服役使用,但基本执行货运任务,只有俄罗斯、伊朗等极少数国家还将其用于客运。

现在,俄罗斯的近半数旅客每天还被迫乘坐图154客机往返于俄罗斯境内各地,俄罗斯乘客由于惧怕而拒绝搭乘图154客机的事情时有发生。

从汉语谐音的角度看,154也真是个太不吉利的数字,实际上图154也确实是一种安全性低、事故频发的机种。据统计,40年以来已先后有66架图154失事坠毁。1994年和1999年,中国西北航空公司和中国西南航空公司的图154客机就分别在西安和温州发生坠毁事件,导致224人遇难,之后中国在2002年将图154全部淘汰。苏联解体之后,多国继续使用的图154客机面临着维修和零部件供应的困难,这也使这种老旧机种的安全系数变得更低。再加上俄罗斯与其他国家的客机维修体制不同,前者是周期维修制度,也就是不到大、中、小保养维修周期,即便发现问题和隐患,也不会停飞维修;而绝大多数国家则采用国际航空界惯用的适情维修制度,即一发现问题立即停飞检测修理,随时排除隐患。

这次坠毁的图154专机是1990年出厂的,历经了雅鲁泽尔斯基、瓦文萨、克瓦希涅夫斯基和卡钦斯基四位波兰总统的任期,算下来整整使用了20年,其间也是事故频发,险象环生。比如,2004年波兰前总理贝尔卡飞往越南访问途中,就曾在中国云南昆明发生引擎漏油起火的险情。波兰几位前议长出访乘坐时也发生过因飞机故障而迫降的事故。世人实在对波兰总统老式专机迟迟不换,最终发生专机坠毁一事感到无法理解。

目前唯一的公开解释是,由于国库紧缺,财政拮据,为了不动用纳税人的钱财,只好继续使用那架"修修补补又十年"的老掉牙的苏式总统专机。

波兰政体变革以来,四任总统中,除了雅鲁泽尔斯基与邻邦苏联保持着一种若即若离的微妙关系之外,后三任总统,从瓦文萨、克瓦希涅夫斯基到卡钦斯基,他们的政治经历以及共有的意识形态和价值观,不是对苏联苦大仇深,就是对俄罗斯反感厌恶;按理说,仅凭个人感情和情绪,也早就应该放弃俄制专机,改为引进波兰国家航空公司那样的美欧新型客机。更何况波兰总统老式专机无论是保养维修还是零部件配备,都由俄罗斯一手掌管,这架专机去年12月还曾在俄罗斯大修过。

波兰作为北约前方轴心国和欧盟东欧重镇,其总统专机的安全竟然一直由一个准敌对国家来掌控,仅从国家利益及领导人的人身安全角度来讲,也是犯了大忌

当4月10日总统专机在俄罗斯境内失事,波兰国内和西方国家的第一反应就是,俄罗斯方面是否与这起空难事件有着有意或无意的瓜葛,负有间接或直接的责任?一时间,俄罗斯机场指令不明、有人临时没有登机、俄方扣押控制黑匣子、失事现场曾响起枪声,以及偷窃死者银行信用卡等一连串传言接踵而至。其实,这次俄罗斯真的是背了黑锅,受了冤枉。首先,已经实现政治民主化并进入世界文明大家庭的俄罗斯,不可能也没有必要为了陷害与其意见不合的波兰总统而在俄制总统专机上做手脚、下暗套。当然,卡钦斯基上任总统以来,确实在融入西欧、加入欧盟和北约、靠拢美国、积极兴建反导系统等方面多次得罪、惹恼过俄罗斯,而俄罗斯方

面也频频反制施压,比如宁可耗费巨资修建绕道北欧和土耳其的通往欧洲的输油输气管道,也不愿受制于已有通行管道的波兰、乌克兰等意识形态敌对国家。但由此就采用冷战时期的暗杀铲除方式,对一个邻国国家元首下毒手,恐怕就连苏联秘密警察克格勃起家的普京也未必敢有此闪念。

在20世纪90年代苏联解体之后,最终摆脱集权掌控的苏联加盟共和国和原华沙条约组织东欧成员国对其实也是同样艰难步入新型初级民主国家体制的俄罗斯一直抱有极大的敌意和很深的成见。再加上美国及西方国家持续不断地打压遏制,车臣独立运动日益高涨,一时间,克里姆林宫上空乌云密布,俄罗斯境内风声鹤唳,俄罗斯周边楚歌四起。不管是"天鹅绒革命""橙色革命""美女总理"这些貌似美妙动听又光彩亮丽的名词,还是"乌拉尔杀手""黑寡妇"这类令人毛骨悚然的恐怖代号,对克里姆林宫的主人来说,都是试图置俄罗斯于死地的防不胜防的明枪暗箭。直到普京总统任期的最后几年,以及他担任总理的这几年,俄罗斯才逐渐稳住阵脚,恢复底气,并且开始扭转颓势,转守为攻。

近几年,俄罗斯对格鲁吉亚、乌克兰等苏联加盟共和国又打又压,而对波兰、捷克等东欧邻国则是恩威并用,安抚为上。波兰虽然是个已并入欧盟版图、握有北约保护伞的难啃的骨头,波兰总统虽然是个亲美、近欧、疏俄的"大刺头",但双边关系因此恶化破裂,不符合俄罗斯的长远国家利益。以极端方式将好斗的卡钦斯基总统除之而后快,也绝不会是俄罗斯的本意。正相反,俄罗斯领导人多年以来一直向华沙方面频频示好,即使是在牵涉两国历史恩怨的卡廷大屠杀惨案一事上,俄罗斯领导人尽管仍是支支吾吾、刻意闪避,但在重大纪念活动中,还是放下身价,做出善意和解的姿态。比如这次卡廷惨案70周年,本来俄罗斯就准备摒弃前嫌,让两国总统、总理一道出席悼念活动,不料倔强的卡钦斯基不愿与俄罗斯领导人一同出席,只好俄罗斯、波兰两国总理先行前往悼念,卡钦斯基则率领国会代表团随后飞赴卡廷,不想专机坠毁,一去不返。而最终调查结果显示,尽管当时俄方机场塔台一再警告气候恶劣、能见度极低,建议总统专机转场明斯克或莫斯科,但驾驶员却一而再、再而三地多次强行降落,并置多达12次的舱内机载警报于不顾,最终机毁人亡,酿成大祸。而若没有机舱内高层人士的指令,即便是胆大妄为、任性出了名的波兰总统专机驾驶员们,想必也没有拉着机上总统夫妇和近百名政坛精英冒险的胆量。

当然,围绕着专机坠毁事件,波兰和俄罗斯之间还是产生了一些摩擦。由于波兰是北约集团重要成员国,波兰总统专机上自然安装了北约军方的敌我识别器和密码通讯器材。专机坠毁后,俄罗斯迅速单方封锁现场,并立即派出破译专家收集情报。北约军方和波兰军队、政府事后也不得不更换全部密码。另外,波方也对俄罗斯最后仅移交黑匣子的复制磁盘感到不满和疑惑。

波兰总统专机在俄罗斯境内失事,不仅引发了双方新的摩擦,更是又一次揭开了两国之间的历史伤疤。卡廷,对于波兰人来说,不仅仅是个地名,更是一个包含着两万多名波兰精英被杀冤魂的血淋淋的象征性符号。

波兰钢琴大师肖邦当年离开故土、远走他乡时,专门带上了一小瓶家乡的泥土。后来在法国病重时,他又特别吩咐去世后要将他的心脏运回波兰。而肖邦在流亡国外期间创作的令人震撼的钢琴巨作,无一不是他爱国思乡情绪的流露与倾诉。应该说,波兰民族是世界上爱国、爱家感情最为深厚的民族之一,这与波兰历史上多次遭到外族,尤其是沙皇俄国的入侵、占领和瓜分有关。

仅在 1772 年至 1795 年的短短 23 年间,叶卡捷琳娜女皇统治下的俄罗斯,就勾结普鲁士和奥地利先后三次吞并瓜分了波兰。最终,存在了 800 多年的强盛一时的波兰王国,在列强的瓜分之下竟然寸土未留,丧权亡国,在欧洲的版图上消失了 123 年之久,直到 1918 年一战后才又恢复独立,重建国家。不想,二战中波兰险些又遭瓜分。

我们都记得,第二次世界大战就是在 1939 年 9 月 1 日纳粹德国闪电突袭波兰时爆发的。而在大战爆发的前夕,苏联的斯大林和纳粹德国的希特勒为了称霸世界以及索取各自利益,曾私下签订了瓜分波兰的秘密条约。在德国占领波兰西部后,苏联红军也进入了东部地区,并且逮捕了 23 万波兰各界精英人士。1940 年春天四五月间,大约 2.2 万名波兰军人,以及一大批波兰政界与公职人员、科学家、艺术家,在俄罗斯西部斯摩棱斯克的卡廷森林遭到苏联内务部军人的屠杀。

据历史资料显示,1940 年 3 月 5 日,当时的苏联内务部部长贝利亚专门就对以波兰军官为主体的 2 万多名战俘实施枪决一事写出报告,上交联共布中央审批,随即获得批准,斯大林、米高扬、加里宁、伏罗希洛夫等苏共政治局委员都在这份屠杀令上签了字,共同决定将这批波兰军人和社会精英全部枪杀,一个不留。4 月初,处决波兰战俘的行动正式展开。汽车载着从各地战俘营拉出来的大批波兰人秘密开往行刑地点——卡廷森林,行刑人员站在波兰战俘背后,用德国瓦尔德手枪对着他们脑后抵近开枪,然后将尸首推进早已挖好的大坑里,用土掩埋后,又在上面种满了松树和白桦树以掩人耳目。遭到屠杀的波兰人中,既有白发苍苍的陆军、海军上将,又有青春年少的普通士兵;既有教授、律师,又有作家、记者,当然还有不少波兰的王室贵族家眷成员。

1942 年,在卡廷地区服苦役的波兰铁路工人意外发现了这些波兰军人和各界精英的尸体。1943年4月,纳粹德国军队又在当地发现了4 000多具遗体。曾以"谎话说过一千遍就成真理"这句话而臭名昭著的纳粹德国宣传部部长戈培尔,这次可算逮着了一个说真相的机会,他不仅通过柏林电台向全世界公布了卡廷惨案,还特别成立了一个由7国12名专家组成的调查委员会,向世界揭露苏联的暴行。

不想,除了波兰人外,并没有多少人相信双手沾满数百万犹太人鲜血的纳粹德国的这一罕见的真实指控,苏联方面当然是拒绝承认,甚至反咬一口,控告纳粹德国栽赃陷害。二战结束后,波兰被并入苏联社会主义大家庭之中,苏联各界领导人对卡廷惨案闭口不提,波兰官方在高压之下也不再追究,但波兰民众却一直对此耿耿于怀,不愿遗忘。

直到20世纪90年代苏联与东欧政体相继变革之后,俄方才对卡廷惨案一事有所松动。据知情人透露,当年戈尔巴乔夫与叶利钦两人在1991年移交总统权力时,曾经一道开启阅读了封存已久的上百卷卡廷事件秘密档案,戈尔巴乔夫事后曾这样描述:"当时我们的头发都因恐惧而竖了起来,我们无权隐瞒事实,必须向波兰方面通报。"1992年,波兰时任总统瓦文萨全身颤抖地从俄罗斯总统叶利钦手中正式接过了秘密档案。俄罗斯官方的塔斯社也首次承认卡廷事件是斯大林主义犯下的严重罪行。

在人类历史上,两国之间刀光剑影、拼死对战,两军之间真枪实弹、全力厮杀,两个民族之间你死我活、不共戴天,应该说是时有发生,也是可以原谅甚至理解的。但是如果一个民族对另一个民族采取了伪善卑鄙、撒谎食言、欺骗背叛的手段和伎俩,那就是天理不容、世代冤仇了。而波兰与俄罗斯之间就正是这种情况,卡廷大屠杀的谎言余波未了,1944年波兰又在华沙起义中遭苏军迷惑欺骗,导致20万华沙人惨死于纳粹德国军队的枪炮之下,华沙整座城市也几乎被夷为平地。

雅典特奥会侧记
(2011年7月5日)

燃烧了10天的第13届国际特殊奥运会的火炬,在奥林匹克发源地希腊的首都雅典的体育场逐渐熄灭。来自185个国家的7 000多名智障智残选手们也各自返回自己的国家与地区。还记得6月25日开幕式那一晚,当我们坐在1896年第1届奥运会主会场——雅典的大理石竞技场进行现场报道时,我们被来自世界各地的智障运动员的欢声笑语所感动、震撼。而当上百人组成的中国代表团入场时,人山人海的体育场内更是掌声四起。世界知名的中国篮球明星姚明携手特邀嘉宾——凤凰卫视董事局主席、行政总裁刘长乐,以及上海特奥会主席,随中国代表团的运动员、教练员一同入场,场面十分热烈。中国影星章子怡也在开幕式上用英语发言致辞。整个晚上,场内的中国色彩非常浓重。凤凰卫视作为国际特奥会的媒体伙伴和亚洲唯一到场的电视台,向海内外直播了开幕式的情景与过程,也在世人面前展示出中国对智障智残人士与弱势群体的关注与关怀。

目前全球共有1.7亿智障人士,约占人类总人口的百分之三。中国内地的智障人士总数超过了1 200万。这些数量众多的智障人士由于先天或后天的原因,大脑存在持续性的、不可逆转的障碍,智商测试值低于70,导致他们终生智力低下,行为受限,因此也成为每个国家庞大的特殊弱势群体。为了引起世人对智障人士的关注和关爱,美国前总统肯尼迪的妹妹施莱弗女士于1968年创办了国际特殊奥林匹克委员会,开始为全球的智障人士举办夏季和冬季特奥会。这也是世界上除奥运会之外,唯一被授权使用奥林匹克专用词的体育组织。如今特奥会创始人施莱弗女士已经去世,她的儿子蒂姆·施莱弗继承母业,担任国际特殊奥林匹克委员会主席,继续在全球各地为智障人士关爱事业奔走。

施莱弗主席在雅典特别接见应邀前来参加开幕式的凤凰卫视董事局主席、行政总裁刘长乐时,还当面感谢凤凰卫视多年以来对国际特奥会的支持与协助,称赞凤凰卫视坚持不懈地投入到关爱智障智残人士和弱势群体的事业之中。刘长乐也表示,凤凰卫视将一如既往地支持国际特奥会,关爱弱势群体,宣传相关事业。

2007年在上海举行的第12届夏季特奥会受到了中国政府及民众的高度重视和大力支持,在中国及全球引起巨大反响,也在华人社会中掀起了一股关爱智障智残人士和各类弱势群体的热潮。正像来自中国的形象大使在本次开幕式上所说的那样,人们对弱势群体的关爱,实际上是衡量一个国家文明程度的标志。而国际特奥会正是为全球智障人士友爱交往,为世人携手关爱弱势群体提供了一个不可多得的平台。

挪威特大杀人惨案报道纪实

(2011年7月26日)

挪威首都奥斯陆市中心的一声巨响,湖心小岛于特岛的一连串枪声,打破了北欧这个天堂般的国家的祥和与宁静。

周日,大批的挪威民众手捧鲜花和蜡烛,自动聚集在挪威政府大楼爆炸现场以及市中心大教堂,悼念周五恐怖爆炸案和于特岛屠杀案中近百名死难同胞,表达他们悲痛和愤怒的心情。

一位当地的华人耐心地把被雨水浇灭的蜡烛一一重新点燃起来,借此表达中国人对挪威死难民众的哀悼之情。自恐怖爆炸案发生之后,大批挪威军人进驻首都奥斯陆,严密把守恐怖爆炸案的现场以及周边的路口要道。

奥斯陆爆炸现场恢复平静,地面建筑残骸已经清除,市面秩序井然,只是少了些平日的活力。挪威首相在当地时间晚上8点接受完挪威国家电视台的采访之后,立刻返回政府大楼广场,与内政大臣一同接受了媒体的现场采访。

奥斯陆大学医院接收了在小岛受伤的67名伤者和在奥斯陆受伤的30名伤者。在这间全挪威最大的医院里,可以看到有不少伤者家属在医院整夜守候,神情哀伤。

奥斯陆大学医院医疗主任卡尔森表示,现在依然难以判定伤者是否会留有后遗症。据悉,一位被送往医院救治的伤员最终因抢救无效而死亡。挪威王妃的弟弟也在这次事故中身亡。

虽然幸存者在接受治疗之后,伤势逐步稳定,但是依然难以预料痊愈的几率。他们心理上受到的创伤需要更长的时间来恢复。

其实,挪威的这次特大爆炸枪杀案从一开始就显得特别离奇。起初,无论是挪威的媒体还是欧美的媒体,都认为这是伊斯兰恐怖组织所犯下的罪行。原因是本·拉登被美军击毙之后,基地组织扬言要打击报复欧美国家。而利比亚的战事发生之后,卡扎菲也曾经扬言要打击欧洲,而爆炸地点正好是几年前曾经刊登过污蔑穆罕默德漫画的挪威世界之路报社的大楼前。但结果却令世人大吃一惊。

位于距挪威首都奥斯陆近50公里处的于特岛,从空中俯瞰,轮廓酷似一颗心脏。但正是在这座风景优美、宁静平和的爱心小岛上,发生了震惊全球的恐怖枪杀案,70多名挪威青年先后被布雷维克用枪射杀击毙。直到目前,小岛仍被警方封锁,禁止外人登岛。警方的橡皮快艇也仍在小岛四周巡逻,寻找失踪的遇难者。岛上仍有警察在继续调查和寻找线索。小岛附近的居民也不断来到岸边,悼念、缅怀丧生的同胞。

70多名挪威青年就在这里,在凶手的追杀射击之下,先后倒在了这座小岛的绿树下、草地上以及五颜六色的帐篷旁。如世外桃源的爱心之岛顿时面目全非,变成了人间地狱、恐怖之岛、伤心之处。现在看来,无论布雷维克的动机如何,当时他的所作所为的的确确像一个杀人不眨眼、凶狠又残暴的恶魔。无论是使用达姆弹向岛上的伤者补枪,还是追杀射击已经留在水里的青年人,都充分显示出布雷维克的冷血和凶残——他是一个外表镇定却又丧失理智的杀人狂魔。

直到现在,挪威仍然处在特大恐怖爆炸和枪杀案的阵痛与余波之中。中国有句古话叫"痛定思痛",然而挪威的媒体和民众还未"痛定",就开始进行深刻反思,寻找案件的根源了。一名普通的挪威公民怎能如此精心策划准备,最终单枪匹马酿成近百人丧生的特大惨案?难道挪威的安全部门和警方对这位从不掩饰的极右分子就没有丝毫的察觉和防范吗?另外,政府越来越偏离中立的外交政策,甚至加入北约军事行动,并官方放宽移民政策,是否都是间接助长极右势力以及排外、仇外思潮的蔓延,引发民众极端的民族主义情绪的因素呢?总之,在这个宁静、富饶、安定祥和的北欧国家,竟然发生了如此令人发指的特大爆炸枪杀案,不仅对挪威,也对欧洲,甚至整个西方世界都敲响了警钟。

挪威特大恐怖案发生之后,挪威国内和欧洲各国也立即开始检讨,反省日益膨胀的极右势力与狂热民族主义思潮,开始正视和警惕这起案件可能引发的各种连锁反应。

布雷维克被押送到奥斯陆高等法庭,接受法庭的第一次听证和审讯。

第一次听证审讯不到一个小时结束,而随着案情调查的进展,奥斯陆爆炸案和于特岛枪击案的事发原因以及政治背景也愈加复杂。虽然布雷维克宣称两起案件均由他一人策划实施,但是否还有其他的同伙帮凶?是否有极右势力组织在背后协助?目前尚不明朗。现在唯一清楚的是,这两起特大凶杀案不仅仅是一名狂热民族主义者排外仇外情绪的简单发泄和个人行为,而是具有深厚的理论基础,经过了现实的精心策划的。

在奥斯陆高等法院旁观的挪威民众,也担心布雷维克现象会继续蔓延。

挪威国内,乃至整个欧洲的极右思潮是否会愈演愈烈?种族矛盾冲突是否会激化?值得我们密切关注。

奥斯陆爆炸案和于特岛枪击案发生后,挪威的新闻媒体和民众对布雷维克为何能够精心策划多年并且单枪匹马作案产生了许多疑问。多年以来布雷维克一直通过互联网公开阐述他的狂热民族主义以及极右思想,并且以农庄作为掩护,购买大批化肥,从中提炼出用来制造炸药的成分,为何挪威的情报安全部门没有丝毫的察觉和防范?而布雷维克这样一个极端的危险分子还拥有射击俱乐部的合法会员身份,并且藏有多支大杀伤力的枪支,挪威警方为何没有采取任何防范预警措施?在布雷维克登上于特岛射杀无辜青年将近一个半小时后,挪威的反恐特种部队才登岛追捕,这么长的空白时间也是最终导致 70 多人遇难的重要原因。

号称"北欧天堂之国"的挪威竟然发生了令世人震惊的特大恐怖案件,这促使挪威乃至欧洲和整个的西方世界再次对现行的社会体制和意识形态进行深刻的检讨和反思。而不少专家、学者和新闻媒体都认为，布雷维克一案极有可能对欧美各国国内产生正反两方面的影响。一方面，布雷维克从极右分子演变为一个滥杀无辜的冷血杀手，是否会给欧洲各国的右派政党组织的形象和声誉带来不良的影响？一些至今遮遮掩掩、躲躲藏藏、不愿暴露内心深处狂热民族主义和新纳粹思维的右派政党组织，面对布雷维克现象，已经很难自圆其说，蒙骗公众，这对欧洲未来遏制和打击极右势力是一个有利的因素。但另一方面，布雷维克一案最终曝光，也必将给那些有同类思想的欧洲极右分子注入一剂强心剂，极右分子极易以他为"楷模"，效仿参照，进而导致类似的恶性事件不断发生。此外，排外仇外的极右狂热势力以及所在国的伊斯兰移民之间的仇恨必然会升级。双方采取暴力行动打压对方的趋势似乎也难以避免。总而言之，布雷维克一案使欧美各国陷入同时面对国内、国外两个反恐防暴战线的尴尬境地。

随着布雷维克第一次法庭聆讯的结束以及案件调查的进展，挪威奥斯陆爆炸案以及于特岛枪杀案的真实内幕越来越错综复杂和扑朔迷离。首先，布雷维克在被捕的第一时间就招认两案均由他一人所为。但是就在周一首次聆讯的同时，警方透露又追捕到一位波兰的重大嫌疑犯。是否这两场特大恐怖凶杀案还有其他的同谋和共犯？现在又画了一个大问号。其次，布雷维克与欧洲其他国家的极右组织的政党之间千丝万缕的联系也越来越清晰。爆炸枪杀案的背后是否还有极右政党的直接或者间接的怂恿和指使？这仍是一大疑点。最后，几乎可以肯定的是，这两起特大案件绝不仅仅是一般的排外仇外行为和简单的个人不满情绪的发泄。只要读一读布雷维克那份长达1 500页的《欧洲独立宣言》电子书，那一长串暗杀欧洲领导人的黑名单，那一个个武装暴动军事政变的实施方案，就清楚挪威乃至整个欧洲的极右势力是如何为了实现他们的政治理念和意识形态目标而长期精心策划，且已付诸行动的令人震惊的事实了。

希腊雅典——欧债危机漩涡中心的古老城市

（2015年3月6日）

爱琴海炽热阳光、蔚蓝天空照耀衬托下的希腊首都雅典古城，一向是悠闲安逸、自由散漫的。在这座世界上最古老的城市里，就连混合着海水腥味和橄榄油香的空气，似乎也都懒得飘移游动。那高耸在石灰岩山冈顶端的雅典卫城帕特农神殿，早已庙顶坍塌，浮雕剥蚀，却时隔2 500多年仍屹立不倒，执着挺立，成为灿烂一时的希腊文明的历史沉淀物、雅典城邦的"无声活化石"。

严明在雅典神殿前

然而近两年来,这座一向悠然自得、与世无争的古城,却突然变得焦躁不安、激动亢奋,成了世人关注的中心、新闻锁定的焦点。谁也没有料到,这次欧债危机的导火索,就发生在历史上曾经商贾云集、百舸争流的希腊雅典。也许是文明过于辉煌、环境过于优越、生活过于安逸,几十年来,希腊人一直在一种养尊处优、懒散休闲的氛围之中消磨时光,悠然度日,高福利和高失业率更是折射出其生活状况和精神状态。而这种状态最终引发了令欧洲震撼、全球畏惧的欧债大危机。

雅典是欧洲乃至世界最古老、保存最完整的古城。公元前1 000多年,雅典就已是希腊的繁华大都市。公元前5世纪,雅典甚至成为整个西方文明的启蒙之地,更是西方民主意识、观念、理论与制度的发源地。在这座千年古城里,孕育和诞生了苏格拉底、希罗多德、欧里庇得斯、埃斯库罗斯、阿里斯托芬、索福克勒斯等哲学、政治和文学界的大师和巨匠。而坐落在雅典城内的柏拉图学院和亚里士多德讲习所,至今还在述说着欧洲文明的古老故事和传流。阿基米德的那句"给我一个支点,我可以撬起整个地球"的至理名言,假如拿来形容雅典的话,那就是"给我一座雅典城,我可以拉动整个欧洲文明"。

由于工作的需要,我曾几次来到希腊雅典采访报道,尤其是北京奥运会的前后,我曾多次在希腊各地穿梭往来。而雅典给我的印象与欧洲各大城市都不同,除了散落在雅典古城内的四处可见的古迹遗址外,令我印象最深刻的就是它几乎千年不变的古城原貌。位于巴尔干半岛南端,三面环山、一面傍海的雅典古城,面积不到 40 平方公里,人口也就 300 多万。每次到雅典,我都会登上山冈之巅,来到卫城高处俯瞰整座城市。密密麻麻散布在盆地和山坡上的房屋,让人联想到雅典古城昔日的风貌。与欧洲其他大都市相比,雅典是那样简单、淳朴,甚至多少还有些破旧衰败之感,然而这也正折射出雅典古城旧貌依旧保存完好的特征,以及古代城邦小国独有的亲近认同特性。

严明在雅典神殿前

其实,古代雅典城邦的性质和特征也都如实地反映在城市建设与布局上了。从奴隶制、国王制发展而来的城邦制的精神本色与内涵实质,就是丰裕的物质条件、欢愉的精神生活、充足的闲暇时间、自由的思想意识。具体到城邦的定性,就是公民共享精神与物质文明的生活共同体,以及共同实现人性自由发挥与人类自我完善的道德共同体。由此,以雅典古城为代表的城邦建设规划,也就以生物与环境的和谐平衡为主要特色和基调。质朴和简约,勾画出了迄今仍然时隐时现的雅典古城的"理想之国",而情感与理性,则描绘出了欧洲古代城邦兴衰的"荷马史诗"。

千年不变的雅典古城,甚至成为欧洲乃至整个西方世界人文都市的标本与范例。1933 年,国际现代建筑协会就在雅典召开大会,分析了欧洲各大城市的历史起源与发展状况,提出了城市建设规划的四大功能,即居住、工作、休闲和交通,从而制定了主题为"功能城市"的《雅典宪章》。这一重要的国际建筑史文件至今还对全球城市建筑规划产生着巨大的影响。国际建筑界所推崇的雅典城市模式,就是一个城市的根本活力在于其深厚的文化底蕴,这体现在城市丰富的文化生活形态之中。

诚然,上自哲学、伦理、逻辑、演讲、辩论、求证、感悟,下至谈情、说爱、歌唱、舞蹈、朗诵、音乐、雕刻、绘画、美酒、佳肴、竞走、角力、跑步、投掷,似乎人类高等境界与日常享受中的每一个部分、每一个组成、每一个细节,都包含在雅典城的古墙之内。这不正是人们一直念叨的"以人为本""人性至上"吗?不正是人类所一直憧憬的"世外桃源""乌托邦"吗?

雅典古城的那种质朴简约,那种优雅淡定,那种和谐平衡,那种怡然自得,在如今世界上绝大多数城市中已经难以寻觅了。在古希腊漫漫的历史长河之中,雅典除了创办和举行奥运会时偶尔发过几次力之外,大部分时光都沉浸在一种高贵圣洁、典雅悠闲、宁静安详的状态之中。没有罗马的威武、巴黎的奢靡、伦敦的温润、柏林的霸气,整个雅典古城就如同她的保护神雅典娜女神一般,充满大气和智慧,亦不乏细腻和温情。仔细欣赏一下现存于巴黎卢浮宫的那一座座精致无比、令人叹为观止的古希腊雕像吧,英俊潇洒而不粗犷的大卫、丰满圆润而不妖艳的维纳斯、端庄大气而不傲慢的胜利女神,个个都是雅典古城风格与特性的写照和化身。

在人类现代化的急促步伐和快速节奏的衬托下,雅典风格似乎更值得珍惜和保存。更何况近些年来,许多建筑界知名人士又在呼吁城市建筑的返璞归真。或许在不久的将来,会像意大利缅怀古希腊文明的文艺复兴运动一样,又要掀起一场回归雅典城邦精神的建筑复兴浪潮。到那个时候,一直处变不惊的雅典古城,会再次向世人展现出古希腊先哲们"以人为本""天人合一"的久远又灿烂的智慧光芒。

多种恐怖袭击方式威胁民航客机安全

(2015年12月21日)

圣诞临近,年关将至,世界各国本应沉浸在年终的节日喜庆气氛之中,然而全球各地频频传来的民航客机遭到恐怖炸弹威胁的消息,使得各国人心惶惶。一架载有473名乘客和机组人员的法航波音777客机在从毛里求斯飞往巴黎的途中发现装有炸弹的可疑行李,被迫紧急降落肯尼亚。

自从俄罗斯一架客机涉遭恐怖炸弹袭击,在埃及西奈半岛上空爆炸坠毁,导致机上224人全部丧生的惨案发生后,世界各国的多个航空公司,尤其是法国和美国的国际航班客机,曾经先后接到过一连串恐怖炸弹报警。虽然最后都有惊无险,但国际反恐专家和航空界人士却断言:新的空中恐怖袭击不是会不会发生,而是什么时候发生。

空中恐怖袭击可采用多种方式:

一是空中劫持方式,也就是美国"9·11"事件中,恐怖分子强行闯入驾驶舱内,胁迫飞机撞击坠毁的同归于尽方式。由于目前各国民航客机的驾驶舱安全门系统已改进,实施这种恐怖袭击的难度较大。

二是恐怖炸弹方式。由于各国机场对登机乘客及手提行李的安检措施加强,恐怖分子携带人体炸弹登机的可能性大减。但在托运行李和物品,甚至在餐饮和机上用品中隐藏炸弹,却相对容易蒙混过关。俄罗斯客机空中爆炸一案就是最新例证。

三是导弹袭击方式。目前国际恐怖组织暂时还没有击毁高空飞行客机的重型地对空导弹,但恐怖分子可使用单人便携式轻型地对空导弹,对机场附近三千公尺以下低空起降的民航客机发射攻击。英国内政部的反恐专家近日还发出警告说,未来恐怖分子还有可能使用无人机,对低空飞行的民航客机采取射击、炸弹袭击或者空中撞击等破坏行动。

总而言之,民航客机由于自我防备能力较弱,机上乘客来源复杂,再加上袭击客机会引发轰动,今后仍然会是恐怖极端组织攻击的主要目标之一。而如何加强客机防范,确保乘客人身安全,防止空中恐怖袭击,也一直会是国际航空业界和全球反恐阵线必须认真对待的重大而长期的课题。

新的联合国秘书长将来自欧洲

(2015年12月28日)

2016年国际社会的一件大事就是选举新的联合国秘书长,而接替潘基文职务的人选很可能来自欧洲。

新一任联合国秘书长的人选提名活动早在2015年年底就已经展开。首先是面向所有会员国征集人选名单,然后经15个理事国中至少9国同意,并且五大常任理事国无一反对后,再交联合国大会表决,获得半数以上赞同票的人选就会接任,成为号称"全球首席外交官"的新一任联合国秘书长。

目前联合国内部和高层较具共识的两个选举关键词,一是东欧,二是女性。根据联合国约定俗成的各大洲每十年轮换坐庄的惯例,下届秘书长应由东欧国家人士担任。而自1945年联合国成立以来的70年间,联合国8任秘书长都是男性。为履行一贯倡导的男女平等原则,联合国上下都希望下一任秘书长是一位女性。

如此一来,目前人选已经聚焦在几位东欧国家的知名女性政治家身上:来自保加利亚的联合国教科文总干事博科娃,同样是保加利亚人的欧盟委员会副主席乔治艾娃,以及克罗地亚女外交部部长韦斯娜·普西奇。

而这三人当中,博科娃应该最具优势。65岁的博科娃早年曾分别在美国和苏联留学,先后担任过保加利亚驻法国和摩纳哥大使,并出任外交部部长,会讲包括英、法、俄在内的多种语言,现在又是联合国最大机构——教科文组织的总干事,可以说,博科娃履历完美又近水楼台,国际关系经验丰富,外交沟通能力强大,是新一任联合国秘书长的最佳人选。

但竞选联合国秘书长过程复杂,难度极大,任何一个环节出问题,都可能意外出局。其中最难的当属五大常任理事国必须一致同意,只要其中一国否决,就会前功尽弃。

目前看来,除非发生意外,博科娃获得中、俄、法、英四国的支持应无大问题,但美国的态度仍不明朗。由于博科娃任内的2011年间,联合国教科文组织正式接纳巴勒斯坦为成员国,导致美国抗议并停交会费。如果美国至今仍然对此耿耿于怀并有意伺机报复的话,博科娃能否当选的变数就很大。而一旦东欧人选受阻,联合国也可在欧洲地区另选他人。

世界经济论坛里的国际政治
(2016年1月21日)

每年一度、举世闻名的瑞士达沃斯世界经济论坛,顾名思义,就是关注和讨论世界经济金融形势的高端交流平台。然而,这座平时优美宁静,会时热闹非凡的瑞士山城小镇,也免不了受到复杂多变的国际政治的影响和冲击。2016年的达沃斯世界经济论坛上最为明显的一个例证,就是向朝鲜发出邀请之后又随即收回的事件。

新年伊始,全球各大媒体都在报道:达沃斯世界经济论坛主办方已正式邀请朝鲜出席年会,平壤方面随即积极回应,准备派出朝鲜外相李洙墉前往赴会。时隔18年之后,朝鲜重返达沃斯论坛即将实现。不想,朝鲜试爆氢弹,达沃斯论坛主办方又收回了邀请。

一个经济论坛却刮起了一场外交风波。朝鲜官方公开指责达沃斯方面"出于

不公平的政治动机,单方取消朝鲜出席论坛的资格,与世界经济论坛讨论国际经济事务的性质与定位背道而驰"。原定的朝鲜代表团成员除了外相李洙墉之外,还包括对外经济省总局长以及农业开发银行行长。本来朝鲜方面是打算借重返达沃斯的机会,向世界介绍朝鲜的经济发展状况,并希望对外招商引资;不想试爆氢弹之后,又被达沃斯主办方收回邀请、拒之门外。

其实达沃斯论坛卷入国际政治旋涡也不是第一次了,当然并不都是负面事件,大部分都是正面和积极的国际重大事件。比如1988年,希腊与土耳其在达沃斯论坛上结束战争状态,双方签署《达沃斯宣言》;1989年的达沃斯论坛期间,朝鲜与韩国举行了第一次部长级会议,联邦德国、民主德国总理也就统一问题举行会晤;1992年,南非白人总统德克勒克在达沃斯论坛上首次会见黑人领袖曼德拉;1994年,时任巴勒斯坦领导人阿拉法特和以色列外交部部长佩雷斯在达沃斯论坛上首次握手。

这些历史上在达沃斯论坛期间发生的事件,在当年都称得上是轰动全球的国际重大事件。由此可见,定位在经济事务上的达沃斯世界经济论坛,一直就与全球的国际政治与外交事务配合互动,息息相关。而这次向朝鲜发出邀请之后又收回,只是达沃斯论坛历史上的又一个国际政治小插曲而已。

土耳其国内外政策或现重大逆转

(2016年7月20日)

土耳其军事政变失败后,土耳其国内的政局进入了动荡时期,其未来走向也再次引起欧洲的广泛关注。"国外操纵说"也好,"自导自演说"也罢,总之土耳其上周末发生的未遂军事政变就像总统埃尔多安自己所说的那样,给他提供了一个大肆清除异己、大胆改变国策的"天赐良机"。

早在20世纪30年代,土耳其共和国"开国之父"凯末尔就开启了土耳其世俗化、脱亚入欧,向西方文明靠拢的进程。如今,土耳其应该是伊斯兰世界中社会最开放、思想最世俗、政治最现代的国家。不想,一场军事政变在一夜之间就把土耳其拉回到原先的动荡时代;而军事政变失败之后土耳其总统所采取的一系列清除异己、残酷打压的措施,则引起欧美舆论的强烈反应,认为今天的土耳其正在与欧洲国家的传统理念,甚至与现代文明社会渐行渐远。

国内方面:军事政变失败之后,总统埃尔多安抓住时机,公开宣布旅居美国的居伦教士是军事政变的主谋和操盘手,并要求美国将其引渡回国受审。随即成千

严明在土耳其报道现场

上万的军人、法官、检察官及政府部门职员遭到大清洗、大搜捕。总统还扬言要恢复死刑以便处决政变军人。埃尔多安为扩大自身权力,还希望重新修宪,将内阁制改为总统制。

对外政策方面:土耳其一方面继续向俄罗斯示好,抓捕了两名击落俄军战机的飞行员;另一方面又向美国施压,威胁要关闭供美军战机打击"ISIS"极端组织目标的军用机场,重新考虑与美国的关系,并威胁要与伊朗和叙利亚关系正常化。在恢复死刑、违反人权、破坏法制以及遣返外逃政变军人等问题上,土耳其也与欧盟和欧洲国家发生了激烈的争执。当然,军事政变最终没有得逞,避免了土耳其回到军人独裁、血腥黑暗的统治时代,应该是一件值得庆幸的事情。但随之引发的土耳其国内政局动荡,以及土耳其对外政策可能发生的重大逆转和深刻变化,仍然引起欧盟和欧洲国家的高度关注和重视。

土耳其重新调整、平衡与东西方的关系

(2016 年 8 月 19 日)

在土耳其发生未遂军事政变之后,土耳其与俄罗斯迅速恢复正常关系,而其与欧盟及北约之间的关系却急剧恶化。在这种敏感而又复杂的背景下,美国国务卿

克里到访土耳其。这也是土耳其上月发生未遂军事政变之后到访的首位西方国家领导人。这次访问格外引人注目,人们可以由此观测和感受到土耳其与欧美国家未来关系的走向。

未遂军事政变发生之后,土耳其领导人多次指责欧盟和北约态度暧昧、立场模糊,甚至怀疑美国中央情报局和旅美的宗教人士居伦是军事政变的幕后黑手。土耳其外交部部长甚至威胁如果北约不支持现政府,土耳其将考虑退出北约组织。土耳其还警告欧盟:如果欧盟不根据协议在10月给予土耳其公民免签待遇,将放任数百万难民涌入欧洲。而欧盟则指出,土耳其如果恢复死刑,将严重侵犯人权,打破欧盟入盟标准。

未遂军事政变之后,总统埃尔多安闪电访问俄罗斯,与普京握手言和,这进一步加重了土耳其与欧盟、北约之间的不信任情绪。但从长远和全局的角度来看,现在就断言土耳其倒向俄罗斯、转身东方、疏远欧盟、脱离北约,应该为时尚早。土耳其与欧盟、北约及西方阵营之间的关系比人们想象的更加紧密,它们相互依存、密不可分,并不是说分就分的。

从经济角度看,土耳其四分之三的直接投资来自欧美国家。在军事领域,土耳其无论是武器装备还是部队培训,几乎都是清一色的美式配备和北约培训模式。而欧盟、北约在阻挡难民潮、打击"ISIS"极端组织、遏制俄罗斯等重大国际和地区事务中,也无法失去土耳其这个桥头堡和前线国家的配合与支持。

至于土耳其领导人亲近俄罗斯、疏远欧美的立场和态度,应该不仅仅是未遂军事政变之后赌气报复、发泄不满的"权宜之计",而是暗含土耳其高层重新调整和平衡与东西方之间关系的长远战略考量。

联合国新秘书长竞选出现重大变数

(2016年9月28日)

联合国新任秘书长竞选开始时,潘基文和联合国高层就达成一个共识,那就是下一任联合国的秘书长应当是一位来自东欧国家的女性政治家。但由于种种内外因素,这个愿望与承诺如今似乎已经很难实现。

最早是来自保加利亚的联合国教科文组织总干事博科娃女士呼声最高,希望也最大。"东欧、女性"的原定方案似乎就是为博科娃量身定制的。但到后来,博科娃在十几名候选人当中仅排名第五。究其原因,一种说法是保加利亚政府希望另一位曾经担任欧委会副主席的保加利亚女政治家格奥尔基耶娃取代博科娃参加竞选，为此，德国和俄罗斯还就德国向保加利亚政府施压换人一事发生了外交口角和摩擦。另一种说法是曾在苏联留学、工作，会讲流利俄语的博科娃，一直是俄罗斯领导人最为中意的候选人，但却是不受美国欢迎的人选。最主要原因就是在2011年，博科娃任职总干事的联合国教科文组织不顾美国和以色列的阻挠，接纳巴勒斯坦为正式成员国。美国方面立即停止向教科文组织缴纳会费，导致教科文组织陷入严重的财务危机，至今美国还对此事耿耿于怀。

而面对这种复杂、敏感的局势，博科娃本人是进是退，还有待观望。虽然难度增大，但博科娃仍不失为一个强有力的竞选人。现在呼声最高的秘书长候选人是葡萄牙前总理古特雷斯。

古特雷斯曾经担任过联合国难民事务总署高级专员，既有担任国家政府首脑的工作经验，又有在联合国国际机构任职高官的职业经历，再加上葡萄牙的外交政策平衡中立，古特雷斯本人也是稳重老成、平易近人，尤其在目前国际社会焦点之一的难民问题上，古特雷斯可以算是经验丰富，这也为他本人竞选联合国秘书长增添了一定的本钱和优势。

在联合国秘书长竞选的几轮意向性投票中，古特雷斯都稳居第一，位居第二、第三的分别是斯洛伐克外交部部长与塞尔维亚的前外交部部长。而美国力挺的阿根廷现任女外交部部长马尔科拉，也可能是一匹不容忽视的"黑马"。最终，握有生杀大权的安理会五大常任理事国将进行关键性投票，由于常任理事国的一票否决权足以让任何候选人立马出局，所以现在很难预测哪位候选人最终能够胜出。但新的联合国秘书长出自欧洲的某个国家已无悬念。

葡萄牙人任新秘书长之后的联合国

（2016年10月16日）

在联合国安理会五大常任理事国和10个非常任理事国全票赞成和同意之后，葡萄牙前总理古特雷斯接替潘基文出任新秘书长一职大局已定。在联合国高层最初优先考虑的"东欧、女性"两个选项遭到一两个安理会常任理事国的封杀否决之后，"南欧、男性"的古特雷斯就一直是秘书长最热门的人选。

67岁，会讲流利的英语、法语、西班牙语的古特雷斯，既是葡萄牙国内资深的政治家，又是国际社会知名的外交家。早在1994年，古特雷斯就担任过葡萄牙社会党总书记；1995年至2002年，连续担任两届葡萄牙总理；2005年至2015年，又被任命为联合国难民事务总署高级专员，负责解决难民这个目前国际社会的最大难题。而当年震惊世界的"东帝汶危机"和影响巨大的欧盟"里斯本宣言",都是古特雷斯在任职葡萄牙总理期间亲手操盘,妥善解决和实现的。

他能够获得安理会五大常任理事国的全体认可,可以说是五大国博弈、妥协、平衡的最终结果。古特雷斯性格平易近人,但作风又果断干练,长年从事难民救济慈善工作又给他增添了"人道、慈爱"的个人色彩,是各方都能接受的中性人物。

虽然联合国秘书长一职超脱国家、地区、种族与集团的概念与范畴,但国家背景和个人生涯仍会对秘书长工作有一定的影响和导向作用。葡萄牙属于老牌西方国家,也是欧盟、欧元区和北约集团的创始国之一,这就足以使西方大国感到宽慰和放心。

但是葡萄牙在国际政治与外交方面又是一个不温不火、不偏不倚、中立平衡色彩浓重的南欧国家,与中国、俄罗斯,以及拉美、非洲的国家等,都保持着传统的友情和良好的关系。比如葡萄牙在把澳门归还中国一事上,就处理得十分理智与得体。

在此背景下,古特雷斯作为下一届联合国秘书长,与前几任亚非拉国家秘书长相比,西方意识形态更为浓厚毋庸置疑,但在全球事务以及东西阵营、南北各方关系协调缓和方面,应该算是一个不可多得的明智人选。

中东篇

黎以战争新闻启示录
（2006年8月8日）

引　言

"一片死海，一堵哭墙，难道这块土地和在这里生生息息的民族，天生注定就要永远与阴森冷酷的死神相伴？就要永远与悲天悯人的哭泣相随？"

"我们随身携带着最为轻便简陋的电视器材，脑里装满了最为复杂纷乱的战争谜团，心中承载着最为沉甸厚重的历史命题，走进了硝烟弥漫、炮火连天的黎以边境战场……"

黎以冲突爆发之后，我奉香港总部紧急指令前往巴黎，又自巴黎飞往以色列。这也是我进入凤凰卫视三年多以来第四次踏上"炽热如火"的中东大地。

记得第一次是在伊拉克战争期间，我作为凤凰卫视五组前线记者之一，进入土耳其、约旦和以色列做外围周边战况报道，头一次感受到了以阿之间的那种充满猜疑敌视的复杂历史和民族情结；第二次是在巴勒斯坦拉姆安拉现场直播阿拉法特葬礼仪式，巴勒斯坦民众那种绝望激愤的强烈情绪深深震撼了我；第三次是在耶路撒冷采访报道沙龙病危，以色列人处变不惊、冷静坚毅的民族性格再次感染了我。这一次黎以冲突再起，我又来到了这块战火连绵、硝烟四起的土地上，看到的仍然是血与火，仍然是仇与泪！

在长达3 400年的历史长河中，中东一直是战火连绵、悲剧不断的一片焦土。

由于意识形态影响和当时的政治外交需要,20 世纪的中国人只知道苦难深重的阿拉伯和巴勒斯坦饱受战争摧残,却不清楚以色列和犹太人的种种悲惨命运。阿拉伯世界和巴勒斯坦民众惨痛的历史经历确实值得人们同情和声援,但同时我们也应该正视和关注以色列及犹太民族的悲惨命运。其实,在中东这块土地上,所谓的侵略与被侵略,占领与被占领,正义与非正义,都是一些模糊不清、含混不明、角度不同、立场不一的各自划分表述和人为定性概念。

追溯一下这片土地的历史长河,回望一眼这些民族的时空流转,只能得到这样一个不争的事实,那就是:这片土地是巴勒斯坦与以色列两个国家同属的祖国和故乡,耶路撒冷是伊斯兰与犹太两大民族和宗教共有的首都和圣城。

其实几千年前,巴勒斯坦人和以色列人可以说是同祖同宗,同为亚伯拉汗的后人。巴勒斯坦原先并不属于阿拉伯世界,只是到了公元 7 世纪,才在阿拉伯帝国的入侵和占领之下,成为伊斯兰的一个分支。而以色列人的远祖则是古代闪族的支脉——希伯来人,他们自公元前 13 世纪建国起曾世世代代生存在那里,只是到了公元前 1 世纪,入侵的罗马帝国先后三次针对犹太人展开大镇压、大清洗和大驱逐行动,上百万犹太人惨遭屠杀,侥幸生存者则被迫离家出逃,流散到西欧各地。13 世纪至 15 世纪,犹太人再遭基督教世界西欧国家的排挤迫害,又被迫流亡到东欧和美洲各国。1881 年俄罗斯沙皇遇刺,俄罗斯境内的犹太人遭到无端迫害,被杀者高达百万。而二战期间,希特勒纳粹政府在欧洲大陆屠杀五百多万犹太人的历史悲剧,更是让人记忆犹新。

苦难深重的巴勒斯坦人毕竟还能够在祖先的土地上艰难求生,或者在周边国家苟且偷生,而历经浩劫的以色列人则只有流离失所、远走他乡。这两个民族有同样的痛苦命运,却有不同的悲惨生存状态。

其实,历史对于犹太民族坎坷多难的悲惨命运早就留下了伏笔和预兆。据《圣经》记载,三千五百年前曾经率领希伯来犹太人逃脱古埃及奴役和压迫的先知摩西,在《出埃及记》里就曾预言警告说:"主耶稣定会把你们遣送到异国他乡,你们将被万国异族民众甩来抛去,颠沛流离,性命难保,昼夜恐惧,永世不得安宁,永无落脚安身之地。"随后,犹太民族的历史就如同摩西预言的电影翻版逼真上演。然而以色列人也没有忘记《圣经》中的另一段暗示:"主耶稣撇不下你们,不灭绝你们,最终还必会怜惜善待你们,把你们从天涯海角召唤回列祖列宗的故土上,重建国家,繁衍后代。你们是迷途的羔羊,同时也是上帝的选民。"远在异国他乡的犹太人都把这段圣言视为魂归故里、再建家业、重整山河的唯一精神寄托和期望,"犹太复国主义"的梦想,也就凭着这几句箴言,世世代代、生生不息地延续了下去,最终美梦成真,复国成功。1947年联合国决议,在巴勒斯坦占据的土地上,辟出一万四千九百平方公里的区域,建立以色列国——流离全球各地的犹太人从此才从世界各地名正言顺地重返故土,落叶归根。

不想,这一决议招致阿拉伯国家群情激愤,之后几乎每隔十年,以阿之间就必会爆发一场地区性大战,阿联(现在的埃及)、叙利亚、约旦、黎巴嫩等周边国家在整个阿拉伯世界及以苏联为首的社会主义阵营国家的大力支持下,对新生的以色列国围剿扼杀;而以色列面对阿拉伯国家的群起围攻,也抓住每次中东战争的机会,扩充狭小领土,加大安全区域。1948年第一次中东战争之后,以色列的领土从一万四千平方公里扩大到二万一千平方公里;1967年第二次中东战争期间,以军在6天时间内势如破竹,先后占领了阿联的西奈半岛加沙地带、叙利亚戈兰高地、约旦河西岸及耶路撒冷圣城,总实际控制面积急升到八万五千平方公里,可谓越打越大、越战越强。第四次中东战争之后,阿拉伯国家没敢再碰以色列,而埃及、约旦、黎巴嫩及巴勒斯坦等国家还争先恐后地与以色列缔结各类停火与和平协议。

然而,平静并没有维系很长时间,和平也没有持续很久,中东又一次次地陷入战火之中。以色列的单边撤出巴被占领土行动屡屡受挫,拒不承认以色列国体的巴勒斯坦哈马斯激进组织上台掌权,黎巴嫩真主党武装南北呼应,两线夹击,制造出追杀绑架以军士兵的事端。而伊朗新总统上台伊始也隔岸发话,威胁要将以色列从地图上抹去……最终,巴以、黎以大规模的军事冲突相继爆发,中东地区又上演出一幕幕硝烟弥漫、哀鸿遍野、生灵涂炭的血腥悲剧。

一边是苦大仇深、倔强彪悍的伊斯兰斗士,一边是久经磨难、刚毅不屈的犹太族强人;一块交错重叠的多民族故土祖地,一座诸雄相争的圣城首都,这就是血与火的不解谜团持续了三千多年的深层原因,这也正是两种文明、两种宗教、两种文化、两个民族之间冤冤相报、永无宁日、乱象纷杂的症结所在。任何内部的调解通融,任何外来的人为压力,在中东的这些历史谜团和现实乱象面前,都显得那么束手无策、软弱无力,都显得那么无可奈何、不知所措。

以色列人一直把耶路撒冷称为"永恒的和不可分割的首都",因为那座古城在历史上曾是希伯来王国和犹太王国的古都,也是以色列大卫王朝的发迹之地以及被摧毁踏平的犹太教神殿的建造之处。而巴勒斯坦人也把耶路撒冷这座伊斯兰圣城理所当然地视为昔日和未来的国都。20世纪40年代末以色列建国初期,耶路撒冷仍受巴勒斯坦人和阿拉伯人控制,特拉维夫就成为"临时首都",各国大使馆也都建在特拉维夫。第一次中东战争时,以色列军队的首个目标就是夺回耶路撒冷西区和老城,直至完全军管控制整座圣城,随后正式宣布永恒首都耶路撒冷回到以色列国和犹太民族的怀抱。以色列的国家机构,从总统府、总理府到政府许多部门,都纷纷迁往耶路撒冷。然而由于耶路撒冷城中以色列人与巴勒斯坦人混居,治安状况极差,暴力流血冲突不断,巴以双方又同时声称耶路撒冷是各自国家的首都,到现在也没有一个定论,出于安全及外交两方面的考量,绝大多数外国驻以大使馆至今还按兵不动地留守特拉维夫。

巴勒斯坦和以色列所属的这块小小的土地,也因此开创了人类历史上的几个"唯一":世界上唯一的两个国家各自宣称同一座城市为自己的首都的情况;联合国有史以来唯一一次在一个国家的领土上强行划出一块地盘重建另一个国家;以色列是唯一的外国大使馆不设在首都的国家;巴勒斯坦有着唯一的有领土但无法建国,有边界但无法阻挡敌军自由进出,有主权但无法掌握自身命运的"怪异国体"。所有这些围绕着巴以两国的奇特表象,其实都有复杂的内涵,都折射出巴以两国,犹太民族与阿拉伯民族,犹太教与伊斯兰教之间难解难分的历史情结和错综复杂的民族基因。

古往今来,世界上无论哪个国家、哪个民族,都忌讳回避那些不吉利、带凶兆的名称与字眼,唯独中东是个例外。以色列和约旦之间最为著名的地标性景点称为"死海",耶路撒冷老城内举世闻名的古迹名叫"哭墙":一片死海,一堵哭墙,难道这块土地和在这里生生息息的民族天生注定就要永远与阴森冷酷的死神相伴? 就要永远与悲天悯人的哭泣相随?这究竟是历史的偶然,还是地缘的巧合?究竟是上苍的旨意,还是人间的宿命?

就这样,我们随身携带着最为轻便简陋的电视器材,脑中装满了最为复杂纷乱的战争谜团,心里承载着最为沉甸厚重的历史命题,走进了硝烟弥漫、炮火连天的黎以边境战场……

"立即出发前往以色列"

2006年7月14日,法国总统希拉克在国庆节例行的电视专访节目中,就黎以冲突表示说:"对于这场大规模的军事冲突,黎巴嫩真主党和以色列双方都负有不可推卸的责任。是黎巴嫩真主党首先挑起了事端,而以色列军方也有些反应过度。我甚至怀疑,在真主党的背后,是否有其他国家介入和参与。法国的立场仍然是真主党应该尽快释放被扣的以军士兵,而以色列方面也应该立即停止对黎巴嫩境内的轰炸行动。"

当日,巴黎。刚刚发完法国国庆阅兵式和希拉克总统国庆讲话两条新闻片,我的手机突然响了起来,耳边传来香港总部资讯台副总编兼采编总监吕宁思的声音:

"黎以边境打得正热,你和林平立即出发,到以色列接替英国记者站的同事。"

宁思一向就是这种风格,下发指示时总是快言快语、简明扼要,而且是每每有大事发生时才会亲自打电话来,只言片语部署完毕,从不啰唆。可他的一句话足以让下面的记者们夜以继日地忙上十天半个月——从研定路线到预订旅馆机票,从整理行装到准备器材,从联系采访到报道内容,几个小时之内就得全靠自己一一搞定,而宁思那边剩下的事儿就是紧盯电视屏幕,看记者怎么应对,如何出活儿。任务下达之后,记者或者"云里雾中摸爬滚打",或者"海阔天空任你飞翔"。表面上像是撒出去的山鹰、放出去的猎狗,上级不闻不问,实际上背后有许多只眼睛紧紧盯着你的一言一行、一举一动,总之就是给你提供一个舞台,让你尽情表演,具体工作方面全凭你自己的本事。任务完成得不好,也没有什么"批评与自我批评",自己闭门反省吧,自认没本事,只好淡出到舞台边缘,如果还有信心,就硬着头皮再上;而活儿干得漂亮,甚至出彩了,就免不了上上下下"表扬与自我表扬"一番,搞得你好了还想更好,棒的还要更棒。这也许就是凤凰的风格特色吧。在凤凰当差谋事,有闯劲、有能力就任你发挥发力,没有"两把刀"的,即便进了凤凰的门,也是干着急、活受罪。至于宁思的工作方式,我们大家都评价为"无为而治",这既是宁思对凤凰的信心,也是他对记者的信任。

在巴黎十三区简陋又闷热的法国记者站里,林平正在忙着准备和调试外出携带的设备器材,我也盯着电脑屏幕急着查询和订购机票和旅馆。就像每次接到香港总部的外出指令一样,我和站长兼摄像师林平总会立即各自闷头准备自己的那一摊工作。其实,我们每次出差的全部家当就是一台索尼150摄像机,一部用于剪片、发片的苹果笔记本电脑,正是因为设备简单,就更不允许出一点故障和差错,不然异国他乡孤立无援,有画面却拍不到,有采访却传不了,那才叫干着急呢!为了以防万一,我把家用的掌中摄像机悄悄地放在了背包里,最后在以色列还真的用上了——连续十几天在中东烈日下遭受高温暴晒,我们那台刚买了不到一年的索尼150摄像机竟然被晒得短路瘫痪了。在特拉维夫国际机场抢拍的中国善后协调小组和李玲玲抵达的画面,就是林平用我的那台备用家庭摄像机完成的。我还记得当时两米多高的林平两只蒲扇大的手掌捏着迷你型家用掌中摄像机,真是委屈他了,但也因此留下了一组极为珍贵的独家镜头。

巴黎位于欧洲大陆的中央位置,我们的行程近可覆盖欧盟各国,远可辐射中东北非,我和林平又都有法国护照,绝大多数国家不需要办签证,所以总是风风火火,三天两头飞来飞去,知道的人能明白我们工作多、任务重,不知道的人还以为我们在法国待不住,患上了旅行外出癖。为了给台里节省成本,我和林平外出时只租一间双人房,反正干活时两人要在一起,干完活常常已是凌晨,倒头就睡着了,哪管得上对方鼾声大作。我夜间还常有电话连线,只好躲到卫生间或走廊里。林平一整天又是摄像,又是开车,又是做片、传片,实在是辛苦。我们俩整天"离家出走",终日"形影不离",还都又高又大,直让朋友、同事们戳着后脊梁说从我们俩的模样中看到了"断背山"的影子。我那位温柔又贤惠的妻子,有时实在憋不住,也会甩出这么一句让人哭笑不得的话来:"没完没了啦,你干脆娶了凤凰算了。"

我终于从网上订下了瑞士航空公司的巴黎—特拉维夫往返机票,虽然要在苏黎世中转,时间上多出一个多小时,但机票便宜五成多,还可以避免以色列航空公司异常严格的安全检查;瑞航等其他航空公司只需提前一个多小时到机场,而以航却明确规定要提前三个小时,算起来,中转航班反而比以航直飞要省时间、少麻烦,我们前几次为图省事坐以航,真是吃了不少苦头。

以色列的班机也许是除了美国之外最不安全、最易受恐怖袭击的(在英国今年8月初破获炸机未遂案之后,英国飞机也应该列入最危险航班名单之中)。2003年,"基地"组织就曾向一架刚刚起飞的以色列航空公司班机发射过两枚地对空导弹,不知什么原因"脱靶"了,但也着实让以国上下"出了一身冷汗"。据说后来以航班机成为全球首批安装了导弹监测电子装置的客机。可我当时就心想:哄谁呢?就算监测到了,又管什么用?稍有点常识的人都明白,民用客机起降时低空飞行距离超过十公里,就是发现了导弹飞来,又笨又大的客机如何闪避摆脱呢?后来又听说美国总统专机"空军一号"不仅安装了导弹监测装置,还配备了干扰导弹系统,甚至包括空对空小型反导导弹,这还差不多。几次欧美高峰会议期间,我在机场总是盯着美国总统的"空军一号"前后左右、上上下下地仔细打量,知道的人(如林平)明白我是出于好奇,在寻找机上的反导导弹究竟安在哪儿,不知道的人(如机旁紧盯着我的美国特工保镖)可能还以为我是恐怖组织派出来、混进记者队伍中的情报人员。

我们并不是害怕坐以航班机,只是和林平闲聊时偶尔也开个玩笑:"活儿还没练呢,就先'玩儿完',也太不值当了。咱们中国古代三国的那个诸葛老先生起码还是个'出师未捷',仗确实是打了,只是没赢。我们可别来个'出师未到位'就……"

由于时间仓促,再加上周日法国商店全关门,我们又没带以色列地图,一上飞机,我和林平就赶紧翻开椅背上的航空杂志,在航班路线地图中仔细研究着黎以边界地区的地势地形。飞机满员,乘客绝大多数都是回以色列的犹太人,也有几名在特拉维夫转机的阿拉伯人,从在巴黎机场安检到在苏黎世转机,我察觉到以色列乘客总会向机场工作员人投去一种怀疑甚至厌恶和憎恨的目光。自从"9·11"事件发生之后,我就感觉到欧美国家的人似乎都对阿拉伯人戴上了有色眼镜,包括对那些旅居在欧美各国的阿拉伯籍移民,似乎只要长着一幅阿拉伯人的面孔,就一定和恐怖主义、恐怖分子有某种"亲属血缘关系"。伦敦地铁公车爆炸案之后,这种偏见更是有增无减(后来英国机场又发生了更加耸人听闻的炸机未遂大案,阿拉伯人在英美及其他西方国家民众眼中的形象再次大打折扣)。想象一下,世界各地的阿拉伯人生活在这样一种不友好的气氛和充满歧视的环境中,怎么能够心情舒畅?2005年年底巴黎郊区爆发的阿拉伯籍青少年激烈的骚动暴乱行动,实际上就与这种大背景、大环境有着千丝万缕的联系。

飞机窄小昏暗的过道小隔间里,几名犹太乘客正在诵经祷告,他们口中念念有词,神态认真严肃,不知是在为这趟旅途祈求平安,还是为他们的国家民族祈求护佑。我自己一直有这么一个感受:但凡一种宗教的祈祷方式中的特殊动作太激烈,就总会给外人一种神秘沉重的压抑感,让人感到这些虔诚教徒信众们心灵深处的紧张和躁动。犹太教是这样,伊斯兰教也是这样;反观中国的佛教,是那样的宁静平和;而天主教、基督教则显得迷幻又超脱。

身上盖着小毛毯,我半睡半醒地斜躺在窄小的航空椅上,但脑子却一直在不停地转动。航空小姐几次笑眯眯地端茶送水,询问要不要进餐,看到我不是摇头摆手,就是闭目不理,还以为我晕机或哪儿不舒服。我有时挺喜欢自己在飞机上的这种昏昏欲睡的状态和感觉,身体肌肉在休息放松,脑神经却异常活跃兴奋,时不时地会冒出一些清晰的思维,闪过几个难得的灵感……我也在机舱的昏暗中想象着香港总部那边,台长们一定会像每临大事那样,两眼紧盯着世界地图上那块"起火"的地域,如果有一个沙盘,他们一定会像军队作战部里那样操盘推演;钟台、嘉耀他们现在也一定是大会加小会,加紧部署实施;立宏、宁思两位总编肯定也是忙上忙下:记者到位没有?片子发到了吗?每次出差,虽然我和林平是单独作战,但总会感到后方香港总部那上百双眼睛"殷切期盼"的目光,总会意识到成百万上千万华人观众期待的心情——这可能就是我们工作的原动力,以及偶尔或经常冒出的勇气,或外人常说的傻气的源泉吧。

自苏黎世转机起飞三个多小时后抵近以色列的海岸线时,我似乎感觉到飞机在地中海塞浦路斯上空兜了一个大圈,才飞向以色列境内,可能是以军封锁了塞浦路斯与黎巴嫩之间的领海、领空的缘故吧。飞抵特拉维夫上空时,我从舷窗望下去,看到了蔚蓝色的地中海,又看到了似乎熟悉却很陌生的灰蒙蒙的城市。一切都没有变化,一切平静如常。然而我们和飞机上所有的乘客一样心里清楚:就在距这座城市北部一百多公里的黎以边境山区,正在上演着一场全球瞩目的硝烟弥漫的大战……

特拉维夫机场大厅里,还是那一字排开的检查关卡人员,还是那些与性别和年龄都不相符的女海关警察冷漠又警觉的面孔。"来这里干什么?""来采访黎以战事。""你们都持法国护照,是法国哪家电视台的记者?""不是不是,是香港凤凰卫视的。'功夫大王'成龙的那个香港,'神奇大鸟'的那个凤凰。"别看这么两句简短的问答,里面还真有些学问,我们早就藏有腹稿、预先准备了。

法国是西方国家中唯一偏向阿拉伯世界和巴勒斯坦的国家,总扮演着美国和以色列中东战略上的"麻烦制造者"的角色,所以以色列人对法国非常反感。在特拉维夫市中心,我们就曾亲眼看到高挂在大楼上的一副法文大标语:"希拉克是垃圾。"我和林平都持有法国护照,在许多国家都能享受落地签证的便利,外出工作十分方便。香港总部也是瞧准了我们的这个"便利身份",再加上巴黎地处欧洲中心位置,所以常常派我俩出差。欧洲各国自不用说,中东、北非也是"家常便饭"。台内一些领导和同事也曾在漫谈闲聊时赏过我俩"凤凰空中飞人""凤凰101空降兵"之类的"美称"。但拿着法国护照过以色列海关,虽然也享有落地签证优待,可也有不少麻烦。过关时如果工作人员知道你是法国来的记者,轻则嘲讽你几句:"先生这趟是不是又要到拉姆安拉或者加沙巴人控制区转一遭呀?"噎得你说不出话来;重则把你的法国护照来来回回地翻上好几遍,又是看显微,又是照防伪,比查阿拉伯人还严,然后再把你的行李翻个底儿朝天,这个不能带,那个有问题,待你终于过了关,折腾得你一身大汗、满脸怒气不说,行李还肯定会有所"减重"——"这东西我们要扣下检查,出关时再领吧。"如果你说是中国的记者,由于几乎同样的理由,也会受到大同小异的对待。

多去几次以色列,包括我们在内的各国记者都知道以色列海关检查人员的这种心态,也都会自我防范一般地留一手。比如负责中东事务的记者,除了以色列,肯定还会跑周边的一些阿拉伯国家,有些国家还是以色列不共戴天的"天敌",比如伊朗、叙利亚。如果你的护照上有这些国家的签证,那过以色列海关时麻烦就大了,不用上个把小时应对检查人员的"刨根问底查三代",就甭想出了这关。我和林平都参加过"雷诺凤凰丝绸之路"行动,不仅有伊朗、土耳其等阿拉伯国家的签证,就连中亚的哈萨克斯坦、乌兹别克斯坦、土库曼斯坦、吉尔吉斯斯坦、塔吉克斯坦的过境签证也都一应俱全,如果让以色列海关看到了,不把我俩"拘留审问"24—48小时才怪。好在西方国家有这么一条规定:如有特殊工作需要,出具所在单位证明信,可予办理第二本护照。当然这条规定的主要目的是让你不耽误公事,手拿两本护照可以同时办理多国签证,但我们认识的许多西方国家记者都钻了这个空子,手持两本护照对付以色列海关,我和林平当然也不例外。

但如果说只有以色列是这样"神经过敏",那就太冤枉它了。殊不知像伊朗、叙利亚这些伊斯兰国家,更是"变本加厉",如果看到你护照上有以色列签证,甚至会拒绝你入境。而以色列官方对此也是心知肚明,还专门立下一个不成文的优惠规定:凡是持有具备以色列落地签证权的西方国家护照者,如果你事先申明不愿在护照上戳盖以色列签证,可以给你办一张另纸签证。我和林平三年以来几进几出以色列,到现在护照上也没留下以色列国的一丝痕迹。不得不承认,以色列在这点上还算是考虑周全、相对文明的。我要是不说这些,谁能想象得出以色列和阿拉伯国家之间,仗可能还没打响,就早在各自的边境口岸海关检查站,围绕着护照和签证剑拔弩张地"交上了火"。

以军前线自行火炮团

——凤凰卫视《卫星连线》严明:"几天以来,以色列北部包括海法在内的几座边境城市受到黎巴嫩真主党火箭弹轰炸袭击的程度和(所造成的)损失有所下降和减弱,我想这应该出于两个原因,一是黎以冲突爆发之后,以军陆海空全方位的昼夜持续狂轰滥炸,确实对真主党武装力量的有生力量造成重创,以军方估计持续一周多的精确制导轰炸,已经使真主党的战斗力减少了五成至六成,如果以军再有一两个星期的时间,真主党武装力量会基本被摧毁;第二就是以军地面部队已经连续两天进入黎巴嫩南部地区,清除真主党火箭发射场和军事基地,大批武装直升机也参加了锁定与摧毁车载移动火箭发射装置的任务,如此一来,真主党的火箭发射点就被迫撤后和远离边境,损失了一段有效射程,这相对减轻了以色列北部各城市再遭轰炸的压力,原先的密集轰炸变成了现在的零打碎敲。当然,也不能排除日后真主党重聚力量,调整策略,再向以色列境内展开较大规模轰炸的可能性。而如果以军地面部队留守黎巴嫩南部,并继续向北推进,真主党轰炸以方城市的能力与效果必然会继续削弱,直至完全丧失,但这需要一段相当长的时间。"

一进入黎以边境线上的以军装甲步兵旅自行火炮团,只见十几门155毫米到175毫米的自行榴弹炮,间隔30—50公尺(为了应对敌方火力集中打击,以及避免发生事故殃及它炮的安全距离),或一字排开,或品形布阵,正在你一发、我一炮地向两三公里外的真主党据点基地进行压制性炮击。以军新闻官跑过来问我们需不需要用棉花团堵住耳朵,我们连忙摆摆手。我因为要在炮兵阵地做连线、做串场,不可能塞住耳朵,而林平拍摄时也需用耳机监听。况且好不容易进入炮兵阵地,我们俩也想不但亲眼而且亲耳、亲身感受一下战地的气氛。但毕竟距离过近,一炮响

严明在以色列部队装甲车辆前报道

起,地面随之一动,四周尘土扬起,一两公里近的山峦又折射回一种空旷震荡的强烈回音,我们还是感觉到了"震耳欲聋""山摇地动"的滋味和含义。

最近几年中国也有人把这种安装在履带装甲车上的大炮叫作"自走炮",但我个人总觉得原先的名字"自行火炮"更专业也更上口一些。后文中我们还要提到的"装甲运兵车"这个老名称,显然就比不上新名字"步兵装甲战车"。因为现今的运兵车装甲厚重,火力强大,不仅能运输兵员,还可以冲锋陷阵,直接投入战斗,实际上起到了装甲运兵车和轻型坦克车的双重作用,称作"步兵装甲战车"更为贴切。而全球闻名的以军"梅卡瓦"主战坦克车,由于首次把发动机设计为前置,扩大了后部的空间与容积,不仅能多带车载炮弹,还能在四名固定成员外,加载六名士兵,成为轻型装甲战车与重型主战坦克合为一体的典型的也是唯一的战车种类。

就像伊拉克战争中的美军炮兵部队一样,这次我们在以军阵地上也没有看到过一门传统的卡车牵引式火炮。看来机动性好、自我保护能力强的履带装甲自行火炮,在西方和以色列的实战部队中几乎完全取代了传统意义上的牵引式火炮,更何况在他们的部队架构中,炮兵早已不是独成一体的兵种,而是与最前沿部队同出入、共进退,"相依为命"的有机联合体的重要组成部分。而以军自行火炮的外形也越来越像重型主战坦克,装甲越来越厚实,外观的流线感也越来越强,完全不是原先人们概念中的履带上扣一个方炮台的模样。如果没有看到粗长的炮膛和摆放在炮后的一排排炮弹,稍远一点还真容易把自行火炮看成重型主战坦克。区分坦克车与自行火炮最简单的方法就是:坦克是炮弹内装,而自行火炮则是炮弹外填;

稍细的坦克炮一般是压低平射,而又粗又长的自行火炮则往往是仰角远射。我们也见过山脚下以军的几门自行火炮像高射炮一样几乎垂直炮击,一问才知道是因为真主党目标就在山峦另一边仅 1.5 公里处山脚下,距离过近,又有山岭遮挡,只好竖起自行火炮炮膛,当成超重型迫击炮用了。

我们身前背后的以军自行火炮还在不紧不慢地炮击,一脸脏汗的填弹手在中东炙热的烈日下来回奔跑,按部就班地拧上引信,又紧张有序地推弹上膛。一辆敞篷吉普也在各个炮位之间往返穿梭,给炮手递上一张印有炮弹落点一串串数据链的白纸,炮膛随后按照输入的数据,上下左右移动着寻找新的炮击方位和角度。每门自行火炮的后面都摆放着上百颗口径相同,但长短不一、颜色不同的炮弹,有专轰掩体山洞的钻地弹和穿甲弹,也有专炸敌方人员的集束弹和燃烧弹。以前我也靠近过大炮,但从来没有亲手摸过炮弹。当我用手摸着这一颗颗即将上膛发射、闪着钢色金属寒光的炮弹,心里想着:这一炮打过去,击中的可能是以军设想的敌人,但也很有可能是边境那边的无辜平民百姓。我时常在心里告诫自己:当你亲眼看到这些尖端的武器,亲手触摸到这些先进的装备时,总不免会被感染和震撼;但此时此刻一定要记住,你并不是一位单纯的军事爱好者和好奇的武器发烧友,而是一名身临战场、紧贴部队,有判断能力、有思想理念的随军记者,你面前的只是一堆冷血又残忍、无情又无义的战争机器——它们越是先进,就越是对人性的亵渎;越是新奇,就越是人世间的悲剧。

炮击空闲期间,阵地上的以军炮兵们赶紧摘下头上带耳套的坦克装甲头盔,汗水顺着头发流淌在早已晒得红里透黑的脸上、脖子上,在阳光的反射下滴滴可数、闪闪发光。中东地区虽然海岸线较长,但炽热干燥的夏旱季节极少降雨,几乎没有什么湿度可言,炙热的阳光又经常毫不留情地从无云的天空直射下来,只要你在阳光下待上一段时间,保准能晒黑许多。我和林平、健明在以色列待了不到一周就全都被晒黑了,到最后,黑得连自己都认不出自己了,我的小女儿从巴黎打电话来直说:"爸爸,你都成非洲人了。"每次卫星直播连线之前与香港总部主播台试音对话时,耳机里总会传来那些活泼又可爱的女主播们动听的细气慢声:"严大哥,你可又晒黑了,一定注意身体呦。"唯有女主播中的"大姐大"小莉总是严肃认真地用下命令似的口气"指示"道:"严明,保重身体,注意安全。"

我真的非常喜欢后方女主播们那种亲切体贴的问候,也对小莉那种关怀与爱护十分感动和珍惜。像我和林平这样的"男子汉大丈夫",只身在外、孤军奋战,什么样的艰苦都不在话下,什么样的困难都无所畏惧,唯有在听到女主播们轻声细语的问候,以及电话中传来家中孩子天真稚嫩的童声时,心会顿时软下来,一股无名无状又百感交集的滋味立刻涌上心头,刚感觉到眼睛有点湿润、心有些酸,马上心里就会骂上一句自己真没出息,赶忙"关上闸门",立马又变回众人眼中的那名不苟私情、铁石心肠的战地记者。

严明在以色列坦克前报道

香港总部的各层领导和各部门同事总是以带有他们各自特点的方式,给前方的记者同事们送来一股股温暖、一波波鼓励,没有强制和压力,没有不满和埋怨。但正因如此,你反而会更加深切地感受到身上的那种无形的责任心和沉重的使命感。人往往就是这样,当一个人完全信任、毫无顾忌地把一件事情全盘托付给你时,你会自觉或不自觉地将这种信任与重托转换成一种巨大的原动力,想方设法给自己施压加力,千方百计做到尽善尽美。"我只要认准他的能力,派他去干,就完全放手、充分信任",这是领导者用人技巧的最高境界;"我一定尽心尽力,不辱使命,完成重任",这是下属制胜的最佳心态。这种上下层之间的默契与协调,说起来容易,做起来可绝不是那么简单,这既需要决策领导超脱又洒脱的境界与慧眼识金的智慧,又需要受令人自强又自信的心态与实干加巧干的能力。

在炮兵阵地待了几天之后,我们又憋不住了:整天看着他们闷头打炮,却不再往只有一两公里近的边境线挪动。我们观察到每天来来往往炮兵阵地的,人都是满载炮弹的重型卡车,但总有那么几名头戴钢盔的军人,驾着敞篷吉普车风风火火地进进出出。于是,我们找了个机会和他们假装闲聊:"人家炮兵多清闲自在,炮弹一推,电钮一按,轰隆一响,完活儿了,可你们满脸尘土,东奔西窜,忙乎什么呢?""这你就不懂了,没我们,他们怎么知道炮弹打到哪里呢?"套来套去才终于弄明白,原来这是几名专门负责就近观测炮弹落点的前线侦察兵;再抬头一望,那不远处分割黎以的山顶边界线,不正是他们观测炮弹落点的最佳位置吗? 当然,以军观测炮击落点,也并不是那么传统落后,我们亲眼看见边境线山岭上空总是悬停着一两架武装直升飞机,除了监测、追踪目标后用机挂火箭和导弹直接攻击外,也同时担负着为炮兵锁定地面目标,随时输送目标方位数据链,以及观测校正炮击落点的任务。但确定炮弹落点还是离不开能直接观测的炮兵部队前线侦察兵。

严明在以色列坦克前报道

　　林平开着我们那辆银白色的马自达轿车,悄悄跟着炮兵侦察兵的敞篷吉普车上了山岗。不一会儿,我们的车轮就离开了山区的简易柏油马路,车沿着以军坦克装甲车压出的土路开上了山顶。下车后,黎以边界线就在我们眼前,两国只是被一堵长长的、又高又厚的水泥预制板墙隔开,就像我们在以色列、巴勒斯坦分界线上所看到的那种水泥隔离墙一模一样。正在发愁怎么过墙越境,我们突然发现不远处有一段水泥墙被真主党的火箭弹炸开了,正好为我们打开了一个越过边境的缺口。

我和林平一边气喘吁吁地向北方跑去，一边心里还想着：难道就这么容易地进入了黎巴嫩南部地区？我们跑过这么多的国家，没用签证、没过海关，这可还是头一遭。还没待多想，我和林平同时停住脚步、愣在原地：我们眼前不到一千米的山谷里，一座黎巴嫩南部的村庄清晰可见，矮小的石砌房屋几间几间地聚在一起，村旁还有一座白色的楼房，看上去既像医院，又像学校（早就听说真主党在黎南地区把慈善和福利事业办得红红火火，民心所向，基础雄厚；停战后又听说真主党发给黎南每户受炸人家相当于一万多美元的救济补贴金，出手真是慷慨又大方）。村庄里异常平静，既没有农村里惯闻常见的家禽家畜，更没有一丝人踪人迹。

正当我们犹豫是否进村时，突然连续几发以军的炮弹从南边打过来，几乎蹭着我们的头顶飞过，然后就落在我们眼前村庄的一座房屋屋顶上，顿时火光一闪，浓烟升起。直到现在我还清楚地记得，当炮弹掠过我们头顶时，那种伴随而来的呼啸尖响，在空旷的土地上回荡，就如同一种从未听到过的自然之声，充满了神秘感，让人久久难忘；而落在距我们五六百米远的炮弹爆炸声，比起我们在炮兵阵地听到的发炮声也响不到哪儿去，很沉闷，更瘆人。当时我本能地一下子弯腰，单腿跪地，但眼睛还是观察着炮弹的落点。用余光向旁边一扫，却吓了一跳——只见林平近两米高的巨大身躯仍然直立在那里，他两手端着摄像机，先抓拍我下跪避弹的"窘迫"姿态，然后再以"大无畏的职业精神"，不紧不慢地把镜头横移向爆炸地点，还按部就班地又是拉远、又是推近，远、中、近景致一个不落，就像他平日在巴黎街头拍摄外景时一样从容不迫。也许是看到林平过分暴露于危险之中，也许是我们距炮弹的爆炸点过近，我当时急得大喊了一声"撤"，就和林平前后相距三十公尺、一路小跑地紧急后撤（这节骨眼儿上，我还没有忘了步兵在野外空旷地带推进或后撤时，应保持一段距离以防同时遭到意外的规矩，还算得上冷静）。

当我们找到停放在山坡上的汽车时，早已有两辆以军的边境巡逻吉普车在那里等着，近十名全副武装的以军军人冲着我们挥舞手臂、大声呼喊，全是听不懂的希伯来语，不知是因为我们不顾人身安全地闯入炮区而着急，还是因为我们未经许可私自越境而愤怒。我和林平也不管那么多了，一边连声说着"Sorry, sorry"，一边一头钻进车里，开车就跑，等他们反应过来时，我们的车子已经窜出去了好几百公尺。接下来就是观众们在美国大片中经常看到的警匪追车的惊险情景：我们的法国记者站站长兼第一摄像师兼第一制片人兼第一驾车手林平，凭借着他在"巴黎—达喀尔"汽车越野大赛和"丝绸之路"穿越沙漠行动中练就出的高超驾技，在黎以边境蜿蜒曲折的山区小路上，驾着车身贴有"TV"字样的银白色马自达小轿车，时而左转右拐，时而急速奔驰；两辆草绿色轻巧灵便的以军巡逻吉普车紧随其后、全速追赶,最终渐渐地在我们汽车的后视镜中缩小、消失。如果当时有一架直升机追踪航拍,画面一定十分惊险又精彩。我们飞车甩掉以军军车的动机既简单又明确:一旦被他们扣下盘查,轻则要耽误好几个小时解释澄清,重则摄像机、录像带统统没收,前功尽弃。在这种时刻,只要有机会、有可能,就最好不要落入以军的"魔掌"之中。

上文提到的那位以军北方战区新闻官奥利维耶上校,在得知我们私自越境后,并没有像我们预想的那样大发雷霆,只是尽量控制着情绪、压低声音说:"你们真的是不想活了,我管的上百口各国记者,没几个像你们这么玩命的。再走过去几步远,不是被没长眼的炮弹炸着,就是被真主党当活靶子枪击或扣作人质。你们别不当回事,我实话告诉你们,那个区域你们脚下可埋的全是地雷,有真主党埋的,也有我们以军埋的,也许你们当时早就踏上地雷还不知道呢!好在可能是反坦克型的,踩上去压力不够,没炸……"

回到旅馆后,前台递给我一张传真,是我们凤凰卫视老板刘长乐从香港总部发来的表扬信传真,老板说我们在黎以前线的表现不逊于西方媒体的资深战地记者,这可是对我们最高的褒奖和最大的鼓励呀!我们的刘老板曾经参过军,当过央级视听媒体记者,不仅曾经冲在抗震救灾第一线,还曾前往中越边境战争的最前沿采访报道,并且在当时创出了边议边述的被称之为"刘式风格"的现场口播报道模式,还因此获得了不少新闻大奖。正因为刘老板拥有这么一段从军的生涯和战地报道的经历,所以才能深刻领会细致了解战争的性质内涵,才能切身体会真实感受到战地记者的现场表现。

火箭弹钢珠 PK 精确制导炸弹

——凤凰卫视《卫星连线报道》严明:"除了海法市再度遭到火箭弹轰炸之外,以色列所发生的另一件大事,就是以军小股部队首次进入黎巴嫩南部地区追杀围剿真主党武装力量。外界普遍认为,这是以色列军事报复行动再次升级的最新举动,但我倒觉得这可能是以军迫不得已的一次行动。我们都知道黎巴嫩真主党射程最短的喀秋莎式火箭炮最远射程为二十五公里到三十五公里,而海法市距黎以边境三十公里,也就是说,真主党的火箭发射场在非常接近黎以边境线的地带,再加上有些发射装置是车载移动式,以军战机持续几天的空中打击,也没有全部摧毁真主党的发射装置。海法这座北部大城连遭密集轰炸,不仅震动了以色列全国上下,也让以军丢尽脸面,以至于最终动用陆军进入黎巴嫩南部地区,实地清除火箭发射场,或将真主党发射点逼远、逼后。结果证实,此招确实奏效,周一仅有寥寥数枚火箭落在海法,真主党打击力度明显减弱。即便如此,也不能断言真主党日后攻击力会减弱,他们拥有八千至一万两千枚火箭弹,还有数目不详的中短程导弹,绝不会就此罢手。黎以冲突是短期内停火,还是拖延下去,现在都还是未知数。"

一整天,黎以边境地区双方的交火异常激烈,以军战机不断轰炸黎巴嫩一侧真主党基地与据点,真主党也不示弱,连续向以色列北边多座城市发射火箭弹,而在一次短兵相接中,以军至少有两名士兵丧生,多人受伤。此次交战的激烈程度也是黎以冲突爆发之后所罕见的,包括海法市在内的多座城市都受到了不同程度的火箭弹袭击轰炸。周三的战况显示出,在又一名以军士兵可能在特拉维夫遭到绑架之后,以军"拯救大兵"军事报复行动已经明显升级,而遭以军连番轰炸的真主党武装力量,尽管攻击力大为减弱,但还是拥有相当强的反攻还手的能力。国际外交方面,联合国及欧盟的代表在以色列继续调停斡旋,而美国方面则仍是隔岸观火、按兵不动,国务卿赖斯的访问也一推再推;英国首相则继续按照美国的口径,对以色列大规模的报复行动沉默不语,但指责叙利亚、伊朗是背后黑手。正是在这种背景下,以色列政府周三决定暂不理会国际社会的调停呼声,有意把彻底摧毁真主党武装的军事行动进行到底。有人说美国在黎以冲突中处境尴尬,其实据观察,这一次美国在战略构思和战术操作上都显示出进退两易、收放自如的优势地位,一方面可拖延和腾出时间让以军放手炸真主党,另一方面一旦以军攻势受挫,或者国际社会压力增大,美国又可以及时出面,强力干预,敦促停火。

警报声再次响起,我们同时听到接连几声沉闷的爆炸声,市区方向随即冒起了浓烟。我和林平立即驾着我们那辆贴着"TV"字样的马自达小轿车,奔向爆炸地点。在海法人生地不熟,虽然在目视范围内可以看见浓烟,但要准确找到爆炸的地点还不是那么容易。于是每次爆炸之后,我们就跳上汽车,紧紧跟着路上碰到的警笛急鸣、呼啸而过的消防车、救护车、警车和军车,根本就忘记了红绿灯、十字路口的概念,一路畅通无阻。这一招还真灵,十有八九可以在二三十分钟之内迅速抵达爆炸地点。只有一次"上当受骗":林平紧跟着一辆救护车不放,我在旁边却感到离浓烟越来越远,还没反应过来,救护车就一头扎进一家医院里,我们的车却被拦在了门外。我们也就只好"顺水推舟",一边自我安慰地说着:"误了爆炸现场又怎么样,不是正好可以追踪报道死伤者的情况。"一边跳下车来,直奔医院门口,林平第一时间端起了摄像机,可从救护车上被抬下来的人身上既没有血迹,也没有伤痕,一打听才知是一位心脏不适的海法老年居民……但这次还不算白跑一趟,我们从医院工作人员的口中得知,这里就是海法乃至以色列北部地区最大的医院——拉巴姆综合医院,除了火箭弹袭击爆炸中的死伤者之外,前线战场上的以军伤病员都会被用直升机运到这家医院治疗抢救。

没过几天,我又和何健明来到拉巴姆医院。医院的门口依然摆放着一大排随时准备运送病人到急救室的移动病床。医院院长比亚尔博士告诉我们,除了继续维持正常的医疗任务之外,医院当前的主要工作就是治疗抢救火箭弹袭击中受伤的居民,以及随时接纳从战场上送回来的受伤的军人。刚刚采访完院长,尖锐的防空警报声又在海法市的上空响起,院方的工作人员立即熟练地把大厅里聚集的人群引导疏散到安全地带。与此同时,一名受伤的以军士兵刚好从边境地区被运送到医院来,医院的急救室里又开始了新一轮紧张而有序的抢救工作。

又一处爆炸声响起。当我们赶到时,只见一座居民楼被炸塌了半边。以方的消防车、救护车、警车和军车陆续开来灭火救人。胖胖的、和蔼可亲的海法市市长雅哈夫以及高高的、精明强干的海法市警察局局长莫瑞阿什,几乎与我们同一时间赶到爆炸现场。几乎每一次爆炸之后,海法市市长和警察局局长都会在第一时间赶到现场,一边了解现场情况,一边安抚当地居民,同时也不忘站在爆炸后的废墟前,向现场的各国记者"控诉"真主党的"罪恶行径"。看来海法市政府的高层领导还真是责任心强又经验老到,既体贴民众又重视公关。第一次在爆炸现场见到市长,我和林平立即扑上去抓紧采访,生怕贻误时机。可后来常常碰到他,而且他每次都有问必答,我们也就习以为常,不那么着急了。这位经常出现在突发事件现场的市长面对各国媒体真是功课做到家了,也实在让人感到敬佩。他在接受采访时说过的一句话,我至今还印象深刻——"不论海法遭到多大规模的袭击轰炸,我都会坚守岗位。万一情况危急,居民全都撤走或躲藏在防空掩体里,市府大楼内一准还会留下最后一个人,那个人就是我……"

被炸住宅小区的居民们,有的在用手机打电话,向亲朋好友讲述经历和报平安,有的在向警察报告爆炸的情况,有的从爆炸现场捡起一颗颗火箭弹爆炸后四散的钢珠,向在场的记者们控诉真主党的残酷。很明显,在火箭弹里掺杂钢珠,是为了增加武器的杀伤力。我们在现场,当然理解和同情以色列居民的恐惧和愤怒心理。但我们也会联想到,在黎巴嫩,在贝鲁特,以军使用的精确制导炸弹比真主党的这些掺着钢珠的火箭弹的威力不知要大多少倍,那边的平民百姓,比起我们面前的这些以色列居民,恐惧和愤怒又不知要高出多少倍。

在另一爆炸地点,当一枚火箭弹突然自天而降时,一对以色列老夫妇正在客厅里看电视,火箭弹炸穿了他们家的两层楼板,奇怪的是,他们两人一点儿都没有伤到,只是被吓呆了。当我们现场采访他们时,老人们强忍着眼眶中的泪水对我们说:"我们本来都是和平主义者,可现在要是发给我一支枪,我会毫不犹豫地上战场

跟那些恐怖分子拼命。"以色列最大的报纸——《国土报》第二天刊出一幅黑白照片：老人坐在家中布满灰尘的钢琴前，正闭着双眼弹奏着一首只有他自己知道的曲子。看着这对死里逃生的以色列老人，我们真的从心里为他们感到庆幸，同时又不免联想到，在贝鲁特，在加沙，当一颗精确制导高爆炸弹落下来时，当一枚集束炸弹爆炸瞬间飞散出上百颗微型子母弹时，现场的黎巴嫩和巴勒斯坦平民百姓哪会有你们这样的好运气……

这次在黎以边境采访报道，每看到一个场景，总会不自觉地联想到战场的两边——两边的普通民众和两边的军人士兵。战争总是残酷无情的，但最让人感到惋惜的，是那些与战争毫无关联的平民百姓悲惨又无奈的命运。是他们的损失最重，是他们的伤亡最多，是他们的怨恨最深，是他们的愤怒最强。战争对于他们来讲，是那么无情无义，又是那么不公平。

海法市在黎以冲突爆发后变成了真主党火箭弹袭击轰炸的"重灾区"和象征性城市。这段时间，在中东地区展开外交斡旋的各国重要官员大都会到海法视察访问。在结束了对战火纷飞的贝鲁特的访问之后，法国外交部部长杜斯特·布拉齐也乘坐武装直升机来到海法，以表达法国对以北地区因遭到火箭党袭击轰炸而死伤的以色列平民的悼念和慰问。其实面对黎以这场冲突，法国的处境是非常尴尬的。由于历史的原因，法国与黎巴嫩一直保持着千丝万缕的联系，无论在黎巴嫩的经济重建中，还是在军事援助上，法国都占了大头。而法国在中东事务上一贯偏向阿拉伯国家也是众所周知的。法国的这种立场和态度自然赢得了阿拉伯世界的好感和信任。巴勒斯坦前领导人阿拉法特在病重期间决定到巴黎治疗，法国总统希拉克每年到埃及度假，都反映出了法国与阿拉伯国家之间的密切联系。但这也引起了其他西方国家，尤其是以色列方面的反感和不满。法国如果处理不好这种复杂的关系，势必会在中东事务上步履艰难，甚至遭到冷漠排斥。因此，改善与平衡同以色列的关系，对法国来讲就显得至关重要。法国外交部部长在贝鲁特之后又到海法访问，就正是向以方作出友善的姿态。

法国外交部部长在海法回答我们的提问时也顾及各方利益，表示说："我们的原则，一是尊重以色列国家安全的权利，二是保障黎巴嫩的主权领土完整。我们是黎巴嫩的朋友，也是以色列的朋友。我们看到了黎巴嫩无辜的死伤者和十几万难民逃避战火，同时也了解了以色列平民伤亡的情况。这是我们来海法的主要收获。"

正当法国外交部部长与海法市市长在市中心遭火箭弹袭击的地点视察时，防空警报又再次响了起来，两国的官员迅速被带到附近的防空地下室暂时躲避。无独有偶,当天下午,英国副外相豪威尔斯在海法市长的陪同下,在高地一座旅馆的顶层平台上俯瞰市容时,也是突然又响起了防空警报,豪威尔斯在随行人员和保安的簇拥之下,迅速撤到旅馆的一个防空隔间内,我们也正好对暂时无事可做的英国副外相进行了采访。法国和英国的外交高官就这样在同一天、同一城市,亲身体验到了海法市的紧张气氛和危险环境。

海法:一座让以色列人心痛的城市

——凤凰卫视《卫星连线报道》严明:"我们刚刚去巡视了海法市遭到火箭袭击轰炸的几个地点,尤其是来到海法火车车辆维修厂八名工人被炸死的轰炸现场时,心情非常复杂和沉重,对以色列八名工人的死亡我们深感同情和遗憾,但就在距海法三十公里的黎巴嫩境内,又有多少座城市、多少处农庄,日夜遭到以军陆海空三个方位的立体式狂轰滥炸;在距海法南部不远的加沙地区,又有多少巴勒斯坦人倒在血泊之中。我们心里都清楚,战争是残酷无情的,但更令人感到残酷的,却

严明在以色列海法直播连线

是那些与战争毫无关联、既无辜又无奈的平民百姓在炮火中生灵涂炭、家破人亡。从目前的局势来看,黎以冲突可能还将持续相当长的一段时间,对于黎巴嫩真主党密集轰炸海法这样的城市,以及发射杀伤性更强、精确度更高、射程更远的火箭导弹,以军势必会采取更大规模的报复性行动,黎以冲突的激化和升级日益明显。而面对这一严重局势,国际社会,无论是联合国、欧盟,还是八国集团高峰会议,又都显得那么束手无策。"

出了特拉维夫国际机场,我们立即联系上以色列老相识出租车司机本贾曼,然后驱车前往百公里外的耶路撒冷,到以色列外交部新闻局办理记者通行证。五十多岁的本贾曼为人老实忠厚,少言寡语,但工作起来一丝不苟,完全没有一般犹太人的那种不是傲慢就是冷漠的特点,更没有利用工作之便"宰几刀"我们这样的外国记者的私心杂念。上一次我们去巴勒斯坦控制区拉姆安拉,他的以色列车牌不方便,还有危险,但一听说我们的行程,他就马上用电话联系上他的一位巴勒斯坦出租车司机朋友。在巴以分界线检查口岸见面时,两人就像久别的好友拥抱致意。我们坐上巴勒斯坦的出租车跑出去好远,还能看见本贾曼在目送我们离去。这也是我们第一次看见以色列、巴勒斯坦普通百姓之间的那种纯朴真挚的感情流露,所以印象特别深。

位于耶路撒冷市中心的以色列外交部新闻局,由于是星期六,人并不多,但新闻局里还是留有值班人员,以便接待任何突然到访的外国记者。他们办事的效率也非常高,只要你来以色列登记过一次,无论是个人简历和照片,还是公司证明,电脑中都留有存底,只需调出再填上新的日期,几分钟之后一张新的记者通行卡就会送到你的手中。卡后还附着一张两厘米直径大小的迷你磁盘,上面外交部的电话、手机、传真、网址等各种联络方式一应俱全。以色列一直是全球新闻热点国家,一年到头都会有各国记者前来采访报道,可能是人来得多了,以色列外交部的工作效率也随之提高。

拿到记者通行证后,我们又坐上本贾曼的出租车,从耶路撒冷直奔海法市。就在我们抵达以色列的当天,海法这个以色列北部最大的城市遭到了黎巴嫩真主党火箭弹的猛烈袭击轰炸,并且有8人丧生。这也是黎以冲突爆发以来,以色列最为惨重的伤亡和损失。这时的耶路撒冷,简直就是一个平静如常的大后方,毫无新闻价值可言。我们出发之前就已拟定好我们的行动目标:全力靠拢前线,尽量贴近战场。

海法位于特拉维夫以北八十公里处,是以色列北部最大的城市,也是以色列的工业、海运重镇。同特拉维夫一样,海法也坐落在地中海岸边,依山傍海,是一处风光秀丽、景色迷人的海滨旅游胜地。但这一次,当我们的车开进海法市区时,只见道路两旁店铺紧闭,街上人迹稀少。"Il n'y a même pas un chat dans la rue(街上连只猫都没有)。"林平嘟囔了一句法国人常说的口头语。往日熙熙攘攘的繁华旅游城市,如今却一下子变成了一座空城、一座死城,让人感到好不习惯,很是奇怪。后来卫星连线时听到陈晓楠描述贝鲁特就像是一个巨大无声的电影布景道具,现在回想起来,海法其实也是同样的一种情景。

本贾曼早就帮我们打听好了海法这边的情况,直接把我们送到了外国记者集中的"全景旅馆(Panorama Hotel)"。就像伊拉克战争期间巴格达的"巴勒斯坦旅馆"一样,战时状态或突发事件时入住这类旅馆,虽然房间价位高一些,但政府各部门的新闻中心都设在里面,各国记者也云集于此,无论是掌握信息还是互通情报,不管是卫星连线还是宽频传片,这都是一个极为方便、不可多得的新闻工作据点。就连旅馆内的餐厅酒吧也都是全天营业,以方便由于时差原因而工作时段不同的各国记者。就像旅馆的名称那样,海法的"全景旅馆"位于市郊的山顶高地之上,原是为游客俯瞰市区、远眺海景而建的高级旅游宾馆,但黎以冲突爆发之后,由以色列外交部、国防部为各国记者包了下来,原因有三点:一是位置高、较安全,真主党的火箭弹很难打到;二是居高临下,便于各国记者自高处观测火箭袭击和爆炸落点,又可就近以城市作为背景卫星连线;三就是方便以色列官方统一管理成百名的各国记者。

到达"全景旅馆"时,我们看到旅馆的四周早已停满了电视转播车,旅馆大堂和餐厅里也到处是电缆电线,贴着"TV"字样的各类车辆不时进出旅馆的停车场。在旅馆大堂接待台登记入住时,不断有早就相识的法国和其他欧美国家记者向我们打招呼。还记得三年前我刚加入凤凰时,在采访报道地点,总会有外国同行走过来好奇地问我们:"你们是哪个国家电视台的?"还没等我们回答,他们就忙着乱猜:"日本的?韩国的?"听上去真有点儿伤我们的自尊心,有时我们也会半不耐烦半开玩笑地干脆反问道:"你见过这么高大的日本人、韩国人吗?"搞得那些外国记者同行眼盯着1米82的我和1米96的林平连连摇头:"没见过、没见过,可你们到底是哪个国家的呀?"到后来他们再见到我们时,语气就变了:"又是你们这两个中国高佬。"现在呢?无论在欧盟国家,还是在中东北非,每遇大事,我们和这些欧美主流媒体的记者同行十有八九会撞在一起,碰到时他们总会笑眯眯地说:"就知道你们也会来……"透过外国记者同行对我们的态度和语气的逐渐转变,我们感觉到了凤凰卫视乃至整个华文媒体影响力在不断扩大,也为我们能够亲身参与这个进程而深感欣慰。

严明在以色列海法直播连线

我们在旅馆一放下行李,就赶紧出去租车。由于黎以冲突加剧,城市遭到轰炸,海法市内已经很难找到出租车了,即便有车,也是常常大敲竹杠,一会儿开,一会儿停,一会儿等,也实在是不方便。本贾曼家住耶路撒冷,无法留在海法陪我们。虽然临走前他一如往常帮我们联系好了当地的出租车司机,但我们为了省钱和提高效率,还是决定租辆车。然而跑了好几个租车行,不是关门停业,就是车全租出去了,有些是城市居民拖家带口外出躲避,车不够用、再租一辆,但大部分还是被蜂拥而至的外国记者租走了。我们好不容易找到一家还有一两辆车的租车行,店里职工不敢上班,只有老板留守,胖胖的老板一边笑着说"你们真算有运气,能找到这儿来",一边在电脑键盘上笨拙地敲敲打打,还不时回过头来满脸大汗地向我们道歉:"不好意思、不好意思,这活儿我不熟,耐心等待一下。"我们也真不大着急,这时候能租到车就已经算是十分幸运了,我们也和老板聊上了天,这样既能让他放松地提高效率,又把海法和以色列北部地区的情况问了个遍。"你们是不是要进山跑前线呀?这车可是新的,底盘又低……"顺着老板的指尖,一辆银白色的日产马自达出现在我们眼前,拍着车身,我们心里嘀咕着:"老伙计,这下可要看你的了……"把车开出来后,林平做的第一件事就是在车身的前后左右及上方顶部用黑色宽胶布贴上又大又明显的"TV"字样,目的就是方便各方辨认,事小则万一着急违反了交通规则,警察可以通融一下;事大则上了前线,一旦遭到以军或真主党瞄准锁定,看见"TV"字样,他们也好手下留情。

租了车后,我们跑的第一站就是刚刚遭到轰炸的海法火车车辆维修厂。一到现场,只见厂房的钢板屋顶被自天而降的火箭弹凿出了个直径十几米的大窟窿,水泥地上也留下了一个大洞,四周还能看见一摊摊血迹,一队工人正在清扫满地的玻璃和碎片,几名以色列内政部和市政府的调查人员手里拿着本子在爆炸现场走来走去。海法不断遭到真主党的火箭弹袭击轰炸,大大损伤了以色列人的民族自尊心,以色列人也对政府和军队无法阻止袭击轰炸颇有怨言:以军这么强大的军力,这么尖端的武器,怎么就是不能一举摧毁真主党的火箭发射基地呢?

返回旅馆时,夜幕已经降临。旅店四周各国记者都在挑灯夜战。摸到了真主党火箭弹白天发射、晚上从来不打的特点和规律,仍然留守海法的居民们也都趁着夜色到旅店周围的高地上散步休闲。年轻男女在树影下偎依而行,父母们推着婴儿车、领着孩子,边走边谈笑着,老人们牵着自家的狗悠闲漫步,每个人都抓住这个短暂的平静时光轻松轻松。当我们伸出话筒询问他们的感受时,有的说他们常年在这里生活工作,实在不愿离开;有的说没什么危险,以军几天之内就可以把黎南炸平,宁静的生活马上就要回来。我们也了解到,黎以冲突一爆发,城里有钱的人家早就大门一锁,举家南迁或到国外躲避,中等阶层也都到中部或南部后方地区投靠亲友,留守城里的要不就是没有经济条件的底层居民,要不就是对战争无所畏惧的人们。

山顶下面的老城区依然是灯火通明,入夜的海法暂时恢复了宁静,也悄悄进入了梦乡。但天一亮,尖锐刺耳的防空警报声又会在这座城市的上空急促地响起,爆炸后的滚滚硝烟又会重新在市中心升起……

以军特种装甲步兵旅

——《凤凰全球连线》严明:"黎以冲突已经进入了第三周,以军上万名地面部队军人相继进入黎南纵深十几公里的地区,据悉,以军的多支特种部队甚至到达了黎南纵深30公里的地段。然而黎巴嫩真主党的火箭弹却仍然不断打到以色列北部各个边境城市,甚至威力越来越大,射程越来越远。真主党目前不仅继续发射20—30公里短程的传统'喀秋莎'式火箭,还动用了射程50—70公里的'海拜尔'1

型、2型和'黎明'5型重型火箭。据悉,真主党还拥有一批数目不详的射程上百公里的伊朗制'流星'1型和2型中程导弹,足以打到特拉维夫。而以军地面部队进入黎巴嫩的多辆'梅卡瓦'主战坦克,连续被真主党武装击中摧毁,相信真主党确实拥有反坦克导弹并且已经投入实战。能够穿透、击毁装甲护层厚重的'梅卡瓦'重型坦克,也证实真主党武装的反坦克导弹技术先进,威力巨大,不逊于欧制的'米兰'型和俄制的'梅迪斯'型反坦克导弹。现在一切都表明:真主党绝对不是人们原先所想象的那样,是一群四处流窜游击的'乌合之众',而是一支装备精良、训练有素的准军事正规部队。显而易见,其背后有伊朗、叙利亚的资助和支持,也不排除伊朗、叙利亚在黎南地区派驻军事人员负责指挥作战或直接参加战斗的可能性。"

从黎南战地撤回以色列境内之后,林平、健明曾经问我还回不回炮兵阵地,我半开玩笑半正经地说:"回什么回,也许就是这个炮兵阵地发射的炮弹差点儿砸到我们脑袋瓜上。再说他们老是不挪窝,去也没用。"

严明(右)与以色列先头部队特种士兵

我们又开车进山了,希望再找个"偷越国境"的机会,或者撞上一支正在开赴前线的以军部队。我们先是来到曾经多次路过和逗留的边境小镇什罗米,这是黎以边境沿线最靠近黎巴嫩的地点之一。小镇坐落在山脚下,翻过山顶,另一边就是黎巴嫩境内。由于有山体掩护,山脚下的村镇反而不易受到真主党火箭弹的袭击和轰炸。但是这几天以军部队在边境一带频频调动,真主党的火箭弹也时常落下来,虽然被击中的房屋很少,但山坡上的树林却常常被火箭弹炸得起火燃烧。正当我们顶着炎炎烈日在一个居民小区旁边拍摄树林燃烧的画面时,突然听见有人喊叫,回头一看,只见一户人家大小好几口正站在露天平台上向我们频频挥手,大声警告我们不要在露天场所停留太久,因为随时会有火箭弹打过来,他们还招呼我们到他们家躲避一下。就这样,我们迈进了阿玛勒夫人的家门。

这是一座联排式小楼,阿玛勒夫人一边引我们进屋,一边告诉我们,这个居民小区共有 50 多家,黎以冲突爆发之后,大部分家庭都撤离了,现在仅剩不到十家人。阿玛勒夫人大儿子的妻子是澳大利亚人,从一个世外桃源般宁静的国度来到战火纷飞的以色列边境小镇,感到既不适应又担惊受怕,黎以冲突一开始,大儿子就举家迁到了以色列南部地区。阿玛勒夫人的小儿子走过来同我们寒暄,表情有些无奈地告诉我们,他已经接到了征兵通知,几天之后就要返回军队服役。阿玛勒夫人哄着怀中那个不时冲我们的镜头做鬼脸的小孙子接着说,孩子当兵服役是为了保护国家的安全,但也希望尽快停火,早日回归宁静的家庭生活。她望着不远处的山岭对我们说:"我们期望也需要和平的日子,我们这附近也有阿拉伯人的居住区,我们可以和他们和睦相处。几天前,一枚真主党的火箭弹落在阿拉伯人居住区,炸死了两个人。你们看,战争对谁都是残酷的。"

告别之前,阿玛勒夫人还特地带我们去看了她退休前曾经工作的小区幼儿园。十几个留守家庭的孩子们正在幼儿园一间坚固又明亮的地下大厅里,与老师和几名专门负责保护他们的士兵一起玩耍游戏,似乎根本觉察不到外面的战争气氛。此时此刻,战火距离这些无忧无虑的孩子们是那么遥远,又是那么接近⋯⋯

跟阿玛勒夫人告别之后,我们刚一出什罗米小镇,就看到一排排以军重型军事战斗工程车沿着山脚静静地停靠在小路边,有推土车,有排雷车,有挖掘机,似乎都在默默等待着立即出发的命令。"以军的地面大部队马上就要开进黎南地区了。附近一定会有先头部队正在调动集结,进出边境⋯⋯"我们的车在山区小路上还没转几个弯,刚刚爬上边境线的山顶,就差点儿和一道驶来的大队以军坦克和装甲运兵车"撞个满怀"。再往路边昏暗的小树林里一望,黑压压的一大片竟然全是以军军人。

之后,我们冒冒失失地闯进了横跨在黎以边界线上的一座以军前线下撤部队与后方增援部队接替换防的临时军营,竟然没有遇到任何关卡和阻拦。也许他们坚信,我们一定是获得特许的,不然怎么敢这么大大方方地闯到边境的秘密临时军营里来。几个满脸尘土的士兵一边向我们比划着"V"字型手势,一边扔过来几个不知从哪里弄来的小山桃,趴在吉普车前盖上研究军事地图的军官们抬起头冲我们微笑一下之后又埋下头看地图。撤下前线的部队一眼就可以看出来,所有人蓬头垢面、衣冠不整,有的人军服还被撕成一块块碎片,真搞不清楚这仗是怎么打的。不少士兵甚至来不及洗把脸、吃点东西,就倒在树底下呼呼大睡,就像在战场上熬了几天几夜没睡过觉似的。可我们也看到一个年轻的以军士兵,竟然坐在树下,毫无倦意地在摊在膝盖上的一张白纸上写着什么,阳光下树叶的影子在他被晒得黝黑的脸上轻轻晃动,他的眼角、嘴角不时泛起一丝甜美幸福的笑意……我透过摄像机的显示屏一直呆呆地盯着他看,按照记者的习惯,一定会走过去采访他两句,但这次我没这样做。他不是在给远方慈祥善良的父母写家信,就是在给年轻漂亮的情人写情书……别去打扰他吧,就让他在这短暂宝贵的战斗间隙,沉浸在自己的那片天地之中吧……

在黎以边境期间,我和林平常会接到远方亲朋好友打来的电话,他们都是通过凤凰卫视得知我们在黎以边境的。他们一方面为我们能够亲临战场前线感到兴奋,另一方面也为我们的人身安全感到担忧。印象最深的是,一位我熟悉的在媒体工作的大姐给我打电话,我一接起电话,耳边立即传来一连串焦急的责问:"千万别再往战场上闯啦!你可以不考虑你自己,但你也不想一想你那可爱的小女儿、小儿子?这又不是我们中国的保家卫国的战斗,犯不着冒那么大的危险……"连续几分钟我都插不上一句话,也确实被说得哑口无言。但毕竟她还是了解我的性格和做事方式的,电话的最后,她长叹了一口气:"唉,我知道你已经到了战场,照你的性格和脾气,不可能不想着法儿往里钻、朝前靠。不管怎么说,悠着点儿吧,你该明白,生命比什么都宝贵。"

我非常理解和感激这位同行大姐,放下电话后很久,我还在思索着她的每一句话。是啊,生命对于每个人来讲都是异常宝贵、值得珍惜的,顺顺利利、平平安安,是多少人一生的追求和愿望啊。但是没有些想法,没有些抱负,没有些激情,没有些惊险,是不是人生旅程上会缺点儿内容,生命价值中会少些意义呢?

紧急呼叫贝鲁特同事注意安全

——《凤凰全球连线》胡一虎:"就在黎巴嫩数十万难民纷纷逃向国外,以色列大批北部居民争相撤离城市之时,有这么几位凤凰卫视的记者却逆流而上,日夜兼程,义无反顾地从四面八方奔向同一个目的地——硝烟升起之处,炸弹落下之地……"

——凤凰卫视《卫星直播连线》严明:"自从黎以冲突爆发之后,以军和真主党武装之间的互打对攻已经进入第二周,却迟迟没有任何停火的迹象。外界不少评论说这主要是外交斡旋力度不够,国际社会施压不足所致。其实情况并非如此。冲突一爆发,法国总统就立即建议科菲·安南向黎以边境紧急派遣国际维和部队,切断交战双方的接触空间。联合国三人小组及欧盟外交高级代表也相继赶到中东,在冲突双方之间斡旋,中国、俄罗斯等大国也再三敦促双方克制,尽快停火。然而,以色列政府和军方仍然按既定方针行动,周三再次决定南北两线同时作战,不受时间、地点的限制和束缚,直到消灭真主党武装力量为止。这里面美国的暧昧态度起了关键作用。美国一直是中东局势的外交主导国,即便不是一言九鼎,也是分量极重,偏偏在此时此刻变得少言寡语,即使说些什么,也是指责真主党挑起事端,叙利亚、伊朗从背后插手。这其中可能有几个考量,一是多给以色列一些时间,尽量让其摧毁真主党武装有生力量;二是试图把叙、伊两国拉进冲突圈内,也好事后一并清算。这或许才是短期内停火难以实现的主要原因。"

得知温爽从贝鲁特乘船进入黎巴嫩,陈晓楠也自叙利亚大马士革直奔贝鲁特,我既欣慰又担心:欣慰的是香港总部围绕黎以冲突而制定的多路记者多国占位的构架已经形成,从此可以自黎以两侧即时同步交叉报道战况动态;担心的是我们两位女同事不顾个人安危闯进了爆炸最为猛烈的贝鲁特高危区,让人提心吊胆。

早就听说在香港总部担任同声传译和编辑工作的温爽,每有大事发生,都会执意请战,上火线当战地记者,未获批准或未能成行时,还会在主管领导面前委屈地哭上一场;后来干脆只身来到埃及开罗学阿拉伯语,理由是"反正中东战事不断,我一旦成了台内唯一会阿拉伯语的记者,战事一发,看你们派不派我去!"真是个颇有心计的女孩。果不其然,巴以、黎以最新战事一爆发,温爽就在埃及跃跃欲试,加紧热身,还心急火燎地办好几个签证,随时准备上战场。机会终于来了——外表看上去像在校女大学生的温爽,这一次竟然只身一人自塞浦路斯独闯黎巴嫩,一人担负起摄像、传片、采访、报道的多重任务,也终于圆了她的战地记者之梦。

陈晓楠这些年一边制作深度揭示底层民众、弱势群体的《冷暖人生》,一边坚持主持《新闻早班车》,与国际新闻紧密联系。这一次,外表大方开朗、内心倔强坚毅的陈晓楠,终于也闯进了炮声隆隆的贝鲁特,以她特有的细腻情感和敏锐思维,闪亮登场《冷暖人生》的"国际版"和"中东篇"。

其实,陈晓楠和我凭着个人性格和职业冲动,早就盼望着有朝一日能置身于硝烟战火之中,但战争又总是与我俩若即若离。伊拉克战争爆发前夕,陈晓楠就已进入巴格达,左等右等,最后撤出。一个月之后,全球瞩目的伊战爆发,她只好同观众一样,透过电视旁观着那场本来可以置身其中的世纪大战。

而我当时的机运似乎比陈晓楠还要差一些:被总部紧急调到土耳其,随时准备跟随美军自北路预设的主攻方向开进伊拉克,哪知土耳其这个北约铁杆成员国不知出于何种考量,在这个节骨眼儿上竟然禁止美军经由土耳其开辟攻伊的北方战场,还封闭了所有边境口岸,禁止所有人进出,我和林平只好急转南下,绕道约旦。在拿到入伊签证、即将闯关入境之际,我们得知闾丘露薇已自香港赶到约旦,准备二次入伊。总部考虑到闾丘露薇进过巴格达,各方情况比较熟悉,由她二进伊拉克更为合适,于是急令我们作为第二梯队留守待命。就这样,在约旦安曼一个漆黑的夜晚,我们亲自送走了闾丘露薇。望着她坚定又义无反顾的姿态,离去时娇小又孤单的身影,我第一次体会到了战场上战友之间依依惜别的悲壮之情,也百般无奈地与伊拉克大战的主战场擦肩而过。

这一次,我同陈晓楠终于杀进了战场的中心位置,在黎以冲突的两侧,一南一北遥相呼应:一个紧贴以军前线部队,伴随着坦克装甲车发出的轰鸣之声,完成了一则则带有阳刚之气的战地实况报道;另一个则置身平民百姓中间,衬托着战火与硝烟,传出了一段段充满阴柔之美的人性人道采访。凤凰卫视的战地记者们,就是这样从战场的两侧为观众们描述着战争的冷酷与无情,实地向全球华人们倾诉着战火的惨烈与悲壮……

陈晓楠从大马士革乘车赶往贝鲁特时经过的公路被国际媒体称为"死亡之路",因为以军的战机和武装直升机日夜都在这条公路的上空盘旋监视,一遇到卡车之类的重型车辆,就会把它当成真主党自叙利亚偷运武器装备的车辆进行追踪轰炸。当陈晓楠终于平安抵达贝鲁特时,又正逢美国国务卿赖斯即将到访,以军的轰炸顿时减弱许多,生怕一不小心伤着"主子";而刚进入贝鲁特的陈晓楠却是那样"无知即无畏",在和我一同与总部卫星连线时,竟然像刚刚抵达一处新的旅游胜地似的,说这里好平静,又说感觉不危险……我越听越替她揪心,越听越为她害怕,最后急得我打破连线报道的常规,对着话筒透过卫星向她发出"警告",叮嘱她多多注意安全,切不可轻举妄动。

几天来通过与以军的零距离接触,我深知以军装备的精良和武器的威力,真主党打过来的苏式火箭弹由于常常不是齐射而是单发,所以显得毫无准确性可言,只要能落在市区内就算成功。以色列北部边境城市一旦遭到火箭弹袭击,各国记者就会毫无顾忌地奔向爆炸地点做现场报道,大家都明白刚刚爆炸的现场反而是最安全的地带,接下来的火箭弹绝对不会落在同一地点。

但陈晓楠那边的情况就完全不同了,以军使用的是精确制导炸弹,数枚炸弹可以同时或者先后射向同一个地点,误差仅数米,爆炸威力也从500公斤至20吨级不等;一颗炸弹落下,不只是一间房屋受损,一幢楼甚至几幢楼都会同时倒塌,破坏力和杀伤力超乎寻常……话还没说完,卫星时间已过,信号被掐断。过了一两天,再在连线中听到陈晓楠的声音时,她已经沉稳冷静了许多:"我终于听到爆炸声了,那种沉闷又令人恐惧的巨响……"我想这下好了,她也感受到了炸弹的威力,该懂得谨慎小心了。没想到几天之后,她又犯了"无知即无畏"的老毛病,竟然深入轰炸重灾区,坐在沙发上专访一位真主党的重要领导人。这可是以军全力追杀的一等目标、甲级"战犯"呀,难道她真的不知道?只要情报确切,即时锁定,那可是连目标带记者"一锅端"的最好时机呀!

记得两年前,我曾和陈晓楠在法国大西洋海岸同台主持"纪念诺曼底登陆六十周年"直播节目。那只是我们对二战中的一场著名战役的悠远回顾与模糊追忆,而今天,我们却从不同的方向走上了同一个真实的战场。当我们两人从黎以换防撤下,在北京凤凰会馆第一次相遇时,我情不自禁地在众人面前把晓楠高高抱起,搞得当时在场等待采访我们的记者同行目瞪口呆,之后又被我们这种冒失突兀但又在情在理的举动所感染。是的,除了平日好朋友、好同事的那份情感之外,我们之间又平添了一份常人很难体会和理解的出生入死的战友情谊……

以军北方战区首席新闻官奥利维耶上校

——凤凰卫视《卫星连线》严明:我们现在仍在以色列最靠近黎巴嫩边境的小城什罗米,刚才正好有几枚火箭弹落在我身后的山坡上,浓烟滚滚,但当地居民似乎对此都已习以为常了。翻过我身后的山岭,另一侧就是黎巴嫩境内了。想到山的那一侧就是黎巴嫩真主党武装力量藏身和出没的地方,再看看我们现在所在的表面很平静的边境小镇,很难想象这场引起全球关注的黎以冲突,或者说黎以战争就发生在这里。外界常常有这样的评论,黎以冲突爆发以来,以色列陷入南北夹击、两面作战的困难境地之中,然而据我的实地观察和感受,实际并非如此,以色列拥有近60万身经百战的现役和预备役军人,拥有世界上最为精良的陆海空武器装备,历史上的每次中东战争,以色列都曾面对若干阿拉伯大国正规军的联合围攻,四面受敌、八方迎战,而现在以军所面对的,只不过是哈马斯和真主党非正规武装力量,以军应对这种局面应是绰绰有余。不过,以色列这一次面对的是拥有大批火箭弹、导弹，军民混为一体的黎巴嫩真主党，这确实给以军制造了不少的麻烦。真主党越来越强大，这是以军对真主党必除之而后快的真正原因。

自从来到黎以边境后，我们同以色列国防部北方战区首席新闻官奥利维耶上校的关系一直不错。他看上去矮矮胖胖、壮壮实实，显得沉稳又内向，他还会讲英语、法语等好几国语言，平日在耶路撒冷一家公关公司当负责人；一到战事发生，便会接到国防部的传唤，转眼之间换上一身橄榄绿军装，斜挎一支美制M16型自动步枪，佩戴上陆军上校肩章，开着自家的小轿车，像是出差或去度周末一般上了前线。挺着大肚子的奥利维耶上校，走到哪里都会受到以军士兵的尊敬，士兵们不是敬礼就是让路。而他常常带着世界各国的记者东跑西颠，还时不时地在新闻发布会上抛头露面，看得出他对自己的工作和身份地位感到很自豪。但在初期接触时，他总是显得非常谨慎和警惕，这十分符合以军中广泛流传的一句话："当一个陌生人走近你时，首先要把他当作敌人。"这种因历史上犹太人曾遭受百般凌辱而根植的对外高度防范警惕的民族基因，在这位以军战地新闻官的身上表现得十分明显。

他很清楚中国一直偏向和亲近阿拉伯世界及巴勒斯坦民族，刚一同我认识接触，就急着向我打听中国官方及民众对以色列的态度和反应。我向他解释说，中国政府现在实施的是务实外交，一方面继续同阿拉伯国家保持友好的传统友谊，另一方面也与以色列建立了良好的关系。这次中国政府在黎以冲突一事上，就表现出了非常客观公正的立场与态度，一直呼吁双方都要保持克制，避免冲突升级，殃及平民百姓。我还给他举了两个例子，一是以色列在1950年建国伊始，就承认了中华人民共和国的合法地位，如果当时中国不是处在一个"反美必反以"的意识形态非常时期，以色列可能先于西方成为最早与中国建交的国家；二是中以目前的关系已发展深入到了各个层面与领域，以色列甚至多次有意向中国出售尖端先进的军事装备，有些项目都签订了合同协议，比如预警机，要不是美国百般阻挠，中以在各个领域，包括军事领域的合作关系，可能早就发展到一个新的水平了。

奥利维耶上校一边听我说一边频频点头，也许他从我的话中感觉到了中国的重要地位，感觉到了华文媒体的分量，感觉到了凤凰卫视记者的诚恳和坦率。从这以后，奥利维耶上校在新闻事务上总是格外照顾我们，有重要消息总会最早向我们通风报信，有国内外大人物来访也总是尽早通告我们。多亏了他，相继到海法访问视察的法国外交部部长、英国副外相、联合国副秘书长、以色列第一副总理兼外交部部长等高级官员，没有一个能从我手中那个带着凤凰卫视 logo 的麦克风前溜掉的。在我独家截访以色列第一副总理兼外交部部长利夫尼夫人时，她身边的保安、特工一拥而上，把我挡住，更把林平几乎架出场外，要不是在场的奥利维耶前来解围，观众们就看不到利夫尼低头向中国政府及遇难者家属道歉致哀的独家电视画面了。

黎以战事爆发以来，以色列国内主流媒体的记者们或者依靠平日积攒的高层人脉关系走后门，或者凭借着熟悉语言和地理地形的先天优势，时不时地钻进前线部队，偷拍下一组组战场气氛浓重的镜头画面。而来自世界其他国家的记者们，尤其是我们这些不属于西方主流媒体的记者，大都只能站在旅馆高高的阳台上，眼巴巴地等着真主党的火箭弹落在市区。在海法待了两天我就再也坐不住了，一看见电视里播出的战场画面，我就气儿不打一处来。

在我向奥利维耶上校提出要跟随以军进入前线战区时，他却露出了平时少有的为难的表情，一口回绝。其实我也知道这个要求大大超出了这位以军北方战区首席新闻官的权限范围。他先是以记者人身安全为由断然拒绝，告诉我他的工作最重要的任务之一，就是切实保障各国记者的人身安全，一旦发生意外，他绝对是吃不了兜着走，不是受处分，就是被免职。

"我可是冲着战场大老远跑来的，没工夫闲候在大城市里听响儿。"我也不顾和他刚刚建立起来的一点信任和友谊，提高了嗓门冲着他喊起来，"你们不是总说以色列是个民主平等的国家吗？不是总讲在这里新闻自由，没有禁忌吗？为什么你们国家的记者就可以在战场上四处乱窜？为什么战场就在我们身边，而我们却不能越雷池一步？"奥利维耶上校看我急了，就亮出了真正的底牌："随军上战场应该是我们政府和军队信任的人，我向国防部与外交部请示一下。"在几天漫长的等待之后，奥利维耶终于打来电话："一小时后在边境小城什罗米等待，到后再给我电话。"随后他又似乎漫不经心地说了一句："听说你还采访过我们的总统。"天啊，那是大半年前的事了，当时总理沙龙病危，我和林平曾经神不知鬼不觉地混进了耶路撒冷的以色列总统府，独家专访了卡察夫总统。可奥利维耶上校又是怎么知道的呢？以色列真不愧为一个情报大国……

当我们驱车到了什罗米小城时，不知奥利维耶上校是故意向我们卖关子，还是真的为了保守军事秘密，又在电话里告知："现在你们马上赶到施摩利，离开公路进城之前，你们的右手边有一条没有路标的土路，我会在路口等你们。"一查地图，这两个地方一西一东，相距足足两百多公里，我们连抱怨他几句的时间都没有，立即跳上车向东奔去。

几个小时后，当我和林平跟着他的民用小轿车（为了安全和保密，以军军人尤其是军官常常会在前方战区开民用车辆）驶向炮兵阵地时，他还是故作严肃认真地交代说:"根据国防部规定,所有进入战区的人都必须穿防弹衣、戴钢盔,不然,一旦发现不遵守规定者,立即遣返后方。"我得意地拿出了刚刚买到的防弹衣,又抱怨哪里也找不到钢盔。"拿上我这个吧,可别忘了最后还我。"他从后备箱里拿出一个钢盔扔给我。我内心涌出一股感激之情:你老兄在关键时候还真够意思,等下了战场,一定请你到海法的中餐馆好好撮一顿。

走进炮兵阵地之前,奥利维耶上校又郑重其事地向我们交代具有以军特色的"三大纪律八项注意":不许采访执勤官兵,不许拍摄衣冠不整、疲倦劳累的军人,不许拍摄尖端敏感武器装备,不许透露部队番号,不许点明地点名称,不许带走任何军事物资,不许……

就这样,我身穿自己购买的深蓝色防弹衣,手捧着以军新闻官借给我的草绿色钢盔,走进了炮声隆隆的以军炮兵阵地。

"静静地去吧,天堂里没有战火。"

——《凤凰全球连线》胡一虎:"魂断黎南,魂归故里。"

——凤凰卫视《新闻片断》严明:"中国国防部和外交部六名官员组成的善后协调小组及杜照宇的妻子李玲玲,乘坐以色列航空公司 LY096 航班,刚刚自北京飞抵特拉维夫本古里安国际机场。中国驻以色列大使、武官以及联合国驻黎巴嫩维和部队司令部代表,专门到停机坪的飞机舷梯下迎接李玲玲等人,随后在机场的贵宾休息厅里,陈永龙大使向李玲玲简要介绍了善后工作的各项细节安排,并且代表大使馆全体工作人员,向李玲玲表示深切的哀悼和慰问;联合国驻黎巴嫩维和部队司令部代表也同李玲玲紧紧握手,沉痛悼念杜照宇,整个过程的气氛相当地凝重。根据善后的日程安排,联合国驻黎巴嫩维和部队司令部将在耶路撒冷或特拉维夫国际机场为杜照宇举行追悼告别仪式,之后由中国政府派出的专机将杜照宇的遗体尽快运回国内。"

尽管黎以之间的大规模流血冲突牵动了全世界的眼球,但毕竟距中国和中国民众还相当遥远,虽然感兴趣,可还是不免有点"隔岸观火"的距离感。然而就在7月25日那个残阳泣血的傍晚,一名正在黎南执行维和任务的中国年轻军官,以他的鲜血和生命,将13亿中国人硬生生地带进了这场血腥的战争之中:以军对联合国驻黎南维和部队基地的一次猛烈轰炸,使得包括中国军官杜照宇在内的四名联合国军事观察员丧生。

一得知这个消息,我连忙急电以色列国防军北方战区首席新闻官奥利维耶,他刚刚从前线回到海法,正在休息。他开始还推托要向外交部和国防部请示汇报,我当时就不客气地申明:"轰炸联合国军事观察站一事已经确凿无疑,中国军官丧生也是既成事实,现在中国13亿民众、中国政府和遇难者家属都在等待着以方的解释和表态,等待以方承担应负的责任,十分钟后我们就要卫星连线,你看着办吧。"奥利维耶上校这时似乎也感觉到了事态的严重性,没过几分钟,就一边系着军服的扣子,一边向我们的海事卫星拍摄点赶来,首次以以色列国防部的名义,向中方赔礼道歉,并承诺尽快展开调查,保证这类悲剧不再重演。几个小时后,以色列第一副总理兼外交部部长利夫尼陪同联合国副秘书长到海法视察访问,以色列领导人一贯不喜欢新闻媒体在途中截访,但当她看到中国的记者、摄影师面带怒色站在她的必经之路时,先是一怔,习惯地脱口说出"So sorry",然后又低下头,表情沉重地对着我们的麦克风,向中方和遇难者家属表达了遗憾和哀悼之情,并且表示这绝不是有意的行为。这也是事发之后,以色列高层领导人第一次也是唯一一次直接向中国媒体表达遗憾和哀悼。

——凤凰卫视军事评论员马鼎盛:"是误炸还是有意轰炸,要看以军使用的是什么武器。如果用的是精确制导炸弹,那误炸之说就很难成立。但如果是炮兵的常规炮击,误差几十米甚至上百米应属正常。"

据以方初步调查结果显示,轰炸是由以军炮兵炮击所致,以军两名当事的炮兵军官已被撤职,接受调查审问。而联合国方面则声称,在轰炸事件发生之前,联合国驻黎南维和部队曾在短短的6个小时内,连续10次直接向以军发出警告。而这座三层高的观察哨所的楼面和屋顶,都标有巨大的联合国英文缩写字母"U.N",楼前还竖着一根15米高的挂着联合国旗帜的旗杆,但就是这样,还是拦不住以军发射的21枚炮弹,其中5枚直接命中观察哨所。然而无论是误炸还是有意轰炸,结果是包括中国军官在内的四名联合国军事观察员因此失去了宝贵的生命。

在我近距离的观察中,以色列领导人和军队高官所流露出来的悼念之情还算是诚恳的。有意轰炸联合国军事观察站之说,对他们来讲不可理解也无法接受。而西方媒体从犹太人极为精明的民族性格上分析,也认为以军有意轰炸似乎缺乏说服力。黎以冲突爆发后,以军炸死成百上千名黎巴嫩平民百姓,已经备受国际社会的谴责,如果再有意轰炸联合国军事观察站,岂不是要承受国际舆论更大的压力?但据我们在现场的了解,以国上下对联合国驻黎南维和部队确实有强烈的不满情绪。在他们看来,以军撤出黎南已有六年之久,而真主党不但没有遵守联合国第1559号决议就地解除武装,反而在联合国驻黎南维和部队的眼皮底下不断扩充实力,逐渐发展壮大。而联合国维和部队在黎南星罗棋布的基地营区,又是这次以军轰炸行动中最为头痛的麻烦之处,因为真主党武装为躲避以军袭击,常常紧贴维和部队基地,把维和部队当作军事人肉盾牌。中国驻黎南维和工兵营与真主党所在地仅一墙之隔,所处环境非常险恶。外国媒体还曾经披露:2003年真主党就是穿着维和部队的军服,开着维和部队的车辆,劫持了几名以军士兵。而真主党武装人员在这场黎以冲突中,常常利用民宅甚至维和部队基地作为掩护,也早已是世人皆知。这是真主党战术上的狡猾和精明之处,但也是战略上的短视和失策之举。这种"军民一体"的布局让以色列"投鼠忌器",虽出动战机近万架次,也没有重创真主党武装;但同时也让国际社会更加了解这类武装组织的本色与性质,长远来看,并不利于他们的生存和发展。这次黎以冲突期间,埃及、约旦、沙特、土耳其等阿拉伯国家的立场和态度就说明了这一点。这些阿拉伯国家虽然不可能明显站在美以一边,但这些国家对真主党的作为早有看法,对伊朗、叙利亚在背后的支持也感到忧心忡忡,生怕激进的什叶派势力搅乱中东局势。

  此后,以军空袭黎巴嫩南部加纳村时,又造成包括37名儿童在内的54名黎巴嫩人死亡。以方在事后的一份声明中解释:早在空袭之前好几天,以军就曾在这一地区散发传单,告诫与武装分子无关的平民百姓迅速撤离。空袭时以军获得的情报显示,楼内地下室藏有真主党武装人员,甚至还包括重要领导人,并不知道楼里还有许多民众甚至大批儿童。以方在对空袭造成大量黎巴嫩平民死亡表示遗憾和道歉的同时,也质疑真主党可能有意藏身在民众中间,或故意发出假情报吸引以军轰炸,以达到破坏以色列形象的真正目的。

  对于包括杜照宇在内的多名联合国维和官兵的牺牲,以及成百上千名黎巴嫩平民百姓的死亡,以色列当然负有直接责任,罪责难逃,但真主党方面就真的一身清白吗?当人们高声谴责、愤怒控诉以军狂轰滥炸黎巴嫩,导致大批平民伤亡的时候,是不是也该谴责一下真主党那些既残酷又不人道的"人肉盾牌"行为呢?

  8月6日,黎巴嫩真主党的一枚火箭弹直接命中维和部队的基地,造成三名中国维和军人受伤。但是这一次,却没有人像以往那样提出究竟是误炸还是有意轰炸的质疑。

  战场情况瞬息万变,错综复杂,常常是各执一词、各抒己见,外人很难做出判断,明辨是非。无论怎样解释,以军炮轰联合国观察哨所、空袭加纳村平民,都已铸成大错、罪责难逃。然而真主党所使用的以平民百姓甚至维和军人性命为代价的某些"超限战"做法,也应该引起人们的高度警惕。战场上,进攻一方容易造成平民伤亡的情况显而易见;但现代战争中,受攻击一方为保存自身实力,有意把本国民众和外国人士当作"盾牌"和"人质"的现象也越来越常见。只能说两方的做法都是不人道的,但如果仔细分析一下,后者的行为可能更加残忍恶毒,更加缺乏伦理道德。因为进攻一方在打击敌人时,如果不是出于有意而殃及平民,人们最多只能指责他们的盲目和疯狂,但受攻击一方如果想利用对方希望将平民伤亡降低到最低限度的心理,在密谋策划之后故意拉本国民众或外国人士垫背牺牲,那就显得更加惨无人道了。

在特拉维夫,我就近观察到一身黑装素服的李玲玲的细微表情和瞬间神态。虽然遭受到沉重的身心打击,又熬过了整夜的夜航旅途,李玲玲在抵达特拉维夫时,外表显得冷静而坚定,但从她那紧咬的嘴唇、难以进食下咽的表情,我看到了她内心深处隐藏的巨大悲痛。

因为尊重善后小组的建议,也实在不愿打扰李玲玲的心情,我们破例没有直接采访她,但我还是让她身旁的人帮忙转达了一句话:"照宇这次不是为了保家卫国而献身,却是为了世界和平而牺牲,意义更加深远重大。"

在特拉维夫国际机场的告别仪式上,一向严肃内敛的中国驻以大使陈永龙,百感交集地作诗一首来为烈士送行:

为了世界和平,
你毅然踏上征程,
为了人类安宁,
你奉献了宝贵的生命;
你用满腔的热血,
呐喊出时代的最强音,
要和平,不要战争;
照宇同志,
你放心回到祖国母亲的怀抱吧,
昨天的悲痛,
已经化为今天的骄傲、明天的自豪;
待到和平之花绽放时,
我们都知道,
是你在默默地浇灌。

从黎以换防撤回北京之后,我又在电视中看到了杜照宇遗体运回北京和八宝山追悼告别仪式的悲怆画面。此时手捧丈夫遗像的李玲玲,早已是一步一泣,泪流满面。我似乎突然醒悟到:她在以色列期间一直强忍悲痛,是否是不愿让外人窥探到她内心深处哪怕是一瞬间的脆弱绝望,哪怕是丝毫的寸断柔情?

"白发人送黑发人"的场景更是让人心碎。杜照宇年迈的老父亲跟随着装有

儿子遗体的棺木,嘴里喃喃道:"我的好儿子,让爸爸再送你几步吧……"

杜照宇还不满两岁的小儿子,此时此刻心里大概在琢磨着:爸爸不是已经回家了吗?怎么还不走过来抱抱我、亲亲我呀?别急,孩子,爸爸给你留下了一本好几万字的出差日记,等你长大认字了,再慢慢读。爸爸的日记里没有写战争的恐怖,没有提战火的残酷,爸爸为你记下的,只有异国他乡优美的景色、迷人的风光,只有像你一样天真可爱的外国孩子们,同你一般铃铛似的欢乐童声……

此时此刻,无论是惊天地的嘶喊,还是泣鬼神的哭叫,都无法表达出亲人的悲痛之情。倒是一位网友的一句话,"大音希声"般地道出了对烈士的无限追念,以及对战争的无比厌恶和痛恨:"照宇,你就静静地上路吧,天堂是个好地方,那里再不会有伤害你的战火,再不会有打扰你的炮声……"

暂别以色列

为了专访中国驻以色列大使陈永龙以及追踪报道遇难中国军事观察员杜照宇的善后情况,我们奉总部指令,从以北地区紧急赶往中部的特拉维夫,也由此离开了战火纷飞的黎以边境和死城一般的海法市。

望着特拉维夫车水马龙、游人如织的街道,看着海滨浴场上黑压压的人群,听着酒吧里嘈杂喧闹的声音,若不是不时有几架以军的武装直升机沿着海岸线低空掠过,又有谁能想到就在距离这座繁华热闹的城市不到百公里远的地方,正在进行着一场举世瞩目的硝烟大战?"临时首都"特拉维夫的海滨景色迷人,"中东小巴黎"贝鲁特的海景也毫不逊色;以色列和黎巴嫩拥有同样宽阔的蔚蓝色天空,拥有同样迷人的地中海景色,拥有同样细软的金黄色沙滩,可为什么一边可以是太平盛世,另一边却非得要哀鸿遍野?我突然有一种恍若隔世的奇怪感觉,脑海中也涌现出对人生哲理的省思和顿悟:原来幸福与痛苦的转换竟然可以如此快捷,和平与战争的区别竟然可以如此微小,生命与死亡的跨越竟然可以如此迅速,天堂与地狱的距离竟然可以如此贴近……

到了特拉维夫机场后,林平把马自达轿车开到了租车公司的退车场,退车厂的验收员睁大了眼睛,不敢相信面前这辆覆盖着厚厚一层尘土,几乎看不出金属漆原色的汽车,就是他们十几天之前租出去的那辆几乎全新的银白色马自达,他说:"我知道你们开着这车进山上了前线,可用得也太狠了点儿,怎么弄得比坦克还脏……"让他感到更遗憾的是,他几乎把眼睛贴在车身上,上下左右、前前后后仔细查看了一遍,也没找出半点剐蹭碰撞的痕迹来,不然非得借机把我们罚晕了。最后他还是以返车时油没加满为由,多收了我们一点费用。

特拉维夫国际机场的女警员们严阵以待地看着我们拉着行李走近。知道我们是记者后,如同往日一样把我们带到一个专门的行李检查台,照例问了一连串的问题:去哪里了?干什么了?见什么人了?有没有别人托带东西……常规问题之后,女警官又开始了专业性提问:

——你们都拍了什么画面图像?

——没拍什么……

——那你们怎么报道?

——用海事卫星直播……

——海事卫星器材呢?

——同事坐几个小时前的飞机带走了……

——那直播时你有文字稿件吗?

——有一些……

——拿出来给我们看看。

——对不起,你是在机场安检,还是在新闻审查?

我也不耐烦地开始转守为攻了。

——我是在为以色列的国家安全工作。

女警员嘴上强硬,但却不再过问有关新闻的事了。

——请打开你的行李,这是什么?

——几个路上捡的子弹盒……

——你不知道军队用品禁止出境吗?没收。

女警员手捧着那几个"缴获的战利品",得意洋洋地走开了,离开时还不忘回过头来微笑着冲我说上一句:"谢谢合作,欢迎再来以色列。"

我还是挺心疼的。那几个以军子弹盒是我们第一次进入以军阵地时捡到的。当时我们停车的地方正好有几大箱印着希伯来文的墨绿色机枪子弹空铁盒,我就顺手抄了几个藏在汽车后备箱里,打算回去时送给同事们,既是最好的战地纪念品,又是不可多得的小道具。当时林平就说以色列海关那么严格,不可能带出境外。可我还是不甘心,临出境前还多了个心眼,让何健明带三个回香港,我带三个去巴黎,分头闯关,胜算概率应该大一倍。可最后却还是栽在了特拉维夫机场海关。但也算是歪打正着、因祸得福,海关人员当时忙着没收我们的子弹盒,却忘了按照常规搜查我们那十几盘珍贵的录像带,不然麻烦就更大了。一不小心,我们竟然在全世界最为严格的以色列海关,用了一次中国古代兵法中"偷梁换柱""暗度陈仓"的障眼术。

观察欧洲

登上飞机舷梯的高处,我情不自禁地回头望了望远方的地平线:正值夕阳西下,漫天的晚霞就像正在燃烧的火焰似的烧红了半边天际,而晚霞衬托下的朵朵云彩并不像平常所看到的那样平坦舒展,而是一团团墨黑色的蟹状云块,顿时给人一种恐怖和不祥的感觉。再次道别了,以色列。如果不是一名记者,我是绝对不想再回到这片战乱不断、血光连天的焦土上了,但同时我又是那么渴望有朝一日再携着家人、带着朋友重返这里,尽情呼吸着没有硝烟味的地中海清爽空气,悠然漫步在没有爆炸声的岸边棕榈树下。

巴以加沙冲突采访纪实
(2009年1月30日)

2008年年底,各国民众都在准备迎接新年的到来。我们欧洲新闻中心和法国记者站的同事们也都按照香港总部的指示及每年年底的惯例,商议着如何拍摄新年小贺岁片。12月27日,以色列空军突然对加沙地区发起了大规模的空袭行动。总部资讯台的吕宁思副台长及刘粤瑛主管随即打来电话,他们俩共同预测和确定这场新年前夕突如其来的战争必然会规模较大且较持久之后,决定派我和徐林平作为第一梯队报道组立即星夜兼程飞往以色列,一是我们曾经多次进入以色列和巴勒斯坦采访报道,对当地情况和关系人脉较为熟悉,二是在地理位置上巴黎是凤凰卫视距中东最近的一个记者站,三是我们两个都持有法国护照,以色列机场落地免签,而其他没有西方国家和港澳台护照的同事则需要数天来办理签证。

我们经过一整夜的空中颠簸,在战事打响后的第三天清晨飞到了特拉维夫。在特拉维夫和耶路撒冷办完前线记者通行证后,我们租了一辆车直奔轰炸声持续不断的加沙边境地区。我们目睹了哈马斯火箭弹落在以色列边境城市的情景,有几次火箭弹就落在行驶的汽车附近,还不到一百米的距离,我们赶到爆炸现场时比第一批警察还要早,在还冒着烟的火箭弹残骸边做现场报道。我们在现场采访了现在已被任命为以色列新总理的库德党领袖内塔尼亚胡。接下来的几天,我们更是深入到边境线上,紧紧跟随着最前沿的以军先头坦克部队与陆军部队,追踪报道以军部队在加沙大战之前的各种备战情况。

除夕夜,我们先遣报道组的两个人在边境小城一家几乎没有什么人的小餐馆里过年,气氛冷清,感觉凄凉孤单,想念着远方的家人和孩子们。新年未到,又一场大战打响了,我们处在战事的最前沿,虽然有一种记者的职业兴奋感,但想到在刺耳沉重的爆炸声中,不知有多少无辜的生灵惨遭涂炭,有多少翘首盼望着新年礼物

的孩子们再也看不到曙光,心情便沉重起来……

就在以军进驻加沙地区的第一个晚上,香港总部派来的第二梯队报道组赶到了。就在这个漆黑的夜晚,我突然接到了法国国防部批准我去非洲的吉布提,随法国导弹护卫舰巡航印度洋追剿海盗的紧急通知。在加沙边境一个土坡上,远处是以军划破夜空的炮弹轨迹和闪烁的照明弹,我和周怡君等同事暂时告别,只身一人赶往另一个全球瞩目的战场——围剿索马里海盗的亚丁湾海域……

脚踩黎以地雷　聆听停火心声
《青年周末》(2006年8月10日)

半个世纪以来,倘若地球是一个坐满观众的剧场,黎以不确定的边境就是一个不曾谢幕的舞台。2006年7月12日,黎巴嫩真主党游击队在黎以边境争议地带——萨阿巴农场发动突袭,打死7名以军士兵,又绑架另外2人,导致黎以战争再次爆发。冲突、武装、流血、战斗成了黎以双方每天的主题。

与此同时,中国的新闻报道队伍同样在进行着战斗。凤凰卫视的记者兵分三路:严明随以色列军队直扑黎以前线;陈晓楠深入黎巴嫩南部,冒死采访真主党领导人;温爽留守叙利亚,以静制动,前后策应。

战火中,我们的记者又一次看透了人生冷暖、人性真谛、人类的悲哀……

高大威猛的身材,黝黑的皮肤闪烁着亮光,严明告诉我他本身的肤色并不是这样的,现在黝黑的皮肤就是在战地15天,天天在太阳底下曝晒的结果。

在战地的这15天,战火仿佛离严明很远,又仿佛游弋在严明身边,他熟悉战争的疯狂和凶残,虽然已隔数日,但战场上一幕幕惊心动魄的情景,严明还历历在目……

严明:以色列这个国家不大,首都耶路撒冷、战时首都特拉维夫、海法是我们的大本营,这三个地点呈等边三角形,7月16日当天,我们到耶路撒冷拿了证就去了海法,然后到了边境跟着部队走。

第一次进黎南,我们随军的第一个部队是以色列特种装甲旅的自行火炮团。他们炮兵专门有一个观察落点的侦察部队,这支部队每天早上出发,我和摄像师两个人就开着车跟着侦察兵走。进入黎南两三天后,我们在途中把侦察兵甩在了后面,走了纵深有1公里多的时候,就发现不对了,前面的村庄可以看到真主党的人了,这时候以色列开始炮击,炮弹从我们头顶十几米处飞过去,落在我们前面七八百米处。当时我本能地蹲下了,头发"嗖"地一下竖了起来,摄像师很勇敢地先拍

我蹲下,然后再拍炮弹的落点,这组镜头是十分难得的。

后来我们回到军营里,侦察兵把我们的故事讲给他们的上校,上校把我们臭骂一顿,很严肃地说:"你们怎么可以越过我们侦察兵往前跑,知道那是个什么地方吗?我们以色列埋满了地雷,黎巴嫩真主党也埋满了地雷,你们就算不被炮击中,踩到了地雷还能回来吗?我们可不会救你,我们没有医疗队,侦察兵也有自己的任务。"去之前我们是不知道地下埋有地雷的,所以有些后怕,但上校告诉我们,我们已经踩上地雷了,只是我们走的那条路可能埋的都是反坦克地雷,五吨以上的重量才能引爆,没有人员杀伤式的小地雷,不然踩上一个起码断条腿。

第二次进黎南大概在一周后,我们跟着以色列特种装甲旅的先头部队率先进入了黎巴嫩,当时以军纵深也仅2—5公里,这次跟着大部队一起进入黎南,感觉安全多了。

小米加步枪变成轻机枪 我们是唯一的随军记者

一场全球瞩目的战争或冲突是赢得观众的最好契机,缺席就意味着被排除出局。在西方媒体打拼竞争的同时,身在前线的严明对这种媒体竞争有着切身感受。

后来我们接到命令,要去特拉维夫报道中国观察员遇难一事,就撤出了黎南,台里也派来了其他记者换防,这是凤凰卫视第一次很正规的换防。西方其他国家大的电视台,都是8—15天换一轮战地记者,我们在那儿经历了好几轮,每天工作二十几个小时,体力消耗非常大。以前总把凤凰卫视和国际大媒体比作游击队和正规军,这次游击队有了改进,增加了海事卫星,小米加步枪变成轻机枪了,便于携带,既可以到处设点单发,也可以大场景地扫射。我们两次进入黎南,除了以色列国防军自己的随军摄影队和我们,还没有任何一家媒体随军,包括BBC、SKYNEWS等国际大媒体,他们也只是拍到了后方部队的场景。

以色列军人 首先是民其次才是兵

作为一个普通人,一般都是从宏观上关注一场战争的,人们还是习惯把一方看成正义的,另一方看作非正义的。严明在战地15天,几乎天天接触以色列的军人,在他眼里,以色列的军人首先是一个普普通通的"民",其次才是"兵"。

在我们进入黎南时,以色列国防部给我们下了一道禁令:不能在军内采访任何人,不能和军内士兵交谈,交谈时任何镜头和摄像机都不能对着士兵。我们连线的时候,部队具体地点不能说,军力规模不能说,很尖端的武器不能拍,只指定几个旅长跟我们互通情报。但是没有镜头的时候我们可以和旅长闲聊。

以色列军人很特殊,他们只有 15—18 万正规军,而且 3—5 个月就会替换。他们平时绝大部分时间里都是像我们一样的普通人,或者是公司职员,或者是大学生。他们从接到征兵命令到上前线,最长的 12 小时,最短的 3 小时。我们见到的这些增援部队的军人,在几个小时前也许正和情人在海边散步,完全不是战争状态,几个小时之后就全副武装地来报到。我们聊天时深深感受到,他们是以保卫国家为己任的,犹太人的民族性非常强,没有怕死的,没有懦弱的,但与此同时他们也感到,平民和军人的身份转换太快了,企盼这仗早打完,好恢复到平时的平民状态。

在跟随炮兵的时候我们曾采访过一个有双重国籍的士兵,他的父母和女友都在巴黎,他上战场是毫不畏惧的,但唯一担心的就是父母和女友。一旦上战场,所有的通讯设备都要被没收,信件至少需要半个月才能寄到,为了亲人他希望快点停火。

不要带任何情绪去报道 战争本身就是亵渎人性

多元的世界让各种差异存在于我们之间,宗教、文化、信仰都可能成为万恶之源,摩擦、矛盾、对抗盘结成种种祸患。在这场战争中,到底什么是我们无法理解的东西?

以色列和阿拉伯国家,犹太教和伊斯兰教,是两种绝对不可调和的文化、宗教和历史,起码在我们有生之年不会看到中东和平。两个民族都很强悍,他们积怨太深,几乎都是采取以牙还牙、以血还血这种恶性循环的对抗方式,没有太多的妥协和谈判方式。

这次采访中,我总有一种折射思维和反馈思维。在以色列采访时,我会想到黎巴嫩,因为战争对双方都很残酷,这个时候记者的立场就好把握了。在以色列海法一个爆炸现场,行人会拿着在路边捡到的火箭炮中夹杂的钢珠子哭哭啼啼,我很同情他们,但我心里会想,你们的一个炮弹打到黎巴嫩贝鲁特,一炸就摧毁十几栋楼。还有一个例子,真主党一枚火箭弹打到以色列,穿透两层楼落下,隔壁客厅一对老夫妇在看电视,毫发无损。我们去采访他们,老人含着泪说:"我们原来还是反战主义者,但现在给我支枪我就去跟真主党拼命。"当时我觉得这两位老人真是幸运,但同时我也想到黎巴嫩那边的妇女儿童可没有他们这么幸运,威力更大的炸弹一打过去,一大批妇女儿童就会倒在血泊中,逃都逃不了。这时记者就要有判断力,要公正和客观。

天堂和地狱怎么如此贴近 和平与战争就在一线之间

以色列平民中十之八九是支持政府的,在这种情况下,还是有一些反战势力在街头游行、示威,发出他们很微弱的声音。面对这些反战民众,严明最深的感触是什么?

以色列反战民众要是在街上打出"STOP THE WAR(停止战争)"的口号就会立刻被拘留,因为这是反政府的,而且会遭到路人的唾骂,但这股力量一直在据理抗争。有时候他们会到我们记者的楼下,敲起鼓,让记者下去拍他们,他们希望自己的声音能让世人听到。对他们来讲,最好的办法就是停火。

在整个采访过程中曾有一瞬间让我感触很深:从前线回到大后方特拉维夫时,一到特拉维夫,就看到无忧无虑的太平景象,海滩挤满了人,旅馆里灯红酒绿,大家一起聚餐,好像没有发生过任何事情一样。我们在海滩上采访时,要不是看到几架刚从前线回来的武装直升机低空掠过,枪管还冒着烟,真是想象不到在我们北边一百多公里的地方,全球关注的一场战争正在进行。

当时我的感觉就是天堂和地狱怎么如此贴近!我一步就到了天堂,但另一边是哀鸿遍野,人的生存和死亡的转换竟能如此之快,从一个世界跳到另一个世界竟只需一瞬。我是第一次感受到这种战争与和平的落差。我觉得人类很悲哀,地球这么小,人类这么近,为什么和平的景象会一下子变成地狱般的战争。

严明的采访即将结束时,陈晓楠走进了咖啡厅,严明立刻离座、两步上前,张开双臂道:"晓楠!我们俩应该拥抱一下!"两位原本只是点头之交的同事,在一起零距离"旁观"了一场战争后,成了亲密战友,这也是二人从前线回来后的首次碰面……

陈晓楠: 我刚才跟别人讲了,咱俩连线的时候你特替我担心,还让我一定要小心。

严　明: 我当时是说你那条路太危险,是死亡之路。我跟着以军,知道他们的武器装备太厉害,杀伤力太大。

陈晓楠: 我当时老觉得你话中有话,好像以军又要发动大规模的斩首行动。

严　明: 我那会儿特希望把我的防弹衣给你,因为我这边不需要这个,你那边最需要。

陈晓楠: 我特替你担心,因为你们那边看到的是真刀真枪的东西,我们这边只能看到炸后的东西。

严　明: 那也很危险,一个炸弹炸过来杀伤范围至少十几米。

陈晓楠: 咱们不是都活着回来了吗?真好。

严　明: 晓楠那边还是以人文关怀为主,走的是《冷暖人生》的路线,是阴柔之美;我这边因为随军,阳刚的东西比较多。

陈晓楠：你发炮我接炮，打电话时我们经常说炮打过去了。我有点身在其中不知道害怕的感觉。

严　明：我听到你那边的情况，我都害怕，心想这女孩子完了，糊涂了，竟不知道害怕。

陈晓楠：我就是一种听天由命的想法，有些盲目，无知者无畏。

严　明：这次战争是一场不对称的战争，我们这边接到的炸弹完全是第一次世界大战的水平，是很零散的，但晓楠那边接到的是21世纪最新型的战斗武器。

陈晓楠：我和你是战友，我们在共同打一场新闻的仗。我越不在你身边的时候，就越觉得你的危险大。我们共同从一个非常时刻走过来，内心会有一种说不出来的亲切感。

……

严明和陈晓楠的对话始终伴着一种说不尽的味道，直到有人催严明该去录节目了，二人才分手，只是兴奋之情依旧流露在晓楠的脸上。

就在本文见报时，严明已再次踏上了以色列的土地……

埃航坠机事件原因复杂　疑点重重
（2016年6月2日）

埃及航空公司客机失事坠毁之后，欧洲相关国家希腊和法国都在积极参与搜寻和调查工作，但客机突然失事坠毁的真正原因仍不明朗。

埃及航空公司在希腊海域突然失事坠毁的客机，由于属于欧洲空客的A320型客机，又是从法国巴黎起飞的，再加上有15名法国乘客遇难，所以希腊、法国和欧洲方面一直高度重视和积极参与客机失事的各种搜寻和调查工作。欧洲各国的相关机构和航空专家，也在积极寻找和深入调查客机失事的真正原因。

客机失事之后，最初的迹象显示可能是遭到了恐怖爆炸袭击。原因是此类型客机安全性能优越，失事客机又刚刚维修保养过，当时气象条件良好，驾驶员经验丰富、情绪稳定，失事时没有发出任何求救信号，乘客遗体初步分析有机舱爆炸痕迹等，应当与去年十月在西纳半岛遭恐怖爆炸袭击失事的俄罗斯客机情况类似。

但随后陆续获得的信息又开始让人迷惑不解。比如希腊方面透露，客机曾突然两次大幅度急转弯，随后高速急降坠海；机上自动报警系统显示，失事前机舱卫生间和驾驶舱曾经出现烟雾，可能舱内起火造成电路短路、通讯中断、驾驶失灵。

由于烟雾报警持续了一段时间,似乎并不是机舱突然爆炸的恐怖袭击现象,再加上一直没有任何恐怖组织公开承认,于是又有了可能属于机械或技术故障的说法和揣测。

但一些欧美航空专家又质疑:两次大幅急转弯也可能是空中劫机行为所导致的,而机舱烟雾也不能排除是由恐怖爆炸物或空中恐怖自杀式爆炸行为所引发。如果爆炸物当量较小,或者破坏力不大,飞机有可能不会一瞬间在空中爆炸解体,而是在空中盘旋滑行一段时间后坠毁。

接着又传出以色列军演发射导弹和事发地点附近出现不明飞行物等传言,但可信度都不大,基本可以排除。

当然各方都认为最令人迷惑不解的就是:无论出于什么原因、发生了何种情况,为什么驾驶员连发出求救信号的几秒钟时间都没有?现在看来,究竟是恐怖袭击、技术故障,还是驾驶失误等其他原因导致飞机失事,还要等待有关专家和机构深入分析飞机残骸、乘客遗体以及细致解读纪录飞行数据和机舱音响的两个黑匣子。之后,相关谜团才有可能最终得以破解。

采访手记

向着炸弹的轨迹奔跑

夏榆《南方周末》 2009年8月9日

本报记者第一次跟正在以色列战地采访的严明联系时,电话打进了他们在海法的旅馆房间,但始终没人接听。那时候,他正坐在摄影师林平驾驶的马自达车上,奔走在特拉维夫的道路上。

"我们的索尼机器烧坏了。"严明的电话终于接通了,他在那头讲起他们那些可怜的设备,"我们唯一的专业摄影机索尼150,被中东的烈日晒得短路了。因为我们经常露天架起来,为了迁就海事卫星嘛。今天你们看到的画面,是我们用家庭小摄像机掌中宝拍的。"

记者:摄像机烧坏了,是不是你干活超负荷了?

严明:我们已经连续工作15天了,我们比机器还要坚挺一些,现在机器先受不了了。机器先受不了是什么样?到最后就是机器瘫痪,索尼150完全烧坏了。现在我们从法国带来的两台手机也被烧坏了,幸亏我们一个香港同事的手机在这里,一直用他的。所幸我们的后援队上来了,这真是雪中送炭。

记者:为什么会去海法?

严明:海法是大后方,离边境有30公里到35公里的距离。海法是以色列北部最大的城市,是遭黎巴嫩真主党火箭弹袭击最重的一个城市,是以色列的重灾区,这是基于现场报道的一个选择。我们多次在爆炸之后30分钟内就赶到现场去采访报道。

记者:驾着租来的马自达小轿车上战场,在黎以边境的记者中这种情况多不多?

严明:以色列那边的记者,因为经历了这么多年的战乱,他们的车全是由警察、陆军装甲吉普车改装的,四壁都是封闭的,只有很小的窗户,有防弹玻璃,炸弹都炸不穿。我们没有办法,只能租这样一辆普通的小车。跟着以军上前线的时候,前后全是坦克装甲车,轰轰隆隆的,中间夹了我们这样一辆小车。

记者:在你的采访当中,你需要经常面对什么样的挑战?

严明:首先是身体,我们平均一天也就睡两个半小时,有的时候一夜都不能睡。其次是胆量。我们不能像西方记者那样,站在特拉维夫、耶路撒冷的阳台上,打着伞来报道,而前方有几个记者在卖命,跑前线新闻。我们不行,我们所有的任务都无人替补,如果我们自己不做,那么就没有东西可以报道,我们没有第二支队伍。

这场战争到底是怎么回事?以色列军队到底怎么准备的?他们的军队怎么样?如果我们站在后面、后撤2公里就没有说服力。我只有零距离地贴近以军,和他们处于握手的距离之内,观众才会相信我。

比身体硬的是胆量。

记者:除了这种身体极限的挑战,还会有胆量和理性的挑战吗?

严明:到了战场后,反而是身在庐山,"不识庐山真面目"。你很容易被他们的士气感染,被他们的装备震撼。但是,你要冷静地分析,其实这是非常残酷的战争。以色列的军人也是非常无辜的受害者。这就需要记者凭借智慧和判断力,坚守自己一贯的信念,冷眼看待,而不是狂热地追逐它。报道中会说以色列士兵怎么下撤又怎么跟上去,但是他们真实的状况是什么样子的?特种部队在登车前那种凝重、可能一去不回的复杂心情,在报道中是无法看到的。因为他们在上战场之前不是大学生,就是公司职员。前一天晚上,可能还把女友拥在怀里,或者还和父母一起聊天、喝酒,几个小时之后就到了前线。

记者:你怎么看以色列士兵,他们是一些什么样的人?

严明:他们不像阿拉伯人和巴勒斯坦人,他们生下来就是要当兵、要打仗的。以色列人有很强烈的复仇情结,因为这个民族在历史上就被驱除,家破人亡、流离失所。他们这种复仇心理、对外防范心理,对国家和民族安全的极度敏感,都有历史的原因。

所以,以色列士兵上战场的信念就是保护自己国家的安全,因此他们会毫不顾忌。对于他们而言,民族、国家利益绝对是至高无上的。但是即使知道他们的民族特性和历史渊源,我们也要冷眼看战争。

记者: 看电视的时候,经常看到你的身后有爆炸的浓烟升起,甚至有火箭弹划过,你有没有惧怕的时刻?

严明: 我有一些军事常识,就像军事爱好者一样。这些伞兵部队是怎么摆阵形的?为什么是这种三角式的?之间的距离多远?怎么掩护?在多大的范围内炮击?怎么跟随目标往前?我们都掌握了一些这样的知识,在战场上都能够用上。比如我们看到炮弹打过来了,虽然以色列炮兵的精确度很高,但是我的同事告诉摄像师,马上撤出。第一,万一稍有误差,我们站在最高处,就会成为被击打的最佳目标点。第二,对方要是反击的话,我们所在之处也是一个火力的交叉点。

战争对我内心的冲击力并不是那么大,我只是完成我想象中的这个动作,就像运动员的一连串动作编号一样。但我从前方到达后方的那一刻,那一瞬间的场景转换对我的冲击极大。

比胆量大的是觉悟。

记者: 你第一次接触战场的时候,是什么样的感觉?

严明: 第一次进入战场,是伊拉克战争的时候,我们送同丘露薇两次出入伊拉克,感受到了同事之间离别的悲壮。

我们当时真的是前仆后继,就觉得我们五组像展开了一个小竞赛似的,谁能冲到战争的最前线、谁能把战争的最佳切入角度呈现给观众,那谁就是胜者。那时候对战争的感受并不是很强烈,只有一种完成任务的冲劲。

记者: 我看到你是穿防弹衣的。防弹衣能让你有安全感吗?

严明: 对,我们在进入战场的时候必须穿防弹衣,那是规定,并不是因为我害怕。只要进入战区,即使坐在车里,被检查出没有戴钢盔,没有穿防弹衣,以军也会马上把你送回后方,这是为了保护你的安全。但是防弹衣有十几公斤重,前后钢板,在中东四五十摄氏度的烈日下,既笨重,又不方便。只要有机会,我就会把防弹衣脱下来。

记者: 在战场上,你有没有害怕的时候,有没有软弱的时候?

严明: 我有一位非常温柔、漂亮、体贴的妻子,我的女儿今年八岁,我的儿子今年两岁。如果我有点软弱了,就是想到了这些。

我的家人从电视上可以看到我,我不仅给观众报平安,而且也给我的家人报平安。我的老父老母已经80多岁了,每天几乎不睡,就盯着电视屏幕,知道这一个小时孩子还好,打个盹儿再看一下孩子还好不好。

记者: 你有没有职业的榜样?是什么样的动力让你这样顽强地工作?

严明: 我没有职业的榜样,因为从我的阅读,从我的亲身经历,从我认识的外国的很多优秀同行,包括现在最知名的战地记者来看,我有时候很羡慕他们有那么好的条件,但是我不佩服他们的能力。他们戴着他们的有色眼镜,带着他们一贯的偏见,甚至在报道战争这么冷酷的事情的时候,他们还是这样。我觉得中国的记者有我们中国人的智慧,有我们中国人的觉悟,我们的境界比他们高。

战地记者:报道战争的真相

《对外大传播》2006年9月19日　雪石　周瑾　刘妍

引子:2006年7月,平静了6年多的黎巴嫩南部再度硝烟弥漫。在黎以冲突爆发当天,凤凰卫视的高层便开始部署战地报道、调兵遣将。凤凰卫视的此次战地报道部署周密:凤凰卫视驻埃及记者温爽,只身从塞浦路斯乘坐邮轮进入黎巴嫩首都贝鲁特;陈晓楠、吴建明小组取道叙利亚首都大马士革进入贝鲁特;严明、林平小组跟随以色列地面部队行动;记者鲁涛在叙利亚关注叙利亚与伊朗的动向。他们怀着崇高的职业理想,一次次地冒着生命危险发回图像和电话连线报道。

战地记者的行踪始终吸引着《对外大传播》的视线,陈晓楠和严明刚刚从以色列和黎巴嫩战区采访归来时我们就接到台里打来的电话,出于对朋辈、同行的尊敬,我们马上出发,直奔位于北京北三环的凤凰会馆。

生命作价,勇敢穿越新闻风暴中心

当陈晓楠来到会客室时,我们眼前一亮:她身着黑色短袖上衣和裤装,玲珑娇小,清丽如昔;而与身材魁梧的记者严明握手的瞬间,又被传递了一种磐石般坚毅的力量。

访谈,还是从我们最关注的战地记者在战场上的生命安危这一话题开始的。面对提问,严明十分坦率地说:"对于战地报道来说,战场就像是风暴眼。风暴眼是风暴中心较为平静的地区。站在新闻的风暴中心很平静,也只有站在新闻的风暴中心所做出的报道才更具有可信性和说服力。当我和以色列的坦克部队走在一起时,我身为战地记者的地缘位置就具有很强的说服力。"

严明所说的"风暴眼"使人想起一部美国大片《龙卷风》。当龙卷风到来时,人们四处逃散,而几位年轻的科学家,为了把探测器放入龙卷风的内部以研究龙卷风的形成原因,开着越野车向"风眼"冲去。在硝烟弥漫的战场,谁又能说,战地记者不是"追风"的人呢?

严明在叙述到前线采访时的情景时,语气是平静的,他说:"我所驻的法国记者站,飞三四个小时就能到达黎以边境了,没二话,我应该上。"但他在提到自己的女同事时,却有了另一种柔情。他告诉我们,2003年伊拉克战争爆发后,凤凰卫视记者闾丘露薇进入伊拉克的时候,他心里感受到了别样的痛楚和不舍。在他眼里,闾丘是一个那么娇小的女子,但在战争爆发的危急时刻,竟义无反顾地走上了战场。那次边境线上的送别,让他感到所有祝福的话都是无力的、多余的,他只能跟闾丘露薇说声"珍重"。记得有一部电影叫《战争,让女人走开》,在新闻记者行列中,这句话就应反过来,用陈晓楠的话说,"到战地采访,女记者更有优势"。

说这话时,陈晓楠在旁边微笑地看着严明,那眼神好像是在主持着另一场《冷暖人生》的节目。凤凰卫视《冷暖人生》节目的宗旨就是"让绝望者重生、让哭泣者欢欣、让徘徊者前行"。得知陈晓楠要上前线的那天,严明说,这下好了,《冷暖人生》终于有了"国际版"了。这之中既有调侃,也有对同行的一份理解。严明自豪地说:"中东有几十万难民在等着晓楠。人们终于可以看一看,中国的主持人是如何用自己的眼光安抚这个世界的。"

前往黎巴嫩做战地报道其实是随着战争的爆发突然决定的。陈晓楠说:"7月19号的时候,我正在首都机场,准备到山西出差,接到台里的通知电话,我一刻都没有犹豫就决定'去'。我深知自己的个性,即使留给自己一个思考过程,我还会说'去'。于是,我就省略了这个选择过程。我的同事马上飞车到首都机场,取走了我随身携带的护照,而我照常登机去了山西。一天的采访结束后,我回到了北京,马上转换脑子,给自己找线索。"

做了决定后,陈晓楠就变成了新闻机器。做新闻,首先要找新闻源。陈晓楠是怎样为自己能完成战地采访做"公关"的呢?中东那边没有陈晓楠认识的人,只有一天的准备时间,陈晓楠打了无数的电话。这之中,中国驻叙利亚使馆的工作人员给予了陈晓楠很大的帮助,也有去过那里的朋友介绍当地的风土人情,让她了解那里的生存状态。

几个刚毕业的大学生说他们在电视上看到凤凰卫视的记者就走在以色列炮兵部队的旁边,他们很震惊。这位记者就是严明,他是怎样实现与以色列部队的"零距离"接触的呢?严明说,能进入以色列部队,的确考验做记者的功底。首先要打

通以色列外交部和国防部,以及前线部队长官等环节,经过他们特许,才能有"零距离"地与以色列军队接触的可能。同时,以色列军方也会提出要求,比如:不能采访军队,在报道中不能明确提及自己所在的地点,不能说明部队的番号等。

恪守职责,深入探知事件背后的真相

记者似乎都有这样的冲动:在第一时间抓住新闻事件,在黑暗的背景下看到闪光的钻石,在崎岖的山路上接近事实的真相。陈晓楠觉得,当自己身处前线、面对枪炮声的时候,心底有些东西本能地折射出来了,这种东西就是"探知真相"。2002年,伊拉克战争前夕,她一心想到伊拉克看看,她想知道当时的社会生态是什么样的,伊拉克人是如何抗拒战争的。然而由于种种原因未能实现。

而在这一次的黎以冲突中,陈晓楠真正走到了在战火中度日的人们中间。没有进入前线之前,人们看到的多是学者们分析政治局势,听到的多是战火中死亡数字的罗列。但当自己真正地走近战争,才深切地感受到战争的残酷。

这种真相令陈晓楠悲伤。她曾在看越战随军记者拍摄的照片时,无意间被照片下面的一行小字震撼,上面写道:"这是摄影师在战火中拍摄的最后一卷胶卷,我们帮他冲洗了出来。"陈晓楠说,人被战争变成机器和野兽,这是一件多么荒谬和可怕的事情。

黎巴嫩长期以来都深受教派和民族冲突之苦。黎巴嫩面积仅1.04万平方公里,人口400万。战争爆发前,人们漫步在黎巴嫩首都贝鲁特街头,到处可以看见高级的奔驰、雷诺、雪佛莱、丰田轿车,虽然战乱时期留下的弹痕累累的旧楼房亦随处可见,在街头上还能不时碰到荷枪实弹的武装士兵,但人们生活安逸,表情悠闲。黎巴嫩昔日具有"中东瑞士"的称号,其首都更被称为"中东小巴黎"。

陈晓楠这样描述她眼中的黎巴嫩:"到过地中海岸边的人,都会感受到那里的美丽。尤其是巴勒斯坦和黎巴嫩的东海岸,海滩特别好。到黎巴嫩的第一天,我们在夕阳之下,穿过一条小路,走到海边……这儿真是一个度假胜地。到了晚上,山上灯火重重叠叠,像块有繁星点缀的幕布。走在黎巴嫩的街头,你会感觉这里很现代化、很时尚、很欧化。"而在以色列度过了15个日日夜夜的严明说:"以色列更美了,每到一处,地中海温暖的海水冲击着海岸,蔚蓝的天空、温软的细沙都在你的身边。"

原来的黎巴嫩到处都有酒吧。但是当陈晓楠到达那里的时候,却感觉那里像个影视城。周围的建筑是完整的,但很少看到人,酒吧门前有很多很多的椅子,你只能去想象没有战争时的繁华。她说:"没有人的城市是没有生命的风景。"

在陈晓楠进入黎巴嫩境内十几天的时间里，只有美国国务卿赖斯去中东斡旋的短短 24 个小时里没有爆炸声。黎巴嫩百姓痛苦不堪，他们本以为国家向和平方向发展了，没想到顷刻之间，从南到北，整个城市被轰炸了，基础设施被毁，国家起码倒退了 20 年。80 万人没有了家。无家可归的人住在学校里，小一点的孩子奔跑嬉戏，而稍微大一点的孩子，对着记者的镜头拼命地叫喊，小小的眼神里是一种坚定的仇恨。

这场中东战争是政治领袖们决定的事情，但重棒却砸在无辜人的身上。

仁者爱人，为和平揭示战争惨烈

在这次黎以冲突的战地报道中，陈晓楠进入的贝鲁特是战争重灾区，而另一边，严明日夜与以色列军队同行。所以，观众看到严明站在黎以边境的以色列一侧随军报道时，同样会看到陈晓楠报道的边境另一侧的黎巴嫩被炸的消息。严明和陈晓楠两路报道汇合，立体而客观，能帮助人们看到战争的两面，也传达了一种人类共通的情感。

在黎巴嫩土地上的陈晓楠，看到有的孩子因为父母被杀死，眼睛里流露出了极大的仇恨，而这种仇恨是往心里长的。面临外敌，黎巴嫩内部的基督徒与巴勒斯坦难民之间的冲突反而平静了许多。有一位信奉基督教的小学校长把夫人和女儿都送走了，自己却没走，把学校腾出来收容难民。特殊的环境让人们变得宽容，人性美好的一面让人很感动。

对于中东战争，严明并不陌生。严明曾在巴勒斯坦境内现场直播人们送别阿拉法特的场面，看到了苦大仇深的巴勒斯坦人内心的绝望；又在以色列境内报道沙龙病危的新闻时，亲眼目睹了历经磨难的犹太民族处变不惊的性格。

走进以色列，严明对这个民族有了更多的了解："在黎以冲突中，人们往往会同情黎巴嫩，其实以色列人民也是受害方。他们没有一天不是在胆战心惊地过日子。因为这个国家太小了，他们所处的位置也太特殊了，任何一点事情都可能导致它的灭亡。"严明向我们描述了这样一个场景：在以色列街头，你会看到一些女孩子抽烟。与寻常人抽烟的方式不同，她们抽烟的神情一点也不悠闲，甚至手抖得厉害，眼神也很焦虑。也许她们现在还坐在咖啡馆里，但是只要接到命令，她们就会走上前线。

"有一天，某地爆炸了，我马上赶到现场。那些房屋被炸的居民简直就要疯了，他们捡起炸弹里专门用来伤人的弹珠，愤怒至极。"严明说他在以色列采访时，还遇到过一对老夫妇，他们隔壁的房间被炸了，这对老夫妇眼含泪水地说道："我们是和

平主义者,但如果现在给我们一杆枪,我们马上要求上战场。"

严明站在以色列军人身边时,"每时每刻都能感受到以色列军人内心对和平与安宁的盼望。有一次我和一队以色列士兵在帐篷里休息,其他人都抓紧时间蒙头大睡,只有一个年轻的士兵坐在那儿写东西,他脸上的表情特别柔和,很容易让人联想到是在给女朋友写情书。他希望战争赶快结束,一切回到原来的样子。然而,记者不能完全被一方所感染,要看到事件的两面。因为战争种下的仇恨是双向的。在以色列的炮兵阵地,伸手摸一下那些闪着银光的炮弹,就感到那寒冷逼进心里。黎巴嫩使用的是二战时期的、比较落后的武器,而以色列往黎巴嫩投放的炸弹起码是2吨至20吨级的,一个炸弹投下去,一个小区就没了。大家非常清楚这些炮弹发射出去的后果,那就是无数黎巴嫩无辜百姓的伤亡"。

要知道,在这样的一场战争中,很难判断孰是孰非,这其中有着太多的历史缘由。

据资料载,历史上的巴勒斯坦中东地区是欧洲人以欧洲为中心而提出的一个地理概念,它包括埃及、叙利亚、黎巴嫩、伊拉克、约旦、科威特、巴勒斯坦和以色列等18个国家和地区,面积740万平方公里,衔接了亚、非、欧三大洲,并拥有丰富的石油资源,战略位置十分重要。

一次聊天,窦文涛(凤凰卫视节目主持人)问严明,北欧南美都有过战乱,但最终都能坐下来和谈,为什么中东的战火就平息不下去呢?

那一刻,严明无言以对。他只能告诉同事,任何一个国家给建筑物起名字的时候,都寻求吉祥喜庆的含义。但是在中东,却有"死海"和"哭墙"。这块地方会永远与"死"和"哭"联系在一起。

对于此次黎巴嫩之行,陈晓楠也感慨颇深:听人讲过这样一种现象,无论你把一团线理得如何顺,放在书包里,长时间不去管它,再拿出来的时候总会缠成一团。历史也就是在这样的不知不觉中打了一个死结。在古今中外战争史上,人们都是为了领土和资源去打仗,但很少有人为了一个国都,百十年来都在战争中拉锯。可见历史的渊源使得积怨极深。

但不管历史在此是怎样的错综复杂,基于对60年来中东问题的了解,基于对犹太人过去的了解,陈晓楠和严明在采访报道过程中,始终秉持"公平、客观、真实"的立场,力求让人们看到一枚硬币的两面:既看到黎巴嫩人民的痛苦,也看到以色列人民的不幸;既看到人们在战争中的疯狂,也看到人们的无奈与对和平生活的期盼。因此,他们以"平衡报道"赢得了黎以双方的信任,赢得了观众的认可,实现了对于世界和平的热切呼唤。

比拼理念，为华文媒体赢得一席之地

前不久，在凤凰卫视十年成就展上，我们看到其宣传画上有这样一句话："当大事发生时我存在。"

在陈晓楠和严明的理解中，凤凰卫视从上到下有着一个原则，就是上前线冒险并不是为了成就"小我"，也就是说不仅仅是为了个人和凤凰卫视的发展。

长期以来，世界媒体舆论都被欧美记者掌握着，他们影响着世界。华文媒体这次在第一时间与他们站在一起拼新闻，与他们一争高低。那些西方人在报道中抱有偏见，而凤凰卫视的报道不戴有色眼镜，客观、独立又超脱。

"我们经常比欧美记者早到现场。早到意味着什么？意味着独家和快速反应。因为欧美记者有高清晰度、可以远距离拍摄的摄像机，爆炸声起，他们的摄像机从高处一下就罩下去了，火光弥漫，抢救场面就拍出来了。但是他们镜头出来的时候人还没有到达现场，而我们已经到达了。虽然同样都是人生地不熟，但我们有一个诀窍，就是只要爆炸声起，我们就迅速开车出发；只要看到有警车、救护车鸣笛往前冲，我们就跟着冲，因为他们肯定是去现场，去救护、灭火。有时候，我们到了那里，别的媒体记者还没到，或者寥寥无几，就感到很安慰。"这是严明在接受《南方周末》记者采访时的叙述。在他看来，仅就装备而言，中国记者暂时无法跟欧美记者比拼，但就新闻发布的速度方面足以跟外国媒体抗衡。

采访中，那些欧美知名媒体财大气粗，在这些国家布置了十几个采访组，一个采访组就有五六十人之多，战地主持人也是轮流主播，场面很大。而凤凰卫视在以色列和黎巴嫩各只有两个人，但重要的是，当事件发生时，我们来了，我们在那里。

中国记者出现在战地，外面的人看到的是奋不顾身。这其中包含着三重意义：一是多年形成的职业精神，大事发生时渴望第一时间报道；二是凤凰精神的要求，"有大事我们都在场"；三是有一种崇高的理念，就是为华文媒体做先锋军，带动整个媒体前进的步伐。

"我们今后要在世界上有自己的声音，要有话语权、有对世界大事的解释权。"严明以这样一句话结束了采访，那目光中透出的沉着和坚定，让人们期待着华文媒体的新生和成长。

结束语：采访即将结束时，陈晓楠的一位朋友来到了会客室，这让她有些激动，她开心地与朋友拥抱在一起，开心地笑着，那笑容感染了在场的每一个人。

而陈晓楠、严明他们告诉我们，感受过战争，才意识到能够平静地生活是一件多么幸福的事情，也因此学会更加珍惜生活中的点点滴滴。

在此,向沿着战火的方向奔跑的记者们致敬,并为世界祈福,期盼"和谐世界"早日到来!

战地记者严明的侠骨与柔情
凤凰情报站(2009年9月7日)

印象中的严明,和电视镜头里的他一样,高大魁梧,沉稳大气,刚毅的脸上略带一丝严肃,是个标准的"英雄"形象。与他接触后才发现,印象是有偏差的。严明本人很和善健谈,偶尔还有点儿小幽默,其实是个很随性的人。这次严明归国,是参加凤凰卫视中华小姐与法国老爷车穿越世界屋脊的活动,看着他在活动现场忙前忙后,在一群美丽动人的俏女郎身旁穿梭,突然觉得,这位行走在烽火中的"大侠"其实也有"怜香惜玉"的柔情……

法国国防部"开后门"

2008年年底,以色列空袭加沙。严明和摄像师在轰炸开始后就赶到了现场进行报道。在巴以双方开战的那一天,凤凰卫视的第二梯队赶到了加沙地区,此时的严明,接到了法国国防部打来的紧急电话,法国国防部让他在规定的时间内赶到亚

严明与2009年中华小姐合影

严明与中华小姐及法国老爷车车队西藏世界屋脊行成员

丁湾的军港。这也意味着,他已经获得登上军舰的许可,他将有机会报道中国远洋护航队在亚丁湾执行任务的情况了。由于种种原因,国内媒体在中国军舰出航时没能登舰记录中国海军重新走向"深蓝"这一重要历史时刻,严明深知此次报道的意义,他拿起摄像机,只身闯荡亚丁湾。

无论是对这次报道机会的争取,还是在登上法国"花月号"后自如"调遣"军舰,与中国军舰互示友好,都得益于严明与法国方面特别"铁"的关系(严明是法国总统府记者团成员,萨科齐只要离开爱丽舍宫,都会提前打电话问他去不去)。凤凰卫视向来是"大事不缺席",因而在得知国内媒体都暂时无法报道这一重大事件时,总部积极联系俄罗斯、法国方面,甚至想到雇一艘民船跟过去,但最终严明凭着与法国国防部的"交情",拿到了登舰的许可。"花月号"入海第一天,就遇到了中国军舰驶入亚丁湾,为了真实地记录我国军舰在海上执行任务的情况,严明"晓之以理,动之以情",最后基本"调遣"了法国军舰,中国军舰往哪儿开,法国军舰就往哪儿靠,而严明则坐上了直升机,想怎么拍就怎么拍,十足地过了一把瘾。

拍摄完成了,怎么传回总部又是个问题,因为舰上没有可使用的通信卫星。最后,法国国防部给严明开了个"大后门",让严明使用国防部的机密军事卫星把拍摄的画面传回去,画面传到香港总部的时候,收片的同事吓了一大跳,他们从来没见过这种军用信号,害得他们直嘀咕:难道是天外来的片子? 而在使用前一直口口声声说要向严明收费的法国国防部,至今对这钱只字未提……

与国家领导人保镖"过招"

除了在战地采访,对其他重大事件如二十国集团会议、欧盟会议、联合国高峰会议等的报道中,也经常能看到严明的身影。严明曾在和同行聊天时"自嘲":凤凰卫视以前是"小米加步枪",现在好一点,换成了"机关枪",但是还没"炮"。话虽如此说,但严明很自豪,正是这样机动灵活的小部队,反而容易在一些重大的场合出彩。比如在黎以冲突时,当别的电视台还在做准备工作时,严明已经站在现场通过一个小箱子大小的海事卫星连线直播了。

而在其他一些竞争激烈的场合,严明和其他凤凰卫视的同事一般是通过坚守的决心、独到的视角以及与阻碍斗智斗勇来获得要报道的内容。有一次,严明受命采访时任以色列副总理兼外长利夫尼,为了采访到利夫尼对于中国联合观察员被以军炮弹炸死的态度,在记者会结束后,严明立马跑到利夫尼出场必经的地方对她"围追堵截"。当时,利夫尼身边的保安有四层,最里面是内务,接下来是警察,第三层是军警,第四层是陆军部队。当严明把话筒伸过去时,他的手已经被利夫尼的保安摁住了"穴位",这时,严明大声地提出了精心准备的问题,请利夫尼表达想对中国民众说的话(这个问题设计得很巧妙,以色列炸死我军事观察员,如果在电视采访中,以方仍然沉默的话,将使以方的国际形象大打折扣)。果然,利夫尼乖乖地回答了严明的提问,而当她开始说话时,保安摁住严明穴位的手才松开。严明笑着说,其实采访领导人的时候,遭遇过很多"被点暗穴"的情况,虽然他平时也学习了一些这方面的门道,但作为记者,根本不能还击,而与这些五大三粗的领导人保镖

严明在"2009 中华小姐与法国老爷车穿越世界屋脊"出发仪式上

们过招最好的办法就是提出好问题,让领导人重视你和你所代表的媒体。

看了这位"大侠"的采访经历,同事大呼:"侠之大者,为国为民;记者之大者,指挥卫星!"记者能做到严明这样,真是太过瘾了!不过,这样一位叱咤新闻界的记者其实也有他柔情一面的。

闾丘露薇的"护花使者"

严明和闾丘露薇也算老同事了,但这么多年竟然都没有合影过

说到2003年伊拉克战争中的战地记者,人们记得最清楚的可能就是"战火中的玫瑰"——闾丘露薇。其实,当时凤凰卫视在前线的记者有五路,除闾丘露薇之外,还有隗静、莫乃倩和沈玫绮等。当时还是法国主流媒体记者的严明偷偷请了假,毫无报酬地"借"给凤凰卫视,从法国出发进入美军重兵驻扎的土耳其。这个原本被预测为主要攻击方向的地区因为土耳其政府态度的突然转变而免于战争。严明和摄影师不得不往回绕,当他们到达离巴格达最近的约旦地区时,闾丘露薇已经准备二进巴格达了,因为考虑到安全等因素,严明担当了"护花使者",把闾丘露薇护送进巴格达之后,他撤回到以色列地区采访,这是他在凤凰卫视的第一次实战,有收获也有遗憾。收获的是认可,在这之后,严明就从"借调"转正了;而遗憾的是,他失去了一次深入到最前线去战斗的机会。

和家人交流"自有一绝"

到2009年,严明干记者这一行已经有三十年了。记者这份工作,不但繁忙,而且危险。严明之所以在工作中能够心无旁骛、全力以赴,与他有一个帮他打点好一切的好太太有很大关系。他可以随时拿起护照和行李奔赴采访一线,这是因为家里有人给他托着。严明说:"夫人的角色很重要,我想卢宇光应该和我一样深有体会。"

在外面跑新闻,风吹日晒,每次回家严明的变化都很大。2009年从亚丁湾回来之后,严明的脸已经被晒得和"索马里海盗"差不多了,五岁的小儿子捧着他的脸,抓着他的头,看了好久,还是不敢相信。这是爸爸吗?为什么变成这样了呢?

虽然工作让严明牺牲了很多和家人在一起的时间,但严明觉得,其实,电视是一种很神奇的东西,它残酷,因为它将你的行踪暴露无遗;但同时它也让人欣慰,因为总能让家人看见你的模样。严明的家庭基本都围着电视转,每次去前线,严明都

严明与他的小儿子路易

不会告诉他已经年近九十的父母,但老人家天天贴着电视看,还跟严明说:"你在哪儿我还不知道吗?电视上都能看见的。"小儿子会拿着严明给他买的坦克问:"这个怎么和电视里你身后的坦克一样啊?"严明说,电视是他和父母、妻子还有孩子很好的一种交流方式,他和家人虽然不能常在一起,但实际上感情更近了。孩子们知道,爸爸是在最危险或者最热闹的地方工作。他的小儿子有时会骄傲地跟小朋友说:"看,那个正访问萨科齐总统的,是我爸爸。"每当这时,严明都会觉得欣慰,孩子们在电视里看爸爸的同时,也看到了不一样的世界。严明说,即便将来他的孩子们不当记者,他们的视野也不会狭窄。

严明街头出镜,女儿在旁帮忙打光

非洲三国跟访习近平

(2013年4月1日)

在中国两会闭幕不到一周后,刚刚当选国家主席的习近平及夫人彭丽媛,就启程前往俄罗斯及非洲三国展开上任伊始的首次国事访问。一上任就立马出访,其出发时间之快、地域跨度之大,都是前所未有的。由于得到最后行程的时间较晚,所以我们的准备时间也非常短。谈谈几点感想:

1. 习近平访俄时，总部张凌云组和俄罗斯卢宇光组相互配合、协助补台，从不同角度切入，增加了报道的层次和广度。而吕宁思副台长在前线评论解说，现场即时效果显著，也成为有别于和超越其他电视同行的凤凰特色。"实地报道+评论"模式，值得普及推广和常态化。

2. 面对极为严格的管控措施，凤凰人还是找到了一些突破口。比如，非洲首站坦桑尼亚，我们在国际机场停机坪旁架起海事卫星，现场直播习主席夫妇走出舱门挥手致意、来到欢迎民众前等即时画面，现场同步连线解说。又比如，习主席在俄罗斯一系列演讲的直播，其他电视台惧于风险和不确定性，演讲一完就掐断了直播信号，而我们则继续直播提问和互动部分，获得观众的好评。另外，事先总部就希望跟访记者提前到位，在代表团抵达之前发当地预热片。结果证实效果不错：抓住高访日程安排亮点，记者事先深入现场采访报道，预热铺垫，也有别于传统的官方报道模式。

3. 每次跟高访，我总是习惯同时采访东道国的总统或总理，用他们的话来表达对高访的重视和对中国的态度。这次我一如既往，没条件约访，就现场见机行事，或冲上去截访，先后采访到了坦桑尼亚总统和刚果总统。

习近平主席慰问凤凰卫视随团记者

采访手记

严明在坦赞铁路列车里报道

总而言之,此次跟访是我多年以来报道高访难度最大、人为干扰因素最多的一次,但同时也是急中生智、临场应变最频繁的一次。

非洲跟访李克强随笔
（2014 年 5 月 16 日）

李克强总理出访非洲四国,是他正式上任总理之后的首次出访。而埃塞俄比亚、尼日利亚、安哥拉和肯尼亚又分别位于非洲大陆的东、西和南部地区,所以战线拉得很长。从巴黎出发的我们和从北京出发的陈琳组来回跳站,再加上非洲各国距离遥远,当地航空比较落后,确实赶路很辛苦,但好在都按预定计划到位了。

由于非洲当地的卫生和饮食条件极差,再加上水土不服和缺少睡眠休息,我们这个三人组中有两人腹泻、一人发烧,另一组的陈琳据说也是上吐下泻！但这还不是我们面对的最大的难题。就在李克强展开非洲访问的前夕,所到国家之一尼日利亚就连续发生首都公交车站汽车恐怖爆炸事件,造成上百人丧生、数百人受伤的惨剧,并且还发生了两百多名女中学生遭到伊斯兰极端组织集体绑架劫持的重大事件。而肯尼亚的首都除了日前发生过震惊世界的购物中心恐怖枪杀案之外,也多次发生小公交车恐怖爆炸案。

严明与同事在非洲直播报道间隙

当我们先后到达这两个国家时,当地气氛都异常紧张,恐怖组织也一再扬言要发起新一轮袭击,用他们的话说就是:"我们可离你们很近呀!"听起来挺吓人的。进入我们所住的旅馆要经过三四道安检,每层楼的楼梯口都是警卫24小时看守。本来每到一个新的国家或城市,我们都是哪里人多就往哪里跑,拍外景、做STAND,可是这次代表团负责人一声令下:除了跟团活动之外,都老老实实在旅馆待着,不准出去乱跑!好在最终在尼日利亚和肯尼亚都是有惊无险。就连李克强总理事后都对我们说:"你们记者没有专人保护,比我们还危险呀!"

另外,正如宁思副台长经常引述的一句话:"魔鬼都在细节中。"这次非洲跟访李克强,我又一次在细节中发现了"魔鬼"。在尼日利亚总统府的联合新闻发布会上,李克强在谈到如何解决贸易不平衡时说了这么一句:"坦率地讲,比较多的外汇储备已经是我们很大的负担,因为它要变成本国的基础货币,会影响通货膨胀。"我当时听到这句话时,心里立即咯噔一下:说外汇储备是负担,那可是一反传统说法,与认为外汇储备越多越显示国库充盈、财务雄厚的一贯说法大相径庭,也再次显示出"李克强经济学"敢于打破前人固有观念,大胆、客观、真实地反映国情民意的勇气和魄力!于是我在相关新闻片的标题、口播、VO中,都突出和强调了李克强说的"过多外汇储备是很大负担"这个主题。由于国内外各媒体当时都顾及其他"大事",忽视了这个"魔鬼细节",所以在48小时内凤凰卫视独家报道了这条重要的财经新闻。片子播出并经凤凰网财经栏目醒目放大刊出后,在国内的金融领域和财经业内引起了强烈反响和热烈讨论。我也再次尝到了新闻记者凭着敏感好奇心态和平时知识积累,在纷杂的"细节"中揪出"魔鬼"的职业乐趣。

这次高访我一路上先后截访非洲多国的四位总统、一位副总统、一位总理。高访期间除了紧紧跟贴中国的最高首长之外,我一直认为如果条件允许,还是最好顺便采访东道国领导人,以及中国大使、当地华侨等圈内外相关人士。因为自己说访问如何成功,有时不如东道国领导人的几句话来得更有说服力。

附文一：与中国传媒大学硕士班同学的互动交流

（2013年7月16日）

学生：您做战地记者时有什么体会？

严明：我觉得战地记者和普通记者并没有什么不同，其实普通记者很容易转成战地记者。在西方有专业的战地记者专门报道战事，他们有丰富的军事常识，具有非常扎实的国际外交、尤其是地域政治的知识，也非常熟悉军事、武器、政治、历史原因。但我们中国似乎没有这种专业的战地记者，都是普通记者，做国际新闻的或者地区常驻的，遇到这种突发事件要报道，上去以后就进入战场。在战场上攥着话筒，后面冒着浓烟，旁边炮声隆隆，这就成了所谓的战地记者了。但是我想与普通记者不同的是，我们的战地记者与西方国家的战地记者有相同的素质，就是他对这个战争地区的各种情况的来龙去脉要清楚。第一，他对军事常识和战地的一些实况也应该比较了解。要不你到了战地可能会比较手足无措。因为到了有战争的地方，前沿的交通工具和通讯工具几乎为零，有的时候是徒步，有的时候是靠最传统的电话，当然现在有卫星电话，联络比较方便，但基本没有什么图像，你也查不到资料，除了军队和黄土高山什么都没有。所以去之前功课就要做足。一般都要装到脑子里或者带上足够的资料。比如必须有双方的武器、军事力量对比这种资料，你到了前线他们军方不会向你透露的。我觉得最重要的就是要对战争感兴趣，我所说的感兴趣并不是对战争模式的喜好或者说是好战，这完全不一样。对战争感兴趣是什么呢？就是一场战争牵扯到周边国家，牵扯到整个地区甚至牵扯到全球的一个焦点新闻事件。每次战争打响，不管是局部的还是全球的，在全球的主流媒体上都是头条，而且会持续很长时间。站到焦点新闻的旋涡中间，我想这是一个记者最好的位置。所以从专业角度出发，他希望奔向战场。第二，就是战争牵扯到的历史原因、种族冲突原因、国家原因甚至地区和全球政治。战争现场报道并不是说哪一个国家的坦克过去了，哪一个国家的大炮打过来了，要分析战争的起因、错综复杂的历史纠纷、战争的现状，预估战争未来的结果会是怎样的，甚至是战争结束后的重建或者对周边相关国家造成的影响。战区一般都只有一个记者,很少有很多记者扑过去,那么他作为独一无二的记者就可以利用知识从各个方面来讲述、评论这场战争,甚至来猜测这场战争的结果。所以作为一个专业记者,这是一个非常好的锻炼机会。一个普通记者瞬间成为一个战地记者,甚至不同寻常投入、自如地去完成战事报道,我想也是他自己职业生涯的一个亮点。

学生:您对哪一次战争现场的印象比较深刻?

严明:阿富汗战争之后就是伊拉克战争、黎以战争、巴以战争直到利比亚战争。每一次战地报道都会有当时最深的感触,都会不同,也都有相似的地方。共性就是,不管报道哪一场战争,不管怎么兴奋,或者怎么抑制不住自己的亢奋心情,但到了前线我都深知整个报道的底线和背景,知道是在报道一个人类最丑恶的行径。不管正义非正义、公正非公正,只要双方一打响战争,就是人类的自相残杀行动,没有谁对谁错。所以报道的基调首先就是战争总是肮脏的,它的结果最终都是不利的,它的受害者总是跟战争毫无关系的平民百姓。比如当权者之间的纠纷,他利用军队打起来,两边战区的百姓和他有什么关系?但也卷进去了。牺牲最多的、受害最多的是百姓。所以说战争报道的本质一定要抓住,就是说报道场面、报道侧面信息的时候你都要稳住这条主轴线——战争是残忍的、战争是残酷的。比如说报道黎以战争的时候,我们一直跟随以色列的尖头部队,甚至是先遣队,进入黎巴嫩的南部。记得有一次走到自行火炮的阵地里面,看到自行火炮都摆成了品字形,地面上是各种颜色的炮弹,因为各种炮弹的功能不同,比如有破坏掩体的钻甲弹、对人有杀伤力的子母弹,都用颜色标出来了以便区别。炮弹在太阳底下应该是很热的,但是摸起来十分冰凉,因为它毕竟是一个金属物。我们一想到这个炮弹发出,那边就有多少平民百姓和军人随着这个炮弹爆炸声丧失生命,就能清晰感受到这场战争的残酷。还有一个当时感触比较深的事。从现场撤回到首都,路程只有160公里。海法那边的地中海一侧,硝烟弥漫,炮声不断,撤回到特拉维夫,住进旅馆后往外走,就是一个平静的海滩,和所有国家的海滩浴场一样,有情侣,有一家老小,光着身子在那里晒太阳、戏水、游泳,我们也躺在那儿,因为坚持了一个多月我们已经累得不行了,泡在海水里放松一下。就在海滩上空有以色列的空军战机、武装直升机陆续飞过,枪口、炮口都冒着烟,它们刚打完马上回来再换弹药、整修。看到这个的时候我就觉得完全是两个世界。100多公里以外还是战争爆发地,这里就是一个休闲场所,我顿时就有了一个强烈的感悟,这可能也是常人体会不到的,就是天堂和地狱为什么这么接近。那边还在打杀呢,这边就是和平生活,感觉到战争与和平既很遥远又很近,就看人类的理念是什么样的。以各自利益为主就是战争,达成

共同的理念就是和平。利比亚战争是最近的一次,从国际政治的角度来讲,利比亚战争最有意思。为什么说最有意思呢?因为完全是大国的博弈。北约、美国、西方国家和利比亚,俄罗斯等国又站在另一边,所有大国都在北非的一个小国,为了争夺资源,为了争夺非洲的主导权,为了争夺意识形态而展开一场代理人的战争,不管是利比亚的反政府武装,还是卡扎菲这一派,完全是被推到台前的炮灰,而后面是大国的博弈。

在班加西的时候,撤侨以后我们就撤出来了,只有两名《环球时报》的同事一直坚守在那儿,结果战争爆发了。战争忽然爆发我们就进不去了,我们想方设法到了班加西,这是中国电视人第一次拍到当地场面:他们示威游行、庆祝,他们的坦克残骸,西方国家空军空袭的镜头等,我们实地感受到了。我们之后又在各个时段从不同方向四进利比亚,最后一次在首都的黎波里,那时候卡扎菲已经逃到野外了,不知道逃到了什么地方。当时不管是利比亚政府军,还是它的反对派,都在为自身历史的原因、宗教的原因和种族的原因而拼命争斗,但他们就没有意识到他们只是一个小小的棋子,实际上是西方国家、东方国家、第三世界、发达国家之间各种各样的较量。这也给我们提供了一个机会,就是深度分析一场战争真正的背景、原因,以及在战争结束之后可能对北非、阿拉伯国家,对地中海沿岸,甚至对全球的战略会有什么深远影响。所以当时就觉得特别过瘾,就是刚才我所说的战地记者可以在那里孤军奋战,可以一个人代替很多角色,除了记者你也要拿起摄像机摄像,因为我们只有一台摄像机,既要做摄像师的工作,也要传片,既要做编辑,又要做战地评论员,就像我一样。所以战地记者既是非常危险、外人觉得很可怕的一个职业,但其实作为一个记者又是最精彩与光辉的时刻。

学生: 在您每次做连线的时候,主播都要求介绍一下现场的情况。在短时间内,您对报道内容是如何选择的?

严明: 作为战地记者包括现场记者,在第一时间赶到了现场的中心位置,不管是战场还是天灾人祸,你已经胜利一半了。听收音机或看报纸都会有距离,都会有时间的差距,但是电视媒体一直播,你就可以告诉电视观众那里发生了什么事情,因为就在你身边。所以你一旦抢到点了,抢到时间了,那么你报道什么,不是说不重要,而是已经水到渠成了。我们记者在一般的课程里都会学习,到了现场你就是观众的一双眼睛,你看到左边一群人,右边一排坦克,前方是敌人阵地,这么绕着说一遍,就等于观众看了一遍。但是我觉得,作为一个真正的记者,既然你一个人到了这么敏感的关键位置,就不能满足于只做观众的眼睛和耳朵。因为即便你不说,我们也可以传达这样的画面。作为一个前沿记者,你站在那个地方,要做的就是观众的大脑,启动他们的思维,帮他们分析现场的情况,你还要起到一个评论员或者分析员的作用,要不就可惜了这块寸金之地了,也可惜了这段时光。我会说我们站在某某战场前面,我后面就是以色列的尖刀部队、自行火炮阵地,他们今天凌晨出发,现在又撤回来了,现在黎巴嫩南部抵抗非常厉害,所以他们暂时不能前进,这样我只用了四分之一的时间就说完了。观众并不满足于你这么说,因为这只是表面现象,那么我就会延伸报道,为什么以色列要从这里突破,为什么黎巴嫩南部的真主党要死命抵抗,因为它距黎巴嫩首都最近或者距真主党的一个弹药库最近。这里一旦失手了,它将要承受一系列的后果。这样就开始挖掘这个新闻的深度了,这是观众在镜头里看不到的,这又用了四分之一的时间。你再用四分之一时间分析一周前或一周后战争的进展情况,就吸引了观众的注意力,他们就跟着你把思维空间拓宽加长了。最后就是你的定论了,你可以谈你的感觉,你觉得这场战争还要长期进行下去,觉得以色列军队不会猛攻,他们会珍惜士兵的生命,会采取持续的轰炸行动,直到真主党基本丧失抵抗能力、地雷全部排除后,他们才会跟进,这就是对以后的预测。这样就完成任务了。战地记者、前沿记者应不应该既分析又评论,这曾经引起过争议。一个战地记者站在这个位置上,如果发挥得比较好、报道比较充分,甚至连后方评论员都没你说得有深度,那么我觉得你的目的就达到了。作为一个现场记者、战地记者,如果他能抓住这几条,我想他的基本任务就算圆满完成了。

学生: 您经常有机会对国家领导人进行采访吗?有完成得比较出色的对国家领导人的采访吗?在新闻角度的选取上您觉得凤凰卫视与其他国家的媒体在立场上有什么不一样的吗?

严明: 每次我们的领导人到欧洲,我们就要跟高访。每到一处,当地国家的媒体肯定会非常重视,我们中方的媒体包括中央级的媒体,央视、新华社都会跟,凤凰卫视作为一个必跟的队伍每次都会跟上。我觉得有区别,一个是中方媒体和西方媒体的区别,一个是中方媒体内部的中央级媒体和凤凰卫视这样的港澳台媒体的区别。我觉得中方媒体与西方媒体的区别很简单。

第一,他们主要报道他们的领导人在和中国领导人见面后会交流什么信息,对他们本国的政治、经济、外交、民生有什么利弊,他们会跟得很紧。再者是会关注中国最高领导人的一举一动,他们非常关注中国作为一个新兴的发展最快的国家未来发展方向对他们国家甚至全球的影响。

第二,他们非常关注中国领导人,包括个人决策、个人魅力甚至个人习惯,他们会从各个角度来比较,全方面地报道。你可以看到当地国家媒体报道的角度各有不同,他们特别重视本国的领导人有没有同中国领导人谈人权问题,对海外的一些

中国民间组织他们是怎么看待的,当然这是他们国内政治的需要,但同时也非常关注中国领导人在这方面有什么反应。近年来,中国领导人对这些问题已经很坦然了,你谈人权我就跟你谈人权,我跟你阐述我的人权观点,所以是人权对话而不是人权对抗,这就是江泽民主席同希拉克总统开创的一种新模式,即人权上不搞对抗,而是对话,我们互相说,谁也别想着要说过谁,谁也别想着给别人讲课,我们把我们自己的观点亮出来,结果是不了了之、各执己见,但这是一种软性的沟通,而不是硬性的对抗。你说我人权有问题,我马上抗议,这就完全陷入意识形态的硬性对抗了。这是中方媒体和西方媒体的区别。关于中方媒体内部的中央级媒体和港澳台媒体的区别,有人经常问我,你们凤凰卫视和央视是不是经常"打架",竞争高访?

第一,从架构上、财力、物力上讲,央视比我们有实力。每次最高领导人出访,他们都有好几个摄影组,摄像师、记者,还加上编辑,加上《新闻联播》的主播。凤凰卫视往往就一个摄像一个记者,在财力物力上都不如他们。我们要做出和他们不一样的东西,或者比他们快、比他们新,就需要投入很大的精力。另外,在内容上我也跟同行解释,我个人觉得我们是在特殊的历史背景下天生一对的、互相配合的媒体。为什么这么说呢?央视是国家的一号电视台,受众最多,覆盖面最大,它播出来的高访有权威性、庄重性、沉稳性。它不能随便报,要经过很多审查,批准后才能播报,所以说,如果你希望得到这方面的消息你就看央视。但是,不管是首长办公室,还是外交部、中宣部,都希望丰满、有血有肉地全方位烘托领导人的成功访问。这个时候就要看凤凰卫视了,除了央视的权威性和代表性,凤凰卫视能补充的就是亲和、软性、贴近、快速等,这么搭配起来就是一个最佳组合,我们国家领导人出访,既有央视的权威性报道,又有凤凰卫视亲和的、贴近的报道,这正好从两方面把领导人的形象烘托出来了。每一次出访,央视、凤凰卫视组合就是这个道理,这也是我们在采访中所感受到的。当然,凤凰卫视在报道中有自己的特点,比如说短平快,电脑等在各个角落,甚至在旅馆里、在车上都能发片。央视配备大机器,必须到卫星发射车或当地电视台去传片。举一个例子,温总理到冰岛访问,他下了飞机,我们和央视一起回宾馆,车还没开到一半,我们凤凰卫视已经播出他下飞机、握手、讲话等图像了,我们确切算了一下,三十四分五十秒就播出去了,央视到第二天才能播,因为他们要到宾馆,还有各种各样的技术原因、审查原因。所以我们凤凰卫视的快就体现出来了。

第二,中央级媒体报道领导出访,主要就是瞄准我们的国家领导人,其他基本顾不过来,因为领导人活动很多。但是凤凰卫视有别于中央级媒体,比如我们会抓紧机会采访和中央领导人见面的各国领导人,你们可能会经常看到凤凰卫视报道一个当地国总理出来讲话,然后一个总统出来讲话,说中国领导人很友善,我们是第三次见面等,央视绝对没有这类画面。央视随团配备的记者、编辑、主播也没有这个任务,只跟拍首长,别的不在报道内容之列。但是我们就可以全方位报道,在领导人下飞机前,我们就提前采访当地国家的中国大使,因为他是这次国家领导人访问的知情者和接待者。要将访问的特点、访问的重要性,在我们国家领导人抵达的前一天播出。胡主席访问丹麦的重要性是什么,我们和丹麦的双边关系怎么样,这叫预热片,采访大使是我们的常规动作。到达以后采访当地国家的领导人和高官,我们又从另一个侧面烘托这次访问。不是我们自己说这次采访如何精彩成功,而是让别的国家的总理、民众来说,这比自己说更有可信度。

第三,当地的华人华侨,是我们国家的领导人到了当地之后必须会见慰问的一个常规群体,我们也会采访几个侨领,问问他们的感受、对两国关系的展望。央视主要报道国家领导人的全部行程,我们从各方面烘托,当然我们也不缺央视关注的层面,所以就特别辛苦,比如说温总理在波兰那次访问,一天就有23项活动,我们的记者就非常辛苦,央视可以分批分队,但是我们只有两个人,我们必须要跟全这23项活动,从早上六点钟起来,一直跟到晚上八点钟最后一个活动——晚宴。他们吃晚宴的时候是我们第一次可以松口气做片、传片的时候。他们回去休息的时候,我们正在把一天没有及时发出去的片全做了,所以我们一天要发七八个片,用这样的密度来详细报道中央领导人的各项活动。我举这样一个例子是为了说明,凤凰卫视虽然人单力薄,但是这些活动一个都没有漏下,更何况还包含我刚才所说的从侧面烘托的报道。所以,凤凰卫视有它的全面性和快速性,这是我们凤凰卫视做高访报道时一个比较出色的常规模式。

学生: 您作为凤凰卫视欧洲新闻中心的总监,是如何关注在欧洲的华人利益的?

严明: 这和我们凤凰卫视的宗旨有关系,我们的刘长乐主席提出了"凤凰卫视是全球华人的电视台",这就囊括了在全球各地的数千万的华人、华侨,他们是我们的消息的最大受众群,他们在当地国家生活、工作的点点滴滴都是我们非常关注的报道重点。所以凤凰卫视在各地的记者站除了报道当地的重大新闻、国际事件或者参与重大题材的报道之外,当地国家及地区华人华侨的生活、工作甚至他们的需求、窘迫、天灾人祸都是我们关注的、积极报道的侧面。比如很多年之前,戴高乐机场候机厅顶层的建筑材料掉下来几块,当时砸死好几个华人,凤凰卫视知道后马上就前往那个地方,还通知了中国大使馆和领事馆,大使、总领事知道以后就跟着我们往那边跑。他们到那里去了解情况、慰问善后,我们就拍片、采访、报道,这是一个很典型的例子。从那以后,中国外交部就正式建立了应急机制,随时协助我们的华人华侨来处理突发事件。不能说是凤凰卫视推动了这个机制的建立,但外交部通过我们的报道,意识到应该建立这样的应急机制,在发生威胁到我们华人生命安全的大事时,可以做紧急处理。自此,外交部很多活动,包括利比亚海陆空撤侨大行动等,都是通过这个机制来完成的。所以华人华侨的日常生活工作,包括负面的消息如人命案,都是我们凤凰卫视最关注的,如果华人华侨在海外生命受到威胁了,或者说生命受到伤害了,这个时候我们会及时赶过去了解、报道,也提醒华人华侨要保障自己的生命安全。这不仅是官方的责任,也是凤凰卫视非常关注的新闻。比如钓鱼岛事件,我们香港记者就乘着一艘破渔船上去了,我作为唯一登船的摄像师、记者,全程报道了整个事件。这也是海外华人在国外各种活动中非常重要的一类。参政议政,甚至参加当地国家的总统选举、议员选举,还有当地华人华侨的爱国举动,或者对某些国家不满的抗议行动,也是我们凤凰卫视报道和追踪的重点,因为凤凰卫视的角度是全球性的。我们总是在说全球性、开放性,所以有关华人华侨的新闻题材内容今后也会越来越多。

学生:您对我们新一代媒体人有什么期待呢?

严明:与你们每一次的交流我都很高兴,都期待着你们去我们那里参观、访问、考察、实习,我觉得这也是中国传媒领域,或者政府新闻领域非常开放的一个动作,不仅是我们的新闻媒体要走出去,包括我们的接班人、我们未来的驻外记者、将来的新闻从业人员也要在学习期间走出去。一个不了解国外的记者没法从事国际报道,没法常驻国外,到了那里再补课,你没有这个时间。所以,第一,我觉得参观考察这种方式特别好,每次去都有收获;第二,凤凰卫视在这方面可以为你们提供考察参观的机会,如果你们想要进行三个月到六个月的实习,或者想到那里去工作一段时间,我们都非常愿意配合这方面的行动。像你们这样非常有针对性地研究一些课题,以及未来的工作方向,必须要尽可能多地了解国外各种各样的信息,尽快地学习国际知识,方式就是走出去,甚至在工作之前能够在一些国家停留或居住、工作一段时间,有了感性认识后,一旦投入到国外的常驻记者站工作,你们就不会感到生疏,就会像回到了另一个你们熟悉的地方,这样可以缩短你们的适应过程。

学生:您觉得成为驻外记者,需要在哪些方面有所提高?

严明:基本功可能大同小异,对驻外记者来说最重要的是外语。第一,如果你外语好,能够熟练掌握当地语言甚至说得相当漂亮,不仅工作、生活很方便,也会赢得一大批你身边的当地新闻同行的喜爱,因为你把当地语言说得这么地道,他们会认为你非常尊重他们的语言文化,你是一个非常出色的语言家和记者,他们会马上

在工作中的严明与凤凰卫视同事们

拉近和你的距离,会对你的工作感兴趣,更别说高访,如果语言不过关,就很难全面地体现工作的优越性,所以语言一定要过关并且越精越好。第二,尽快适应当地生活,因为我们在国外工作,不像在国内不管到哪个城市,环境基本上都熟悉,或者能很快适应,在国外要勇于面对寂寞孤独,远离父母、远离家乡、远离恋人甚至远离刚刚出生的孩子,这种心境你在国内体会不到。这也是看一个驻外记者心理适应能力的机会,当然也是非常难过的一关。我们国内新闻机构驻外记者的模式是两三年换一次,而我们凤凰卫视都是在海外找在当地国家永久居留的记者,甚至最好有它的国籍,或者你的夫人或丈夫就是当地国家的人,这当然也是我们"急功近利"的思想,但我觉得这两种模式有很大的不同。在当地国家找的肯定也是中国人,外语肯定过关、也是新闻人,他在当地的人脉关系很广、没有后顾之忧,出了办公室门就是家门,家庭相对稳定。国内目前一般采用常驻轮换模式,国内的记者出去两三年,好不容易熟悉情况了又要换回来,新的记者一去又要重新适应,在工作上有一个相当长的滞后期、交替期,这对工作很不利。但是现在这种制度模式已经有所改变,像央视、新华社也开始在当地聘用员工,这也是从另一方面解决常驻记者不稳定性的一种方法。但是常驻轮换这种方式还会长期存在,希望同学们有心理准备。去了国外以后,不管是工作、事业还是家庭生活都会有很大的不同,对自己来说也是一个全新的学习环境,各方面都要做好充分的思想准备,这样才可以脚踏实地在外面安安心心地工作几年。

附文二：特朗普首次"钦点"中国记者真相大起底
（2017年7月19日）

美国总统特朗普在数日前举行的巴黎记者会上点名中国记者提问一事，引起了美国主流媒体的强烈不满。作为这次"点名风波"的当事人，严明是怎么看待这次"中头奖"的机会的呢？

提问机会给了中国记者，美国媒体不高兴

当地时间7月13日，美国总统特朗普在巴黎记者会上点名来自中国的凤凰卫视记者严明提问之后，引起了美国主流媒体的极大反应，他们认为特朗普这次不按常理出牌，是蔑视打压美国本土媒体的行为。

而凤凰卫视则占了天时地利人和，侥幸意外获得提问权。

这也是特朗普上任以来首次直接回答华文媒体的提问。

CNN截图

凤凰卫视记者严明起身向两位总统提问，美国白宫高级别幕僚和现场记者一脸惊愕

中国记者：有备而来，结果真的有所收获

这次被特朗普点名的中国记者严明，是凤凰卫视驻欧洲的资深记者和新闻观察评论员。长期关注凤凰卫视的观众应该对他不陌生，因为每逢周二、周四和周六的专题栏目《欧洲观察》里，都能看到他对欧洲时事犀利又不失幽默的点评。

严明在凤凰卫视的专栏节目《欧洲观察》中点评时事

那就美国主流媒体的疑问与困惑，一向对国际时事有深刻见解的当事人严明是怎么看待这一次"中头奖"的机会的呢？

严明：我倒是觉得偶然和走运的因素虽然存在，但肯定是有备而来的。当时去法国总统府爱丽舍宫参加法美总统联合记者会，最低愿望是想亲眼看看全球风云人物特朗普的那头金发，近距离欣赏一下美国总统乘坐的豪华的凯迪拉克一号豪华防弹车。

中等愿望是亲耳聆听特朗普的演讲，以及他与马克龙在记者会上对国际大事吐露出什么最新信息。

最高目标就是想方设法争取提问机会。虽然两国代表团早已规定两国总统府记者团各自只有两个被提问名额，但在现场什么情况都有可能发生。我还记得当年希拉克与普京的巴黎记者会也是同样情况，和中国事务根本不搭边，最终由于与希拉克总统的长期良性互动，总统点名让我提问，两位总统都回答了我有关对华军售的问题。

特朗普和马克龙在巴黎记者会上

希拉克和普京在巴黎记者会上

去年年底法国总统奥朗德的法国内政年度新闻发布会,只有几位法国主流媒体记者获得提问权,但我还是最后时刻果断出击,逼得奥朗德说了一大段中法关系。

既然以往都成功抓住机会,那么这一次也应该有机可乘。在外界对特朗普的对华立场报道混乱之时,我非常想当面问出特朗普本人目前对中国和中国领导人的最新和真实看法。因为这不仅涉及中美两国的切身核心利益,也影响到整个世界的未来走向;同时我也想了解马克龙在G20峰会期间与习主席的首次会晤之后他的相关评价和感受。虽然现场提问机会几乎没有,但确实是有备而来,结果真的有所收获。

2016年年底法国总统奥朗德在法国内政年度新闻发布会上

那么当特朗普真的直接点名凤凰卫视记者严明提问时,他当时的心情又是怎样的呢?

严明:说真的,当马克龙让特朗普最后点一名美国记者时,甚至到特朗普突然直接用手指点我提问时,我心里真的没有准备,因为我当时正在思考着四个官方规定提问之后,怎么争取让两位总统再允许一两个记者自由提问,怎么抓住寥寥无几、争抢激烈、稍纵即逝的宝贵的自由提问机会,获得点名。没想到正在琢磨这些事时,特朗普在宣布第二名美国记者提问时,突然指着我让我提问。

法美总统联合记者会现场

真的实在太突然,让见过不少大世面的我一下子有些不知所措,无论什么重大场合从不怯场的我,这次真的有些懵了,就连用法语和英语分别提问都有些接不上气。直到坐下来聆听两位总统的回答时,才开始真正缓过劲儿来。

至于特朗普为何点我提问,外

界众说纷纭，尤其是美国媒体有各种各样的说法和推测。主要论点是说特朗普和美国媒体赌气才点了我，凤凰卫视非常偶然走运地捡了个"大漏"！但是在场的上百名各国记者他都可以点，为什么偏偏点了我这位中国面孔的华语媒体记者？我想有一种解释还是具有说服力的，那就是特朗普很可能对中国民众、中国政府，甚至中国最高领导人有话要说，所以特朗普专点凤凰卫视记者，既有偶然原因，也有必然因素。

会后不少记者围着我问这问那，大部分美国记者都知道凤凰卫视，肯定是我们凤凰卫视美洲中心同事们在当地日积月累的工作结果。

美国记者主要是对特朗普不满，对我们凤凰卫视并无恶意，但也怀疑我是否和特朗普有某些私人关系，连带把我和凤凰卫视也"人肉搜索"一番，大有给特朗普再炒出一条"通中门"或"Phoenix Gate"之势。我到现在还清楚记得，当时整个现场的记者和总统府新闻官都惊呆了，他们瞪着我，大有会后围攻算账的架势。我也非常识趣，见好就收，摆脱纠缠，立马溜走，在身后总统府爱丽舍宫的庭院里留下一大堆惊叹号。

机会总是留给有准备的人

有句老话说得好，机会总是留给有准备的人。作为凤凰卫视的资深记者，严明有着丰富的采访领导人的经验，他时刻准备出击，随时捕捉机会，无论在欧洲，还是在非洲、中近东，重大场合采访提问各国领导人屡屡得手，拿下一个又一个高端独家采访。这既是严明一贯坚持的，也是凤凰卫视许多记者一直坚守的新闻专业理念。

比如凤凰卫视法国站的金亮和徐林平，就曾在马克龙当选总统之前成功采访到他，马克龙也谈到了他对中国的看法和对习近平主席的印象。

当时为了不挡住背后的摄像机，金亮竟然蹲下采访，后来播出的画面中只见凤凰卫视的话筒不见采访记者，也曾成为凤凰卫视内部的一段佳话。

严明：拿破仑曾经有句名言："Impossible n'est pas français（法语里没有不可能这个词）"，我觉得凤凰卫视，华文媒体，乃至中华民族也没有"不可能"这个词。而中国

凤凰卫视记者采访马克龙总统

只见凤凰话筒,不见采访记者

整体国力的不断提升,中国国际影响力的日益增长,甚至中国领导人的外部形象和个人魅力,都为包括凤凰卫视在内的华文媒体在世界新闻领域抢占发声权和话语权提供了有利条件和坚实基础。

背景回顾

7月13日,美国总统特朗普飞抵法国巴黎,接受法国总统马克龙的邀请,参加法国国庆活动。然而,就在两国总统举行巴黎联合记者会期间,发生了一件让美国媒体怨声载道的事情。特朗普和美国主流媒体的互掐已是由来已久,但是这一次的"战火",却把中国的媒体也"卷"了进来!

记者会答凤凰卫视提问 美法总统双双赞扬习近平

2017年7月13日,美国总统特朗普首次访问法国。特朗普与法国总统马克龙在总统府爱丽舍宫会面后,举行联合记者会。

会上,唯一提问的华文媒体——凤凰卫视驻法国记者严明主动提问两位总统,问及他们对中国和中国最高领导人的印象。

美国总统特朗普回答凤凰卫视记者严明的问题

美国总统特朗普:"习主席是我非常尊重的一位朋友。我们之间非常了解。他是一位非常有智慧的、优秀的、伟大的领导人。他热爱中国,热爱他的国家,也希望他的国家好。我们也希望在朝鲜问题上得到中国的帮助。我们期待着中国对此能够发挥更大的作用。"

随后法国总统马克龙也回答了凤凰卫视记者严明的问题,他一点也不吝啬对习主席的赞美之词。

法国总统马克龙回答凤凰卫视记者严明的问题

法国总统马克龙:"我在与习主席首次电话会谈之后,又在G20峰会期间与他当面会晤。我们也就我将在今年年底或者明年年初访问中国一事达成共识。当然我现在还不能就说我们已经是相互非常了解的亲密朋友,但是我们的第一次交往接触就非常富有积极成果。"

"几个月以来,我对习主席的多级化观念和他在众多重大事务上给予的积极关注非常地敬佩,比如我对他在达沃斯论坛的演讲里所提到的中国的角色和作用留下了深刻的印象。

作为联合国安理会常任理事国,我们有共同解决刚才所提到的各种重大事务的意愿。中国是维护世界和平的不可或缺的伙伴。我也同意特朗普总统刚才所说的在日益紧张的朝鲜问题上中国扮演着非常特别的角色。习主席已经表示,中国会在地区事务中发挥应有的作用。

"总而言之,他(习主席)是我们当今世界最伟大的领导人之一,他正在率领中国在中国社会和经济等领域展开一场非常重要的和极为深刻的改革。我也期望在工业、民用核能、经贸关系等方面继续与中国展开战略对话,同时妥善解决我们之间的分歧。"

后 记

当我在电脑键盘上用笨拙的"两指法"艰难打完本书的最后几个字时,心里不禁一阵感慨,脑海中也情不自禁地涌现出真心要感谢的人。

首先要感谢的是我远在北京的父母。我到凤凰卫视欧洲区工作后,四处奔波,又多次进出危险地带和战区,一直让年迈的父母担惊受怕。电视记者,尤其是战地电视记者最难隐瞒真相。你明明在电话里宽慰父母当地一切安全,然而父母却没日没夜地在电视屏幕前盯着你的一举一动、一言一行:"你不是在电话里说当地一切安全吗?怎么出镜和直播时身边不是枪声就是炮响?"这就叫"破棚露馅""不攻自破"。好在电视记者的工作也有好的一面,只要能在屏幕中露面,就证明你还"健在",给揪心的父母带来些许的宽慰。

每次完成任务返回巴黎后,父母又总会长舒一口气,在电话里说一声:"回来就好。"唉!"父母在,不远游",好在还算是"游必有方",由于工作的关系,倒是"游"遍了欧洲、中东、非洲的几十个国家,可就是没有在父母身边多陪伴他们。

这本书的初稿是我盛夏在北京度假时开始写的。还记得每到夜深人静时,妈妈知道我又要熬夜,就早早地在电脑房点上蚊香,打开电扇。每天清晨,我打印出的书稿上,总会留下曾是教授、也著书立说的爸爸一笔一画的"错别字更正"。

再就是要感谢凤凰卫视。没有这个任我们尽情发挥、四处闯荡的新闻平台,根本不可能留下这本书里所记载的那些天南海北的新闻激情记忆与媒体人足迹。

最后还要感谢我的妻子和我的两个宝贝孩子。没有他们的忍耐和宽容、理解和支持,恐怕我在事业和家庭两者的关系上早就是一团乱、一锅粥了,因为我是那么狂热地迷恋着我在凤凰的记者工作,又是那么深沉地眷恋着我的温暖小家庭。在完成了初稿时,我的妻子只说了一句话:"写得一般,但还算真实和有感而发。"她原以为这个评语会让我扫兴,殊不知这正是我一开始就极力追求的终极目标。如果读者们在看完这本书后也有同样的评价,那就是对我的最高奖赏了。

记得不少欧美作家在自己书里的结束语中,常会一并感谢家中"四条腿的家庭成员",他们主要是想表达主人与宠物之间的那种真挚情感。而我也要真心地感谢我们家那两只名叫 Snow 和 Milou 的拉布拉多爱犬。多亏了它们对家庭的忠实守护和对孩子的悉心陪伴,在我长期出差在外的那些日子,家中才增添了不少安全性,孩子们才去除了些许孤独感。

2017 年 1 月 26 日于巴黎

图书在版编目(CIP)数据

观察欧洲:凤凰卫视记者眼中的欧罗巴/严明著.—北京:中国传媒大学出版社,2017.6
(欧洲新闻与传播研究文丛)

ISBN 978-7-5657-2050-5

Ⅰ.①观… Ⅱ.①严… Ⅲ.①新闻报道-作品集-中国-当代 Ⅳ.①I253

中国版本图书馆CIP数据核字(2017)第123177号

观察欧洲:凤凰卫视记者眼中的欧罗巴
GUANCHAOUZHOU:FENGHUANG WEISHI JIZHE YANZHONG DE OULUOBA

著　者	严　明
策　划	王雁来
责任编辑	王雁来　吴　磊
特约编辑	沈梦绮　陈　默
封面设计	郭　琳
责任印制	曹　辉
出版发行	中国传媒大学出版社
社　址	北京市朝阳区定福庄东街1号　邮编:100024
电　话	010-65450532或65450528　传真:010-65779405
网　址	http://www.cucp.com.cn
经　销	全国新华书店
印　刷	北京艺堂印刷有限公司
开　本	710mm×1000mm　1/16
印　张	15.25
字　数	290千字
版　次	2018年1月第1版　2018年1月第1次印刷
书　号	ISBN 978-7-5657-2050-5/I·2050　定价 69.00元

版权所有　翻印必究　印装错误　负责调换